당신의 살을 빼 드립니다

당신의 살을 빼 드립니다

가키야 미우 지음
이소담 옮김

지금이책

차례

• 일러두기
모든 주는 옮긴이의 것이다.

CASE 1
소노다 노리코 49세

체중이 또 늘었다.

다른 사람도 아니고 내가 59.8킬로그램이나 나간다니 믿을 수 없다.

나는 발밑에 있는 체중계를 내려다보며 경악했다.

이렇게 노력하는데 왜 살이 안 빠지지?

도대체 이 이상 어떻게 더 다이어트를 하라고?

체중계에서 내려와 욕실 거울로 알몸을 살펴보았다.

한때 자랑이었던 잘록한 허리는 지금은 어디 있는지 흔적조차 안 보인다.

이 이중 턱은 어쩌지.

목살도 언제 이렇게 축 늘어졌어.

팔뚝은 무슨 프로레슬러 같잖아.

아아, 꼴도 보기 싫다.

점점 암담해지는 기분을 느끼며 샤워기를 틀었다.

샴푸 거품을 내며 고민했다. 무슨 수를 써야 살을 뺄 수 있을까.

고등학생 때부터 40대 중반까지는 항상 48킬로그램을 유지했기에 살이 찌지 않는 체질인 줄 알았다. 레나를 임신했을 때야 당연히 61킬로그램까지 체중이 늘었지만, 그때도 출산하고 몇 달 지나자 별다른 노력 없이도 임신 전의 몸무게로 돌아왔다. 그 후로도 과식했다 싶으면 1~2킬로그램 정도 늘긴 했지만 며칠쯤 탄수화물 섭취를 조절하면 금방 원래 몸무게로 돌아왔다. 그러나 마흔아홉 살이 된 지금은 탄수화물을 조금 피하는 정도로는 회복이 되지 않는다. 그러기는커녕 탄수화물을 최대한 먹지 않아야 겨우 이 상태를 유지하는 처지이다. 잠깐 방심하다가 예전처럼 배가 부를 때까지 먹으면 한도 없이 살이 찐다.

게다가 말이다.

젊어서는 지금보다 훨씬 자제력이 있어서 2킬로그램 이상 쪘다 싶으면 단식했다.

가끔씩 하는 단식은 몸에 좋다. 단식 기간이 있는 종교가 있을 정도니까. 어떤 의사들은 속이 불편할 때 며칠간 아무것도 먹지 않으면 낫는 경우도 있다고 한다. 내 경험으로도 이틀쯤 먹지 않고 속을 비우면 몸도 가벼워지고 기분까지 밝아졌다.

그런데…… 20대에는 거뜬하게 해냈던 단식을 지금은 못하겠다.

한심하다. 공복을 견디지 못하겠다. 몰골도 볼품없어지는데 더해 의지까지 약해져서, 지금은 의지박약이다.

욕실 의자에 앉아 샤워기를 세게 틀고 거품 묻은 머리카락을 씻어냈다. 젖은 머리채를 뒤로 넘기며 거울을 들여다보자 세 겹으로 접힌 뱃살이 가장 먼저 눈에 들어왔다.

사랑스러웠던 내 미끈한 배는 어디로 사라졌을까?

'저렇게 되기는 싫어.'

어릴 때부터 불과 몇 년 전까지만 해도 뚱뚱한 아줌마들을 볼 때마다 속으로 경멸하며 이렇게 생각했다.

절대로 그렇게 살지 않으리라는 자신감도 있었다. 그런 여자들은 결혼해서 아이를 낳고 전업주부가 되면서 남편과 자식 생각만 머릿속에 가득하고, 낯짝이 두꺼운 데다가 시야까지 좁아 여자이기를 일찌감치 포기한 사람들이 분명하다. 그러니까 그런 몸으로도 아무렇지 않게 사는 것이다.

하지만 나는 다르다. 결혼해서 아이를 낳은 후에도 대형 문구업체에서 꾸준히 일하고 있다. 임신과 출산으로 휴직했던 만큼 남자 동기들보다 출세는 늦었지만 그래도 과장 직함까지 따내서 이 사회에서 치열하게 싸운다. 그러니 같은 중년이라도 그런 여자들과는 수준이 다르다. 그렇게 믿었다.

그런데 다른 사람도 아니고 내가 저들과 똑같아질 줄이야……

린스를 꼼꼼히 머리카락에 바르며 생각했다.

다이어트 관련 책이 나올 때마다 닥치는 대로 읽었다.

예전에 텔레비전에서 한 탤런트가 극찬하며 소개했던《살을 빼고 싶으면 아침을 먹지 마라》라는 책도 출간되자마자 읽었다. 그때까지만 해도 아침을 바나나와 요구르트로 때웠는데, 책을 읽고 나서부터는 아예 굶어보았다. 그랬더니 속이 확실히 편하긴 했다. 그러나 아침을 먹지 않았기 때문인지 그 대신 점심을 너무 많이 먹어서 오히려 살이 1킬로그램이 불었다.

다음으로는《하루 세끼 챙겨 먹고 살 빼자》를 읽었다. 아침에 제대로 밥을 먹는 것은 오랜만이었다. 그 결과…… 2킬로그램이 늘었다.

두 책에서 말하는 다이어트 방법은 정반대였지만 둘 다 꽤 설득력이 있었다. 게다가 두 권 다 유명한 의과대학 교수가 썼으니 의심할 이유가 없었다.

시중에 《○○만 먹으면 살을 뺄 수 있다》처럼 제목부터 건강과 거리가 먼 책들도 속속 출간되어 나오고 있다. 그런 수상쩍은 책은 서점에서 봐도 절대 손대지 않는다.

베스트셀러가 된 《과식하는 당신의 심리》는 당연히 읽었다. 그러나 다이어트 책을 닥치는 대로 섭렵한 사람이라면 당연히 알고 있는 상식적인 소리만 적혀 있어서 속으로 "책값 돌려줘!" 하고 따지고 싶었다.

칼로리 계산도 꼼꼼히 했다. 처음에는 음식을 할 때나 먹을 때마다 칼로리 북을 펼쳐놓고 일일이 계산했는데 나중에는 수치를 거의 다 외워버렸을 정도로 바로바로 계산이 나왔다. 그러나 살이 빠질 기미가 전혀 없거니와 영 번거로워서 그만두었다. 애초에 하루에 필요한 칼로리를 얼마로 잡아야 할지 모르겠다. 책이나 인터넷을 보면 활동량이 중간 정도 되는 40대 여성이라면 1950킬로칼로리가 적당하다는데, 아무리 생각해도 많은 것 같다. 그 칼로리라면 모스버거의 로스카츠버거를 다섯 개나 먹을 수 있다는 건데 진짜야? 요시노야의 소고기덮밥을 세 그릇이나 먹는다는 소리인데, 이게 말이 되냐고?

어쩌면 내 경우, 회사 일과 집안일을 병행하며 매일 에

너지를 한계까지 쓴다고 생각하지만, 알고 보면 보통 수준의 활동이 아니라 가벼운 활동에 속하려나? 경노동이라면 1700킬로칼로리가 필요하다고 책에 적혀 있는데 여전히 많은 것 같다.

이러다 보니 다이어트 책은 물론이고 칼로리 북도 믿을 수가 없었다.

당연히 헬스장에도 다녔다. 하지만 그것도 얼마 가지 않아 미남 헬스트레이너들의 시선 때문에 힘들어졌다. 자의식 과잉일지 모르지만 그들은 나를 안쓰러운 아줌마를 보듯이 애처롭게 쳐다보았다. 주변을 둘러보면 스타일 좋은 여자들만 가득했다. 젊은 여자는 물론이고 50, 60대 여자들까지도 대부분 날씬했다. 여기는 자기 몸매가 얼마나 좋은지 자랑하려고 오는 곳이었나? 모두들 고급 브랜드의 트레이닝복으로 쪽 빼입은 것이 그 증거다.

자꾸만 주눅이 들었다. 그럴 리는 없겠지만 뒤에서 다들 자신을 '뚱돼지'라고 비웃는 것 같아 자꾸 피해망상만 늘었다.

굳이 헬스장에 다닐 것 없이 집에서 스쿼트나 팔굽혀펴기나 아령들기를 하면 되지 않을까? 돈도 들지 않으니 이득이다. 그렇게 생각하고 헬스장을 그만뒀다.

하지만 집에서는 의욕이 생기지 않았다. 퇴근하고 돌아오면 가사 노동이 기다린다. 집안일을 다 하고 나면 지칠 대로 지쳐서 손가락 하나 꼼짝하기 싫어졌다.

한참을 고민한 끝에 좋다고 소문난 홈 피트니스 DVD를 구매해서 영상을 보며 근육 트레이닝을 하려고 했다. 그러나 운동 부족인 몸이 따라하기에는 너무 힘들어서 몇 분 따라하고 나면 진이 빠졌다. 라디오 체조*만 따라해도 근육통이 생기는 초보자가 이런 걸 어떻게 하겠나. 운동 전후를 보여주는 광고 사진에 또 보기 좋게 속았다. 요즘은 뭐든지 광고 하나는 최고다. "DVD 값 돌려줘!" 속으로 또 한 번 외쳤다.

그다음으로 최후의 수단을 시도할 때가 왔다고 확신했다. 예전부터 '치환 다이어트'라는 것이 궁금했지만 겨우 가루를 물이나 우유에 타서 마시는 주스 주제에 가격도 비싸고 왠지 사기 같아서 선뜻 내키지 않았다. 하지만 여기까지 왔는데 망설일 상황이 아니었다.

작년에 큰마음 먹고 인터넷에서 그 가루를 샀다. 하루 세 끼 중에 한 끼를 밥 대신 다이어트 주스를 마시는 것이다. 칼로리는 낮아도 영양가가 높아 식사대용이 된다는 논리였다. 식사 대신 주스를 마신다면 아침보다는 점심, 점심보다는 저녁이 효과적이라고 했다.

* 정해진 시간에 라디오에서 나오는 음악과 구령에 맞춰서 하는 일본의 국민보건체조

배송된 그날부터 바로 우유에 가루를 타서 저녁 대용으로 마셨다. 소문대로 맛은 꽤 괜찮았다. 그러나 30분도 지나지 않아 배가 고팠다. 그야 당연하다. 아무리 영양이 부족하지 않게 계산했더라도 주스는 주스일 뿐이다. 주스 한 잔으로 배가 부를 리 없다.

결국…… 안 된다고 생각하면서도 냉장고를 열어 요구르트를 마셨다. 당연히 요구르트만으로는 부족해서 식구들을 위해 준비한 저녁을 힐끔거렸다. 그날, 남편과 딸의 식사는 평소처럼 만들었지만 내 몫은 만들지 않았다. 오늘은 주스로 저녁을 때우겠다고 아침부터 의욕이 넘쳤기 때문이다. 어쩔 수 없이 남은 찬밥을 작게 뭉쳐 주먹밥을 만들어 먹었다. 그런데 주먹밥을 먹으니 오히려 공복감이 심해져 더 먹고 싶어졌다. 그래서 냉동 피자를 구워 먹었다. 평소에는 위의 60~80퍼센트만 채우려고 노력하는데, 정신없이 먹다보니 배가 꽉 찰 정도로 먹어버렸다.

그날 밤, 침대에 누워 생각했다. 차라리 저녁을 제대로 챙겨 먹는 편이 낫지 않을까? 치환 다이어트는 안 맞는 것 같다. 하지만 2만 엔(약 20만원)이나 주고 샀으니까 내일부터 재도전해보자고 다짐했다. 그 후로도 비슷한 하루하루가 흘렀다. 주스가 영양 만점이긴 한가 보다. 평소보다 영양이 넘치는 바람에 2킬로그램이 더 늘고 말았다.

아아…….

머리와 몸을 깨끗하게 씻고 욕조에 몸을 담갔다. 욕조 안에 앉아 무의미하게 흘러가는 시간이 아까워 평소처럼 이를 닦았다.

최근 몇 년간, 살을 빼려고 악전고투했으나 어떤 방법으로도 효과를 보지 못했다. 그렇다고 노력과 경험이 죄다 무의미하진 않았다. 탄수화물을 최대한 줄이면서 만족감을 얻을 수 있는 조리법을 찾느라 고생했다. 반찬 수도 늘리고 채소 섭취도 늘려야 하다보니 생각보다 손도 많이 가고 돈도 많이 들고 머리까지 굴려야 했다. 그래도 차츰 익숙해져서 채소와 생선과 두부를 중심으로 한 요리의 달인이 되었고 육류 요리를 할 때면 미리 지방을 제거하는 습관도 들였다. 살은 빠지지 않았지만 대사증후군 예방이라는 점에서 자신은 물론이고 가족 건강에도 도움이 될 것이다.

하지만…… 역시 살을 빼고 싶다.

그러나 현재 60킬로그램이라는 공포의 숫자를 넘기지 않고 그나마 유지할 수 있었던 것은 매일같이 몸무게를 재고 각종 다이어트를 시도하며 요리에도 공을 들인 결과이다. 만약 손 놓고 아무것도 하지 않고 있었다면 일찌감치 60킬로그램이 아니라 70킬로그램도 넘었을 것이다.

다만 단순히 뚱뚱해졌다고 해서 우울한 것은 아니다. 주변 사람들의 태도가 갑자기 바뀐 탓도 있다. 남자 직원들이 대놓고 데면데면하게 굴었다. 지금까지는 복도에서 마주치거나 회의에서 만날 때마다 우스갯소리 하며 알은체하던 부장도 나를 무시하기 시작했다. 후배들도 예전처럼 편하게 말을 걸지 않았다. 절대 착각이 아니다.

게다가 레나까지…….

"왜 이렇게 살이 찐 거예요? 예쁘고 자랑스러운 우리 엄마 어디 갔냐고요."

레나는 일부러 정기권이 든 지갑을 가방에서 꺼내더니 거기서 사진 하나를 꺼내 보여주었다. 내 젊은 시절 사진이었다. 레나는 초등학생 때 같은 반 친구들에게 "레나네 엄마, 진짜 미인이다"라는 칭찬을 들은 이후로 줄곧 그 사진을 들고 다녔다.

레나는 안타까워하는 것이 아니라 진심으로 화를 냈다. 초등학생 시절부터 친구들에게 엄마를 보여주고 싶어 안달이던 아이였으니 당연하다. 말로 표현하진 않지만 "자기 몸인데 왜 관리를 못해?", "엄마한테 실망했어"라고 얼굴에 적혀 있었다. 나도 20대 때는 레나처럼 날씬했으니, 뚱뚱한 사람을 보면 속으로 '조금만 노력하면 쉽게 살을 뺄 수 있는데 그 노력을 안 하다니 게으르고 한심한 인간이야'라고 생각했다.

비수를 꽂은 것은 남편이었다. 지난달 시아버지의 장례식 때 있었던 일이다.

"큰일인데."

남편은 자꾸 그 소리를 하며 안절부절못했다.

"뭐가 큰일이야?"

"오늘 회사 사람들이 많이 조문 온대."

"그러면 감사하지. 다들 바쁜데 일부러 장례식에 와주시는 거잖아."

"회사에서 내 아내는 절세미인이라는 소문이 자자한데 말이야. 내 동기나 상사도 우리 결혼식 때 말고는 당신을 본 적이 없으니 그러고도 남지. 미안한데 노리코, 잠깐만 어디 좀 숨어 있으면 안 될까?"

농담인 줄 알았는데 남편의 눈은 진지했다. 충격이다 못해 쓰러질 뻔했다.

남자란 여자가 뚱뚱하고 못생겨지면 이토록 냉혹해지는구나. 이 남자는 나의 내면 따위는 거들떠보지도 않고 외모만 좋아했다는 소린가.

내 인생을 돌이켜보면 남자들에게 대접 받으며 편하게 살아왔던 것 같다. 취직도 결혼도 술술 풀린 것도 예뻐서이기 때문일까? 그런 내게서 아름다움을 빼면…… 남는 것이 없나 보다.

본래 나라는 인간은 장점이라곤 없는 한심한 인간이었을까. 미인이라고 치켜세워주니까 정말 내가 잘난 줄 알고 착각하며 살았을 뿐일까. 부족한 능력과 결점 있는 성격을 미모로 커버한다는 사실조차 깨닫지 못하고 콧대를 세우며 살아왔다.

이 마음을 누군가에게 털어놓고 싶었다. 그러나 이런 소리를 진지하게 들어줄 만한 친구는 없었다.

"살이 찌면서 얼굴도 못생겨져서 요즘 고민이야."

외모가 평범한 챠코나 도모미에게 이런 소리를 했다가는 두 번 다시 만나주지 않겠지. 학창 시절부터 가깝게 지냈는데 가장 답답한 순간에 마음을 터놓을 수 없다는 것을 깨닫고 다시 서글퍼졌다.

나는 한숨을 쉬며 욕조에서 나왔다.

토요일, 근처에 사는 손위 동서 데루미가 쇼핑하러 나왔다가 들렀다면서 갑자기 집으로 찾아왔다.

다른 사람들은 나를 대하는 태도가 싸늘해졌는데 이상하게도 데루미만은 자주 집에 들락거리며 전과 같지 않게 살갑게 굴었다. 원래 데루미는 정월 친척 모임 때도 치과 예약이 있다느니 아이 친구의 엄마의 친구가 아파서 병문안 가야 한다느니, 갖은 이유를 갖다 붙이며 참석하지 않았는데 무슨 심경의 변화일까?

남편은 2남 중 둘째이다. 갓 결혼하고 나서는 같은 며느리 처지인 데루미와 사이좋게 지내고 싶었다. 그러나 데루미는 아쉽게도 그럴 마음이 없었는지, 아무리 말을 붙여도 돌아오는 것이라곤 인사 정도였다. 데루미는 체구가 작고 말라서 신경질적인 인상이었다. 내가 다가갈수록 데루미는 불편해하는 기색을 내비쳤고, 그렇게 거리를 둔 채로 20년 넘는 세월을 보냈다. 그런데 왜 지금에 와서 친하게 구는 걸까?

"빵을 또 구웠어."

현관에 들어서자마자 데루미가 종이봉투를 내밀었다.

"어머, 고마워요. 형님이 구운 빵 정말 맛있어요. 레나도 좋아할 거예요."

'형님'이라고 부르지만 데루미와 나는 동갑이다. 가능하면 존댓말도 쓰지 않고 친구처럼 지내고 싶다. 그러나 데루미 쪽에서 여전히 선을 긋는 분위기다.

봉투를 열자 구수한 빵냄새가 현관을 가득 채웠다. 절인 소고기와 양파를 넣고 흑후추를 뿌린 현미 빵이다.

맛있겠다…… 오늘은 탄수화물을 자제하기 어렵겠다. 봉투를 들여다보며 그렇게 생각한 그때, 내 몸을 재빨리 위아래로 훑어보는 데루미의 시선이 느껴졌다.

고개를 들어 시선을 맞추자 데루미는 황급히 미소를 지었다.

'노리코 씨, 오늘도 여전히 뚱뚱하네. 안심했어.'

만족스러워 보이는 데루미의 표정이 꼭 그렇게 말하는 것만 같았다.

지나친 생각이겠지. 살이 찐 후로 다른 사람들의 시선이 어떤 의미인지 사사건건 따지는 버릇이 들었다. 스스로 생각해도 병적이다. 하지만…… 나의 직감은 웬만해서는 틀리지 않는다.

"도시히코 씨랑 레나는? 오늘은 아무도 없어?"

데루미가 집 안 여기저기를 두리번거렸다.

"남편은 아침 일찍 서점에 갔고 레나는 친구랑 쇼핑하러 갔어요."

언제부터인가 일요일에도 집에 혼자 있는 날이 많아졌다. 딸이 어렸을 때는 슈퍼에 갈 때도 세 식구가 함께 다녔는데.

일주일간 밀린 집안일을 해야 하느라 쉬는 날이라 해도 남편이나 딸처럼 외출 한번 편히 하지 못한다.

"형님, 차 드실래요?"

데루미가 갈 생각이 없어 보여서 어쩔 수 없이 말을 꺼냈다. 사실은 잔뜩 쌓인 빨랫감을 세탁기에 돌리고 다음 주에 먹을 것들 좀 사러 슈퍼에 가고 싶었다.

데루미는 일주일에 세 번 아르바이트를 하러 다닌다. 그것도 하루에 4시간만 일한다고 들었다. 정규직으로 일하는 여성이 얼마나 바쁜지 이해 못하는 것도 당연하다.

거실로 안내해 홍차와 쿠키를 대접했다.

"있지, 다음에 우리 같이 어머님 댁에 가지 않을래?"

순간 귀를 의심했다.

"어머님 댁에요? 갑자기 왜요?"

"아버님이 돌아가시고 어머님 혼자 계시잖아. 쓸쓸하실 거야."

며칠 전에 남편이 이렇게 말했다.

"어머니는 당신 인생 중에서 지금이 가장 행복하신 것 같아."

시어머니는 2년에 걸친 시아버지 병시중에서 드디어 해방되었다. 한동안은 쓸쓸해 보였지만 지금은 학창 시절 친구들과 어울려 히카와 기요시의 콘서트에도 가고 메구로가조엔*의 백단계단**등 여기저기 관광을 다니느라 바쁘시다.

그러니 며느리 따위는 안중에도 없을 것이다.

그렇게 설명했더니 데루미가 토라졌다.

"하지만 어머님도 이제 젊지 않으셔. 걱정된단 말이야."

"하지만 형님, 레나 아빠 얘기를 들어보면 방금 말씀드린 것처럼……."

"들어봐, 노리코 씨. 시어머니의 기분을 살피러 자주 찾아뵙는 건 며느리의 의무 아닐까?"

절대 물러서지 않겠다는 태도였다.

저는 매일 같이 야근하느라 지친다고요. 죄송한데 혼자 가시면 안 될까요? 이렇게 말하고 싶지만 꾹 참았다.

"차로 겨우 15분이잖아."

데루미가 졸랐다.

"얼굴만 뵙고 바로 돌아오면 돼. 응?"

데루미가 갑자기 친근한 미소를 지어 보였다. 시댁도 데

---

* 도쿄도 메구로구에 있는 복합시설. 호텔, 연회장 등이 있으며 화려한 장식으로 유명하다.
** 가조엔에 있는 도쿄도 지정문화재. 1935년에 세워진 현존하는 유일한 목조 건축물로, 연회를 즐기는 화려한 방 7개가 총 99개의 계단으로 연결된 구조다.

루미 부부의 집도 우리 집도 전부 같은 시내에 있다. 마음만 먹으면 다녀올 수 있는 거리이다 보니 주말 몇 시간쯤은 투자해도 된다고 생각하는 것 같다. 한가한 사람과는 시간 개념이 맞지 않는다.

"……그래요."

나이를 먹으면 체력이 떨어진다. 그런데 회사에서 비용 절감을 이유로 인력을 감축하는 바람에 야근만 더 많이 늘었다. 그런 상황이어서 주말이 더욱 귀중해졌다. 시어머니가 편찮으시다면 몰라도 시아버지가 돌아가신 이후로 자유를 누리시느라 바쁜데 대체 왜 가야 하냐고.

"몇 시에 갈지는 나중에 문자 보낼게."

데루미는 만족스럽게 웃고 바로 돌아갔다.

살이 찌자 나를 대하는 주변 사람들의 태도가 자꾸만 바뀌는 것 같았다.

오로지 나의 지나친 착각일 뿐일까?

밤에 엄마에게 전화가 왔다.

"노리코, 살 좀 빠졌니?"

지긋지긋했다.

3년 전부터 엄마는 입만 열었다 하면 살이 빠졌는지 물었다.

잠깐의 침묵을 민감하게 감지한 엄마는 전화 너머로도 들릴 정도로 요란하게 한숨을 쉬었다.

"그럼 쓰니? 그렇게 살만 투실투실 쪄서는."

마치 이쪽의 모습이 보이는 것처럼 말한다.

"빨리 살을 빼야지. 그러다가 도시히코한테 버림받는다."

엄마는 10대 중반부터 40대까지 효고현 기노사키 온천에서 게이샤로 일했다. 그래서 남녀를 보는 관점이 독특하다. 여자의 가치는 성적 매력이며, 남자의 눈에 매력적으로 보이는 것이 가장 중요하다고 믿는 사람이다. 70대가 된 지금도 피부 관리를 소홀히 하는 법이 없고 하이힐을 신고 등을 꼿꼿하게 펴고서 우아하게 걷는다. 당연히 살도 찌지 않았다.

"조심하지 않으면 다른 여자한테 뺏길지도 몰라."

여전히 본처에게서 남자를 빼앗은 첩의 마인드로 사는 것 같다.

10대 때는 엄마가 하는 말 한마디 한마디에 민감하게 반응했다. 그러다가 문득 녹록지 않았을 엄마의 인생을 상상하자 엄마가 그렇게 생각하는 것도 당연하다 싶어 오히려 엄마에게 동정심을 느끼기도 했다.

고등학교 2학년 봄이었다. 택시 회사를 경영하던 아버지의 본처가 지병으로 세상을 떠났다. 그 이후로 엄마는 아버지와 정식 결혼해 후처가 되었고, 결혼과 동시에 우리는 비좁고 허름한 연립주택에서 '저택'이라고 불리던 호화로운 집으로 이사했다. 아버지와 본처 사이에 자식이 없었기에 전혀 거리낄 것이 없었다. 생활이 갑자기 윤택해졌다. 그전까지 나도 가계에 보탬이 되려고 카페에서 아르바이트를 했다. 하루에도 몇 번이나 때려치우고 싶었는데 마침내 그 바람이 이뤄진 것이다. 점장이 "오늘도 열심히 하네" 속삭이며 어깨를 주무르는 것이 싫어서 엄마에게 털어놓은 적이 있었다. 하지만 엄마는 "그런 거에 하나하나 반응하면서 어떻게 세상을 살려고 그러니?" 하고 코웃음을 치며 오히려 핀잔만 주었다. 아르바이트 동료에게도 몰래 이야기했다가 되려 점장에게 들킨 후로 점장의 '어깨 주무르기'는 한층 더 집요해졌다. 소름이 끼칠 정도로 싫어서 "그만 하세요!" 하고 외치고 싶은 것을 간신히 참아왔다.

때마침 엄마와 아버지가 결혼을 했다. 더 이상 카페에 안 나가도 된다고 생각하니 날아갈 듯이 기뻤다. 그보다 더 좋은 일도 있었다. 아버지가 "노리코는 나를 닮아 머리가 좋으니까 대학에 보내야지"라고 말을 꺼낸 것이다. 그날 이후로 다시 태어난 것처럼 공부에 전념했다. 아버지에게 가정교사 도 붙여달라고 부탁했다. 갑자기 처지가 바뀐 나를 두고 이 러쿵저러쿵 험담하는 소리도 적지 않게 들려왔다. 친했던 친 구들과는 그 무렵부터 멀어지게 되었다. 그래도 그토록 바라 던 미래가 열렸는데 그런 것쯤 아무렇지 않았다.

그전까지는 고등학교를 졸업하면 스낵바 같은 술집에 취 직하는 것 말고는 다른 선택의 여지가 없었고, 실제로 몇몇 가게에서 먼저 제안이 들어오기도 했다.

"넌 그래도 얼굴이 반반해서 다행이구나. 오라고 하는 곳 이 있다니 감사할 일이잖니? 시골은 불경기라 고등학교를 졸업해도 변변찮은 일자리가 없으니까."

이런 소리를 엄마가 한 적도 있다.

인생을 반쯤 포기하고 살았는데 갑자기 눈앞에 빛이 내리 쬔 것이다.

대학에 갈 수 있어!

이 마을에서 벗어날 수 있어!

그간의 노력이 결실을 본듯 지망하던 대학에 합격해 의기 양양하게 도쿄로 상경했다. 대학 생활을 마음껏 누렸고 졸업 후에는 대형 문구업체에 정규 종합직 사원으로 취직했다.

이렇게 살다 보니 엄마와는 생각이나 감정에서 차이가 생기기 시작했다. 남자에게 알랑거리며 살아온 엄마가 혐오스러웠다. 결혼해서 딸을 낳자 결정적으로 거리가 생겼다. 엄마라 하면 자기가 어떻게 살아왔든 딸만은 제대로 된 인생을 살아주기를 바라는 것이 정상 아닐까?

이런 생각이 든 이후로 슬프게도 엄마와의 공통 화제가 사라졌다.

"그래, 좋은 얘기가 있어."

엄마가 들뜬 목소리로 말했다. 엄마의 '좋은 얘기' 중에 제대로 된 것은 없다. 지난달에는 어디에서 구했는지 수상한 '살 빼는 약'을 보냈다. 당장 전화를 끊고 싶었다.

"너 오바 고마리라는 사람 아니?"

"알아. 유명하잖아. 《당신의 살을 빼 드립니다》라고 다이어트 책을 낸 사람이지."

"고마리의 언니는 《당신의 마음을 정리해 드립니다》를 쓴 오바 도마리래. 자매가 다 폭발적으로 인기가 있어. 어떤 사람일까?"

"그러고 보니 둘 다 텔레비전에는 안 나오네."

"분명 돈이 넘쳐나는 부잣집 사모님이겠지. 그렇지 않다면 어떻게 해서든 텔레비전에 얼굴을 내비쳐 인지도를 높이려 했을 테고, 그래서 책도 한 권이라도 더 팔려고 하고, 강연 요청도 더 받으려 하지 않았겠어? 그러면 돈도 잔뜩 벌 테니까. 나라면 텔레비전에 나가서 얼굴을 마구 팔 거다. 기회가 오면 놓치지 말아야지."

엄마의 이런 점이 저속하다고 생각했다. 뭐든 다 돈으로 연결 지어 생각한다. 물론 나도 아버지의 '저택'에 들어가기 전까지는 찢어지게 가난했으니까 어린애 주제에 1년 365일 돈 생각만 했다. 돈이 얼마나 중요한지는 잘 안다. 그러나 지금 주변에는 엄마처럼 노골적으로 돈 얘기를 하는 사람은 한 명도 없다.

"그 오바 고마리라는 사람이 뭐 어쨌는데?"

전화를 끊고 싶어서 말이 빨라졌다.

"너도 오바 고마리한테 특별 지도를 받아보면 어떻겠니? 평판이 꽤 좋다고 방송에서 그러더라."

"무슨 소리야. 부잣집 사모님한테 지도라니……."

"얘가 왜 이리 멍청하니. 좋은 집안 여자니까 믿을 수 있지. 내 생각에 그 사람은 분명 훌륭한 사람일 거야. 돈벌이가 목적인 치들과는 달라. 정말 사람들에게 도움을 주려고 책을 썼을 거야. 다이어트 식품이나 '살 빠지는 복대' 같은 허섭스레기 같은 물건은 아예 추천하지도 않는다더구나."

예전에는 의심 많던 엄마가 지금은 사람을 쉽게 믿는다. 경제적으로 여유가 넘치는 삶을 누리기 때문일까, 아니면 대범하고 다정한 아버지가 지켜주기 때문일까, 그도 아니면 원래 생각보다 단순한 사람일지도.

"오바 고마리는 몇 살이나 됐을까? 날씬하겠지."

"그렇겠지. 다이어트 전문가라면서 본인이 뚱뚱하면 말이 안 되니까. 나이는…… 음, 그렇게 젊진 않을 것 같네. 보렴, 20대라고 하면 전혀 특이할 게 없잖아. 그 나이에 날씬한 여자가 어디 한둘이니."

"그렇지. 아마 애를 낳은 사람 같지 않게 허리가 장난 아니게 잘록하겠지?"

"마흔 넘은 여자로 안 보이는 게 자랑일 거야."

"소위 미마녀* 같은 여자겠다."

그런 여자들은 질색이다.

"미마녀랑은 다르지 않겠니? 부잣집 사모님일 테니까 품위 있고 현명한 사람일 거다."

현명한 사람이라고?

개별 지도는 말도 안 된다고 생각했는데 그 말에 조금 마음이 움직였다.

* 재색을 겸비한 35세 이상의 여성을 지칭하는 일본의 신조어

"그래서 비용이 얼만데?"

"텔레비전에서는 그렇게 비싸지 않다고 소개하더라. 그리고 노리코, 남편도 돈을 잘 벌고 너도 돈을 버니까 조금 비싸도 괜찮지 않아?"

"응, 뭐. 생각해볼게."

"심각하게 생각하고 자시고 할 것 없이 그냥 편하게 의뢰하면 돼. 뭐든 하나라도 힌트를 얻을지 모르잖니?"

엄마는 집요했다.

자기 딸이 여자로서 매력을 잃은 것에 위기감을 느끼나 보다. 암컷이라는 값어치만으로 살아온 여자 특유의 사고방식 때문일까? 집에 돌아갈 때마다 첫마디로 듣는 "너 화장이 너무 연해. 입술을 좀 더 진하게 발라야지"라는 소리에 소름이 쫙 끼친 것은 대학생 때였다.

나와 엄마는 다르다. 열심히 공부해서 대학에 들어갔고, 졸업 후에는 탄탄한 회사에 취직했다. 결혼하고 아이를 낳고서도 열심히 일하고 있다. 그러니 엄마처럼 암컷인 점을 내세우며 살아오지 않았다. 그렇게 바지런을 떨며 살아왔는데, 그깟 살이 좀 쪘다고 왜 이렇게 기분까지 우울해질까. 결국 엄마와 나는 똑같은 족속이었나?

살을 빼지 못하는 이유를 사실 알고 있다. 다이어트를 꾸준히 하지 못하기 때문이다. 근육 트레이닝이든 치환 다이어트든 칼로리 계산이든, 뭔가 하나를 최소한 1년간 진득하게 했다면 살은 빠졌을 것이다. 그러나 '꾸준히'가 너무 어렵다. 즐겁거나 좋아하는 일이 아니고서야 동기부여가 되지 않는다.

하지만…… 젊어서는 할 수 있었다. 왜 지금은 못할까? 고민할수록 미궁에 빠졌다.

아니다, 어려운 문제는 아닐 것이다. 젊어서는 다이어트를 하면 금방 결과가 나왔다. 그러니까 노력할 수 있었다. 단순히 이런 것 아닐까? 다이어트뿐 아니라 어떤 일이든 노력한 만큼 곧바로 성과가 나오지 않으면 누구나 지친다.

수단과 방법을 가리지 않았는데 살이 빠지지 않았다는 것은 자력으로는 무리일지도 모른다.

어쨌든 내일 퇴근하면서 서점에 들러《당신의 살을 빼 드립니다》를 사야겠다.

일단 읽고 나서 생각해보자.

데루미와 약속한 날이다.

출발하면서 남편에게 같이 가자고 했지만 남편은 고개를

저었다.

"같이 가. 당신 어머니잖아."

"피곤하고 귀찮아. 어머니는 건강하시고 집도 가까운데 뭐. 우리 보고 싶으셨다면 어머니가 벌써 찾아오셨을 거야."

"그건 그래."

점점 더 가기 싫어졌다. 그러나 약속은 약속이니 어쩔 수 없다. 역 앞 전통 화과자 집에 들렀다가 데루미의 집으로 차를 몰았다.

경적을 작게 울리자 데루미가 현관에 나타났다.

"데리러 와줘서 고마워"라고 인사하며 조수석에 올라탔다.

한껏 멋을 부린 모습에 놀랐다. 평상시 데루미는 위에서부터 아래까지 회색이나 남색 옷을 입곤 했다. 그런데 오늘은 하얀 바탕에 까만 물방울무늬가 그려진 원피스에 산뜻한 초록색 카디건을 걸치고 있었다. 하지만 화장에 익숙하지 않은지 얼굴 곳곳에 파운데이션이 뭉쳐 있었다.

나는 청바지에 펑퍼짐한 줄무늬 튜닉을 입었다. 배도 가릴 수 있고 옷감이 부드러워서 착용감이 좋아 요즘은 쉬는 날이면 이 옷만 입는다. 평일에는 깔끔하게 차려입고 출근하니깐 주말만이라도 몸에 편한 옷을 입고 싶었다.

"노리코 씨, 전에 그 빵을 또 구웠어. 어머님이 좋아하실 까?"

"그럼요. 형님 빵은 맛있으니까."

"그래? 고마워."

데루미의 환한 미소에 묘한 위화감을 느꼈다. 뭐가 그렇 게 좋은지 아주 신이 나 보였다.

날씨가 좋았다. 차창 밖으로 보이는 푸른 하늘이 청량했다.

길이 막히지 않아 10분 만에 도착했다.

"어서 오렴. 와줘서 기쁘구나."

시어머니는 웃고 있었지만 그리 기뻐 보이지 않았다.

미리 가겠다고 연락했는데 평범한 스웨터에 바지를 입고 있었다. 원래는 좀 더 꾸미는 분인데 기껏해야 며느리들의 방문에 옷을 갈아입긴 귀찮았나 보다.

"자, 들어오렴."

거실로 들어가자 시어머니가 향이 좋은 홍차를 내주었다.

"데루미, 그 초록색 카디건이 참 예쁘구나."

"고맙습니다."

데루미가 기뻐하며 웃었다.

"얼마 전에 친구들과 홋카이도에 다녀왔어."

시어머니가 그때 사진을 보여주었다.

남편 말처럼 시어머니는 아주 건강해 보였다. 소소한 일화들을 즐겁게 웃으며 들려주었다. 예전보다 한층 젊게 보인다. 날씨나 요리에 대한 이야기도 나눴는데 중간중간 시어머니가 벽시계를 힐끔거리는 것이 마음에 걸려서 물어보았다.

"어머니, 혹시 무슨 약속 있으세요?"

"사실은 말이다, 친구들과 데이토 호텔에 애프터눈 티를 마시러 가기로 했어. 미안하구나. 어젯밤에 갑자기 합창단 친구가 전화해서 그러지 않니. 재미있을 것 같아서 생각도 않고 간다고 해버렸지 뭐야."

"그러셨구나……. 그럼 저흰 이만 갈게요."

나는 얼른 일어나려고 했는데 데루미는 꼼짝하지 않았다.

"몇 시 약속이세요?"

데루미가 느긋한 말투로 물었다.

"3시 반."

"그럼 아직 시간 있네요."

그러더니 데루미는 "홍차 한 잔 더 하시겠어요?"라고 자기가 준비할 것처럼 물었다. 부엌 사정이든 뭐든 다 안다는 것처럼 굴었다. 지금까지 이 집에 거의 얼굴도 비치지 않았으면서 왜 이럴까.

"나는 됐다. 너희는 편하게 더 마시렴."

시어머니는 그렇게 말은 하면서도 다시 벽시계를 힐끔거렸다.

"데이토 호텔의 티 라운지라면 아주 세련된 곳이죠? 그만큼 갖춰 입고 가셔야겠어요?"

내가 묻자 시어머니가 쓴웃음을 지었다.

"워낙 고급스러운 곳이잖니. 뭘 입어야 할지 모르겠구나. 그래서 아직 옷도 못 갈아입었어. 이런 잠옷 같은 차림으로 너희를 맞아서 미안하다."

"형님, 슬슬 가요. 네?"

나는 홍차를 한입에 삼켰다.

"잘 먹었습니다."

시어머니는 안심했다는 듯이 웃었다.

"정말 미안하게 됐다."

데루미는 여전히 가기 싫은 듯한 표정으로 뭉개고 앉아 있었다. 나는 데루미를 거의 내쫓듯이 끌고 시댁을 나섰다.

차 안에서 데루미는 계속 기분이 안 좋아 보였다.

"형님, 요즘 무슨 심경의 변화라도 있었어요?"

용기 내어 물어보았다.

"무슨 소리래?"

데루미는 시치미를 뗐다.

"그보다 노리코 씨, 우리 집에 잠깐 들르지 않을래?"

"고맙습니다. 하지만 저, 자잘하게 해야 하는 집안일이 좀 많아서요……"

"잠깐인데 뭐 어때. 맛있는 케이크도 있어."

케이크를 먹으면 저녁밥을 그만큼 줄여야 한다. 안 그러면 살이 찐다. 그래서 먹고 싶어 죽겠을 때 말고는 케이크를 먹지 않는다.

"아니요, 정말로 바빠서요."

"30분만 있다가 가. 보여주고 싶은 게 있어."

"보여주고 싶은 거요? 뭔데요?"

"그거야 직접 봐야 재밌지."

이런 소리를 들으면 궁금하다. 데루미가 이렇게 의미심장한 태도를 보는 일은 드물었다.

"그럼 잠깐만이에요."

집에 도착하자 데루미는 이쪽이라면서, 집 안으로 들어가지 않고 현관 옆의 작은 통로를 지나 마당으로 안내했다.

그곳에 데루미의 남편, 시숙이 있었다. 분재를 다듬는 중이었다.

"안녕하세요, 오랜만에 봬요."

"아, 어서 와요."

시숙이 친근하게 웃었다.

"여보, 노리코 씨 푸근해졌지?"

갑자기 데루미가 말했다.

"……그, 그런가."

시숙이 어색하게 대답을 흐렸다.

자세히 보라는 듯이 데루미가 내 등을 떠밀어 시숙 앞에 세우려고 했다. 나는 놀라서 얼른 몸을 빼고, 활짝 열어둔 마루 창문까지 가서 툇마루에 앉았다.

혹시 데루미는 내가 살이 쪄서 기쁜가?

지금 내 모습을 시숙이나 시어머니에게 보여주고 싶었나?

왜?

단순한 심술로?

"형님, 보여주고 싶다는 건 뭐예요?"

빨리 집에 가고 싶었다.

"분재야. 이 사람도 참 아저씨 같지? 분재를 시작하다니."

"아저씨라니. 요즘은 유럽에서도 유행이라고."

"저기…… 형님이 보여주고 싶었다는 게 분재였어요? 솜씨가 좋으시네요."

나는 자리에서 일어났다.

"아직 공부하는 중입니다."

시숙이 쑥스럽게 웃었다.

"그럼 저는 이만 돌아갈게요."

"좀 더 있다가 가, 지금 막 왔잖아."

"차를 길에 대놨으니까요."

나는 뒤를 돌아보지 않고 대문까지 성큼성큼 걸어갔다.

도중에 슈퍼에 들러 일주일치 장을 보고 집으로 돌아왔다. 남편도 딸도 나갔는지 집에는 아무도 없었다. 빨래와 청소를 마치고 커피를 내려 푹신한 소파에 몸을 묻었다.

아아, 드디어 나만의 시간이야.

데루미 때문에 속에서 열불이 났지만, 심호흡을 하면서 아예 머릿속에서 몰아내려고 노력했다. 귀중한 주말인데 계속 데루미에게 휘둘리고 있을 순 없다.

오바 고마리가 쓴 다이어트 책《당신의 살을 빼 드립니다》를 펼치고 커피를 한 모금 마셨다.

"어디 보자."

페이지를 넘기자 갑자기 체크리스트가 나왔다.

다음 질문에 O나 X로 대답해주세요. O의 수로 심각한 정도를 측정합니다.

1. 지금까지 여러 번 다이어트를 시도했지만 실패했다.

당연히 O다. 그러니까 이 책을 샀지.

2. 뚱뚱한 사람은 비호감이라고 생각한다.

그야 세상 사람 모두 그렇게 생각한다. 데루미가 변한 것만 봐도……. 생각하니까 또 화가 나서 얼른 다음 문장을 읽었다.

3. 길을 걸을 때 앞에서 걸어오는 사람의 체형을 무의식적으로 훑어본다.

동성과 대면할 때면 누구나 열등감을 느끼는 부분을 무심코 본다는 소리를 들은 적 있다. 하반신이 뚱뚱한 여자라면 상대의 다리에 시선이 가고, 머리숱이 적은 남자라면 지나가는 남자의 머리를 본다고 한다. 나는 살이 찐 후로 지나가는 여자의 전신을 살펴보게 되었다. 얼굴은 잘 보지 않지만 이중 턱인지 아닌지는 무의식적으로 확인한다. 상대의 턱이 날렵하면 우울해진다.

4. 숨만 쉬어도 살이 찐다.

이것도 맞다. 도대체 이 이상 어떻게 칼로리를 줄이란 말인가. 이게 다 갱년기이기 때문이다. 젊을 때는 밥을 안 먹고 반찬만 먹으면 금방 살이 빠졌는데.

5. 뚱뚱하지 않은 사람은 위 기능에 문제가 있는 것이 틀림없다.

중년인데 살이 찌지 않는 사람은 아마 위하수*일 것이다. 아니면 마른 것들일수록 더 먹는다는 그건가. 이것도 아니면 일주일에 4, 5번은 헬스장에 갈 만큼 체력과 시간에 여유가 있는 사람이다.

6. 뚱뚱하지 않은 사람과는 진정한 우정을 맺을 수 없다.

음, 아무리 그래도 이건 좀…… 하지만 부정하긴 어렵다.

7. 뚱뚱하다는 이유로 자주 우울해진다.

그럼, 그럼. 진짜 자주.

그러니까…… 전부 예스네.

[판정] 4개 이상의 문항에 O라고 체크했다면 연락해주세요. 개별 지도하겠습니다.

장삿속하고는.

순간 진절머리가 나서 읽을 마음이 싹 가셨다.

한숨을 쉬며 책을 덮었는데 부제가 눈에 들어왔다.

---

* 위가 아래로 처져 있는 상태로 위의 운동 기능에 문제가 있음.

"마음의 살도 빼 드립니다."

정신론인가……

뚱뚱한 인간의 심리를 꿰뚫어보기라도 하나?

텔레비전에서 해주는 다이어트 방송은 대부분 120킬로그램이 넘는 여자가 감량해서 70킬로그램이 되는 내용이다. 그들은 대부분 일도 안 하고 집에서 빈둥빈둥 놀고 먹고 자기만 한다. 달짝지근한 주스를 벌컥벌컥 마시고 파스타와 빵을 산처럼 쌓아놓고 먹는다. 그러는데 살이 안 찐다면 오히려 이상한 게 아닌가. 참고할 점이 하나도 없었다.

책만 읽어서는 의미가 없다. 역시 개별 지도를 신청할까?

엄마 말대로 밑져야 본전이란 마음으로 가볍게 신청해볼까.

이제 남은 방법은 이것뿐인 것 같았다.

일주일 후, 약속 장소인 카페에서 오바 고마리를 기다렸다. 예약이 꽉 차 있어서 시간 잡기 어렵다고 들었는데 운 좋게 예약을 취소하는 사람이 생겼단다.

고마리의 사무실로 오라고 할 줄 알았는데 카페에서 만나

자고 해서 의외였다. 따로 사무실은 운영하지 않나? 엄마 말처럼 부잣집 사모님인가 보다.

약속 시각 3분 전이었다. 주변에는 여자들 모임과 커플들로 빈 테이블이 없을 정도였다. 입구 쪽을 계속 쳐다보고 있었지만 고마리로 보이는 여자는 들어오지 않았다. 고마리는 나이와 얼굴을 공개하지 않았지만 고마리가 어떤 사람일지 생생하게 상상할 수 있다. 절대 40대로 보이지 않는 싱그러운 여자겠지. 값비싼 정장에 굽이 낮은 펌프스. 낮은 굽인데도 다리가 늘씬하다. 갸름하니 뾰족한 턱에 짧은 머리가 잘 어울린다. 화장은 연하고 피부가 곱고…… 즉, 아름답고 우아한 귀부인일 것이다.

"소노다 노리코 씨 맞으시죠?"

갑자기 위에서 목소리가 들렸다. 앉아서 고개를 들자 '청소 아줌마'처럼 보이는 여자가 서 있었다.

"네, 소노다입니다만?"

아줌마는 회색 바지에 까만 카디건을 입었다. 팔뚝에 들고 있는 것은 직접 만든 것 같은 퀼팅 토트백이었다. 어렸을 때 저런 천 가방을 들고 다니던 동네 할머니가 불현듯이 떠오르며 그리워졌다.

나한테 무슨 용건이지?

"처음 뵙겠습니다. 오바 고마리입니다."

장난이지?

아줌마는 웃지도 않고 진지한 표정으로 맞은편에 앉았다. 차분하게 카디건을 벗었는데 딱 맞는 폴로셔츠를 입어서 통나무처럼 두툼한 팔뚝이 그대로 드러났다. 아무리 봐도 쉰 살은 넘었다.

"개별 지도를 신청해주셔서 고맙습니다."

정말로 당신이 오바 고마리야?

방송 출연을 마다하며 얼굴도, 나이도 모두 베일에 꼭꼭 쌓여 있었던 여자가…… 당신이라고?

아니, 이 사람 나보다 살이 더 쪘잖아?

이런 사람이 다이어트를 지도할 권리가 있기나 해?

"레슨은 한 달에 한 번씩 총 세 번입니다. 매번 제가 과제를 낼 테니 다음 레슨까지 완수해주세요. 세 번 안에 달성하지 못하면 연장할 수 있지만 한 회당 별도 요금이 부과되므로 이 점은 양해해주십시오. 그럼 바로 시작하죠."

고마리는 노안경을 쓰고 노트를 펼쳤다.

"키 163센티미터에 체중이 60킬로그램이군요. 제가 보기에는 그렇게 살이 찐 것 같지 않은데요."

"저기…… 죄송한데 저는 60킬로그램이 아니에요. 59.8

킬로그램이에요."

그러자 고마리가 피식 웃었다.

저런 뚱뚱한 여자한테 비웃음을 사기는 싫다.

"저는 보시다시피 마르지 않았지만."

이쪽의 심리를 꿰뚫어 봤는지 고마리가 말했다.

"살 빼는 것쯤 간단한 일입니다."

정중한 말투에 비해 소박한 복장과 소품들이 왠지 조화되지 않는 어설픈 느낌을 주었다. 혹시 내가 모를 뿐이지 싸구려처럼 보이는 저 폴로셔츠나 퀼팅 백이 고급 브랜드일까?

"경마 기수나 권투 선수는 다음 시합까지 체중감량을 해야 한다면 목표치를 달성할 때까지 절대 흔들리지 않아요. 참지 못해서 먹었다는 소리는 절대 안 하죠."

"그야, 당연히 그렇죠."

"배우도 그렇습니다. 전쟁 영화를 찍는데 뚱뚱하면 이상하죠. 그때는 식량난이었으니까요. 역할을 위해 철저히 감량합니다."

마른 여자가 그런 소리를 해도 화가 날 참인데 나보다 훨씬 뚱뚱한 여자가 지금 무슨 소리를 하는건지 하도 어이가 없어 화도 안 났다.

"그러니까 마음만 먹으면 간단하답니다."

그렇다면 당신은 왜 그렇게 살이 쪘는데?

나도 모르게 고마리의 몸을 위에서 아래로 훑어보았나 보다. 그걸 알아차렸는지 고마리가 날카로운 눈빛으로 쳐다보았다.

"저는 살을 빼고 싶지 않습니다."

그걸 변명이라고 하는 거야? 비겁하기 짝이 없네. 이렇게 쏘아붙이고 싶지만 꾹 참았다.

"그럼 오늘 수업을 시작하죠."

고마리는 토트백에서 종이를 한 장 꺼내 테이블에 올려놓았다.

"읽어보세요."

–동기부여를 위해 늘 밝게 지낸다.

–케이크나 과자를 먹고 싶을 때는 차를 우려서 느긋하게 즐긴다.

–저녁은 채소를 중심으로 국물 요리를 먹는다.

–식사 전에 채 썬 양배추를 먹어 배를 채운다.

–최소한 저녁에는 탄수화물을 먹지 않는다.

–매일 지하철 한 정거장 정도의 거리를 걷는다.

–저녁 7시 이후에는 먹지 않는다.

전부 어디서 들어본 적 있는 내용이다. 회사에 다니는데 매일 한 정거장 거리를 태평하게 걸어 다닐 순 없다. 야근도 많아서 7시 이후에 먹지 않으려면 아예 밥을 못 먹는다.

"이건 노력 목표예요. 어렵겠다 싶으면 무리하지 않아도 됩니다."

무리하지 않아도 된다니, 점점 더 의심스럽다.

"그러니까."

내 표정에서 불신을 읽었는지, 고마리가 얼른 부연 설명했다.

"이것을 전부 완벽하게 지켰다면 이미 살이 빠졌을 거예요. 365일 내내 이렇게 하는 것은 무리잖아요?"

"아, 네. 그렇죠."

"우선 하루 중 먹은 것을 전부 적는 것부터 시작해보죠."

"그건…… 해본 적 있어요."

예전에 해봤다. 그것도 몇 번이나.

"그렇군요. 어땠어요?"

"몇 년 전부터 채소를 중심으로 요리하고 기름진 음식은 피하고 있어요. 그러니까 절대 과식은 안 하는데, 실제로 종이에 적어보니까 생각보다 많이 먹더라고요. 하지만 센베이 하나나 조그만 화과자나 과일 같은…… 그런 것들은 간식이니깐 칼로리도 얼마 안 나갈 거예요."

"아하, 그렇군요."

고마리가 의심스러운 눈빛으로 나를 빤히 바라보았다.

"정말이에요. 식사할 때도, 위의 80퍼센트만 차게 먹으라는 말이 있잖아요? 노력해서 60퍼센트만 먹는 날도 있어요."

고마리는 대답하지 않았다.

"제가 거짓말을 하는 것 같으세요?"

"아니요. 당신은 칼로리 계산도 할 줄 알고 식재료와 요리에도 신경을 쓰며 배부르지 않게 먹고 간식도 아주 조금만 먹는다고 말씀하시는 거죠?"

"네, 그래요."

"그런데도 살이 안 빠지나요?"

"그러니까 이렇게 선생님께 부탁드리는 거잖아요."

"가난한 나라에 사는 사람들을 보세요. 다들 불쌍하게도 비쩍 말랐잖아요. 요컨대 안 먹으면 살이 찔 리 없어요."

"하지만…… 저는 절대 많이 먹지 않아요."

"많이 안 먹는데 살이 찌는 동물은 이 세상에 없어요."

"그럼 위의 80퍼센트 정도만 먹는 것도 과식이란 소리예요?"

"그렇게 되죠."

"먹는 양을 더 줄여야 한다고요? 지금보다 더?"

"아예 과감하게 한동안 단식을 해보면 어때요?"

그럴 수 있다면야 뭐가 고민이겠나. 하지만 근성이 없다고 여겨지기 싫어서 "요요가 오면 곤란하고, 갑자기 살을 빼면 건강에도 안 좋지 않나요?" 하고 질문했다.

"요요를 염려할 정도로 급격한 다이어트에 성공한 경험이 있나요?"

그렇게 받아치면 한 번도 없긴 하다. 요요가 올 정도로 살을 뺄 근성 자체가 없다.

"당신은 정보에 너무 휘둘려요."

고마리의 말대로 지금까지 다이어트에 관한 책이라면 눈에 띄는 대로 뭐든 읽고 인터넷도 샅샅이 뒤졌다.

"절식이 어려우면 근육 트레이닝과 조깅으로 칼로리 소비를 늘리는 수밖에 없어요."

"아주 당연한 말씀만 하시네요."

본심이 무심코 입 밖으로 튀어나왔다. 기분이 상했나 싶어 고마리를 봤는데, 입가를 올리고 웃고 있었다.

"섭취 칼로리가 소비 칼로리보다 많으니까 찐다, 지극히 당연한 상식일 뿐이에요."

개별 지도를 의뢰한 의미가 없다. 잘 가르친다는 소문이 하도 자자해서 획기적인 다이어트 비법이라도 전수해줄 줄 알았는데 이래서야 시간 낭비에 돈 낭비다.

"혹시 제가 살을 빼게 하는 마법의 약이라도 갖고 있을 줄 알았어요?"

고마리는 홍차 잔을 들어 한 모금 마셨다.

"그렇다면 어리석다는 말 말고는 할 말이 없네요."

귀를 의심했다. 기가 차서 화도 안 났다. 이쪽이 비용을 내니까 이른바 고객이다. 반사적으로 고마리를 쳐다봤는데, 여전히 태연하기만 했다. 오히려 내 눈을 빤히 들여다보았다.

"노리코 씨."

갑자기 성姓이 아니라 이름을 불러서 대답이 늦었다.

"이왕 이렇게 된 거 생각을 바꾸면 어때요? 그래, 나 뚱뚱하다, 그런데 뭐 불만 있어? 이렇게 세상에 침을 뱉어줄 각오를 하고 살아가는 것도 한 방법이에요."

진심으로 하는 소린가?

생각을 바꾼 결과가 당신 같은 그 몸이냐고.

"제가 바로 생각을 바꿔 행복해진 본보기예요."

또 마음의 소리를 엿듣기라도 했는지 고마리가 말했다.

"확실히 말할게요. 당신에게 가장 중요한 것은."

거기에서 말을 끊고 뜸을 들이며 홍차를 마셨다.

나는 고마리의 통통한 입술을 쳐다보며 이어질 말을 기다렸다.

"못생긴 여자로 살아갈 훈련을 하는 거랍니다."

그게 무슨 소리야? 못생긴 여자로 살아가라고? 그게 훈련해야 할 정도로 어려워?

"그건 어떤 의미죠?"

"스스로 진지하게 생각해보세요. 이번에는 이게 숙제입니다. 다음 레슨까지 못생긴 여자로 새롭게 살아간다는 것이 무슨 의미인지 생각해 오세요. 이걸로 첫 번째 레슨은 끝입니다."

"네?"

겨우 이걸로 끝이라고? 사기 아니야?

"살이 찐 이후로 당신을 대하는 주변 사람들의 태도가 달라지지 않았나요?"

고마리가 그걸 어떻게 알지? 조금 전만 해도 고마리에게 속은 것 같다는 생각을 떨쳐버릴 수 없었는데, 사람들의 태도가 달라진 이유를 안다고? 그럼 부디 알려줬으면 좋겠다.

나도 모르게 달려들 듯이 물었다.

"대체 왜 그럴까요? 역시 살이 쪄서요? 남자들은 여자의 외모가 그렇게 중요한가요?"

"남자들만이 아닐 텐데요? 여자들도 당신한테 말을 안 걸지 않나요?"

"맞아요. 여자 부하직원들도 그래요. 그런데 어떻게 아셨어요?"

부하인 이시카와 사오리의 얼굴이 머릿속을 스쳤다. 솔직하고 성실한데가 딸 레나와 스물네 살 동갑인 터라 더 친근하게 느껴지는 직원이었다. 사오리 역시 나를 잘 따른다고 믿었는데 약 1년쯤 전부터 일이 아니면 말을 걸지 않는다.

"못생긴 여자로서 새롭게 살아갈 각오를 하면 금방 알 수 있어요."

고마리가 의미심장하게 웃었다.

"게다가 오십 먹은 여자를 좋다고 떠받드는 남자는 없어요."

"죄송한데요, 저 아직 오십 안 됐어요. 마흔아홉 살이에요."

내 항의가 들리지도 않는지, 고마리는 남은 홍차를 단숨에 들이키고 일어났다.

그리고 카페 계산서를 테이블에 그대로 놓은 채 펑퍼짐한 엉덩이를 흔들며 가버렸다.

2주쯤 지났을 때, 엄마가 전화를 걸었다.

"오바 고마리는 어떤 사람이었니? 상상대로 늘씬한 사람이던? 어떻게 지도를 해주던? 도움이 될 만하니?"

엄마가 속사포로 물었다.

"길에서 흔히 보는 토실토실한 아줌마였어."

나는 고마리가 어떻게 생겼는지, 무슨 말을 해줬는지 설명했다.

"대체 뭐니? 무례한 것도 정도가 있지, 못생긴 여자로 살아가라니, 그건 못생기고 뚱뚱한 여자가 괜한 자격지심에 심사를 부리는 거야. 네가 살만 빼면 얼마나 예쁜데. 지금도 포동포동한 게 매력적으로 보인단다. 그런 뚱뚱한 여자가 하는 소리 들을 것 없다. 아까운 돈만 나갔네. 이제 레슨 안 받는다고 당장 이야기하려무나."

"하지만……."

나 역시 기가 막히고 화가 나서 두 번 다시 고마리를 만나지 않을 생각이었다. 그런데 며칠 지나자 조금씩 생각이 바뀌었다.

못생긴 여자로서 새롭게 살아간다……. 어쩌면 날카로운 지적일지도 모른다. 지금까지 생각해본 적 없었는데 아무래도 나는 '미인'으로 살아온 모양이다. 그렇지 않다면 겨우 살 좀 쪘다고 이렇게 우울해할 리 없다. 이렇게까지 자신감을 잃을 리 없다.

게다가 고마리는 주변 사람들의 태도가 달라진 것까지 맞췄다. 그 이유를 알기 위해서라도 한 번 더 고마리와 만나고 싶다.

"그래도 못생긴 여자로 산다는 소리 말이다, 이해가 안 가는 것도 아니구나."

엄마의 말에 놀랐다.

"엄마는 무슨 뜻인지 알겠어?"

"너는 모르겠니? 속도 참 편하구나. 네 친구 중에 못생긴 여자가 없었니?"

"못생겼다니, 말이 심하잖아……."

"너 중학생 때 친하게 지냈던 요시미나 히로코는 못생겼었지."

"그러니까 엄마, 그렇게 말하지 말라고."

갑자기 엄마가 성대하게 한숨을 내쉬었다.

"지금 나는 너를 위해서 진지하게 말하는 거야" 하고 이어지는 엄마의 목소리에 분노가 어렸다.

"말이 심하다 해도 어쩔 수 없다. 혹독하지만 이게 현실이잖니? 못생겼으면 애교라도 있어야 해. 못생겨도 성격만 좋으면 그래도 세상 사는 데 큰 문제는 없다. 그렇지 않으면 이 험난한 세상 헤쳐나가기 쉽지 않아. 못생겼는데 처세술 하나는 끝내주는 여자가 있다면 말이다. 중학생쯤 됐을 때 이미 현실을 알고 노력한 거다. 너처럼 타고난 미인은 그런 걸 모르고 어른이 돼. 그러니까 못생긴 사람일수록 인생의 희노애락을 알고, 마음에 모순을 안고서 복잡하게 산다는 소리야. 난 살면서 한 번도 "미인이세요" 하는 소리를 들어본 적이 없다. 그러니까 애교는 나에게 일종의 생존 무기였던 셈이지. 너처럼 아무것도 안 해도 예쁘지 않으니깐 화장도 공들여서 했고, 남자들이 성격 참한 여자라고 봐줬으니까 화류계에서 살아남은 거야. 내 동료 중에도 정말 예쁜 애들이 있었어. 얼굴 반반한 게 무슨 벼슬이라도 되는 것처럼 얼마나 재수 없게 굴던지 모른다. 엄마도 그것들 때문에 싫은 꼴 많이 당했어. 아무튼 노리코, 너도 한번 진지하게 생각해보려무나. 그래, 좋은 기회겠네."

그 말을 남기고 엄마는 전화를 끊었다.

그런가, 살이 찐 나는 이제 추녀로 분류되나 보다. 게다가 나이도 먹었다. 그렇군, 부장과 후배들의 시선이 싸늘해진 이유가 그것이었다. 엄마는 앞으로 애교가 필요하다고 했다.

지금까지 회사에서 한 사람의 인간으로서, 여성으로서 인정받았던 것이 아니라 단순히 '미인' 취급을 받아왔던 걸까? 그렇게 열심히 일했는데 내 노력과 업무성과는 인정해주지 않았던 걸까? 과장으로 승진하게 된 것도 예뻐서란 말인가?

문득 시계를 보니 곧 9시다.

서둘러 저녁을 준비하기 시작했다. 남편도 레나도 아직 오지 않았다. 둘 다 야근인가?

냉장고를 열어 아침에 출근하면서 술과 생강을 넣고 간장에 재워두었던 닭 넓적다리살을 꺼냈다. 채소와 같이 볶아야지. 그리고 시금치와 미역과 연어 스모크 샐러드를 시판 '참깨드레싱 칼로리 3분의 1'로 버무려야겠다. 시간도 늦었고 녹초가 되어 집에 왔으니 반찬이 부실하더라도 이해해달라고 해야겠다.

요리를 마치고, 랩을 씌워 식탁에 놓았다. 이어서 세탁기를 돌리고 욕조의 온수 스위치를 켜놓고 식탁으로 돌아와 텔레비전을 보며 혼자 밥을 먹었다.

'천천히 꼭꼭 씹어 먹으면 소량으로도 포만감을 느낄 수 있다.'

이제는 누구나 알고 있는 이 다이어트 상식이 뇌리에서 떠나지 않았지만 먹는 속도를 줄이지는 못했다. 배가 고팠고 지쳤고 기분도 안 좋았다.

그때, 식탁 한쪽에 둔 핸드폰 화면에 LINE의 착신 표시가 떴다. 남편이었다.

"차장이 갑자기 술 마시러 가자고 해서 저녁은 먹고 갈게. 미안."

화면을 가만히 들여다보았다.

뱃속에서부터 스멀스멀 분하고 억울한 마음이 차올랐다.

나를 뭐라고 생각하는 거야?

지난주에도 이런 일이 있었다.

나는 가정부가 아니라고.

저녁을 먹고 온다고 좀 더 일찍 연락만 해주면 나와 레나의 저녁은 간단하게 해결할 수 있었다. 밥과 채소와 버섯을 대충 냄비에 넣고 끓여서 리소토를 만들면 됐다. 그러면 5분도 안 걸리는데…….

텔레비전에서 나오는 시시한 예능 방송에도 무턱대고 화가 났다. 내용이라곤 없는 수다를 떨며 돈을 벌다니, 이 나라가 도대체 어떻게 돌아가는 거야.

먹는 속도가 점점 빨라졌다. 단숨에 먹어치웠다. 그런데도 배가 부르지 않아 냉장고에서 아이스크림을 꺼냈다. 절반쯤 먹었는데 LINE 착신음이 울렸다. 이번에는 레나였다.

"늦게 연락해서 죄송해요. 친구가 갑자기 이직 문제로 상담을 하고 싶다고 전화했어요. 저녁은 먹고 갈게요."

전화를 집어 던지고 싶었지만 심호흡을 하며 참았다.

그만 좀 해. 지친 몸을 이끌고 이를 악물고 저녁을 준비했다고. 사람을 이렇게까지 무시할 수 있어? 혼자 먹는다면 바나나와 당근과 콩가루로 만든 스무디면 충분했다. 블렌더 용기로 직접 마실 수 있으니까 설거지할 것도 하나뿐인데.

두 배로 더 피곤해진 것 같다.

남은 요리는 내일 레나와 내 도시락 반찬으로 싸가야지. 남편은 사랑하는 아내가 싸준 도시락이 없어 보이고 촌스럽다 극구 사양했다. 데루미의 이야기를 들어보니, 시숙이 회사에 도시락을 가지고 가면 직장 동료들이 "사모님이 싸주신 거예요? 부럽네요"라며 일부러 내용물을 구경하러 오니까 공을 들여야 한단다. 그 소리를 들으니 나도 남편에게 도시락을 들려 보내기 싫었다.

접시에 담긴 닭고기와 채소볶음을 도시락통에 옮겨 담았다. 왠지 볼품없다.

방울토마토와 달걀말이 정도는 넣어줘야 예쁘다. 그건 내일 아침에 하면 되겠지.

지저분한 그릇들을 설거지하고 빨래를 널다가 문득 퇴근하면서 세탁소에 들렀어야 했는데 깜박한 것이 떠올랐다. 어쩌지, 큰일 났다.

앞치마에 손을 대충 훔치며 침실로 들어가 옷장을 열었다.

아아, 다행이다.

세탁소 비닐에 든 남편의 와이셔츠가 한 장 남아 있었다.

부엌으로 돌아왔는데 갑자기 머릿속에 슈크림이 떠올랐다. 커스터드와 생크림이 반씩 든 슈크림을 먹고 싶다. 너무 먹고 싶어서 미칠 것 같았다. 비참하고 불쌍한 나를 달래줄 수 있는 것은 이 세상에서 달달한 슈크림뿐이다.

그래, 편의점에 가자.

지갑을 들고 현관으로 가면서 생각했다. 슈크림을 산다면 두꺼운 감자 칩도 사야 한다. 달콤한 것을 먹으면 자연스럽게 짭조름한 것이 먹고 싶어진다. 무엇보다 나이 먹은 여자가 슈크림 하나만 사면 보기 안 좋다.

다음 날, 나는 출근해서 자리에 앉아 가만히 주변을 둘러보았다.

원래는 출근하면 곧바로 일을 시작한다. 그러지 않으면 야근 시간이 늘어나 퇴근 후에 집안일까지 감당하기 어렵기 때문이다. 매일 바쁘게 살다 보니 이때껏 사람을 관찰한 적이 없었다.

못생긴 여자는 아양을 떨며 살갑게 굴어야 한다는 엄마의 지론이 맞는지 확인하고 싶었다.

자리에 앉아 동료와 부하들을 지켜보니, 대부분이 대화를 나누는 상대에게 최대한 웃어 보이려고 노력하는 것을 알 수 있었다. 외모의 미추는 물론이고 남녀의 차이도 없었다.

나는 지금까지 남을 저렇게 신경 쓴 적이 있었나? 그나저나 곧 쉰 살이 되는 인간이 뒤늦게 처음부터 인간관계를 배워야 하는 날이 올 줄은 몰랐다. 차라리 '스피치 교실'에 다니는 편이 나을까?

그 후로 며칠에 걸쳐 사람들을 관찰했다. 그리고 집에서 거울을 보며 웃는 연습도 했다.

부하인 이시카와 사오리를 목표로 삼았다. 딸과 동갑인 어린 부하지만 사람을 기분 좋게 만드는 데에는 발군이라 배울 점이 많았다. 회사에서는 최대한 차분하게, 또 생글생글 웃으려고 노력했다. 부하에게 일을 부탁할 때도 예전보다 더 자세히 설명하고 "혹시 질문 있어?" 하고 다정하게 말을 걸었다. 그러느라 시간을 허비해 야근이 늘었지만 어쩔 수 없다.

한 달에 한 번 있는 기획회의 시간이었다.

마케팅부에서 시장 조사 보고서를 나눠줬다.

설문 조사에서 "가정주부도 자기 책상을 갖고 싶다"는 결과가 나왔나 보다. 문구 전문 회사지만 요즘은 책상이나 책장 같은 가구류로도 사업을 확장했다.

그때 부장이 사무실을 쭉 둘러보다가 나를 쳐다보았다.

"소노 짱은 어때? 집에 자기 전용 책상이 있으면 좋겠어?"

부장이 소노 짱이라고 부르다니 오랜만이었다. 게다가 환하게 웃는 표정이다. 요즘은 계속 딱딱한 표정으로 "소노다 씨"라고 불릴 때가 많았는데.

"전용 책상이요? 그건 주부의 꿈이며 희망이지 않을까요?"

"그건 좀 허풍 아닌가?"

그러면서 부장이 웃었다.

"허풍이 아니에요. 자기 방이 있는 주부는 드무니까요. 집을 지을 때도 많은 건축가들이 남편의 서재는 설계에 집어넣지만 아내의 서재는 아예 생각도 않거든요."

"정말 그래요? 점점 더 결혼하기 싫어지네요."

30대 후반의 여직원이 투덜거리자 여기저기서 쿡쿡 웃음이 번졌다.

"남편이든 아내든 서재가 있는 집이라니, 애초에 우리 월급으로는 이루지 못할 꿈이에요."

"그러네요. 그럼 사내 결혼은 하지 말아야겠어요."

"나는 퇴근하면 서재는커녕 있을 곳도 없어."

부장의 자학 개그에 직원들이 일제히 웃음을 터뜨렸다.

이렇게 화기애애한 분위기가 대체 얼마 만이더라? 이런 잡담에서 아이디어가 나와 히트 상품이 탄생할 수 있으므로 부장은 잡담을 중요하게 여겼다.

"부엌이나 거실 한쪽에 놓을 수 있는 작은 책상이라면 좋지 않을까요?"

이시카와 사오리가 제안했다.

"접이식이 좋겠어요."

"색깔이 다양해도 좋겠는데요? 다섯 가지 색상 중에서 고를 수 있다거나."

"접이식이면 서랍이 없잖아요. 서랍이 없으면 여러모로 불편해요."

의견이 활발하게 나왔다.

"그럼 다음 회의 때까지 각자 기획서를 제출해주게. 디자이너에게도 협력을 받아야겠어."

부장의 그 말로 회의가 끝났다.

그날 점심시간, 나는 탕비실 전자레인지로 집에서 싸 온 도시락을 데웠다.

그때 이시카와 사오리가 귀여운 도시락통을 안고 탕비실로 들어왔다. 도야마 출신인 사오리는 대학 시절부터 혼자 살아 자취 경력이 길어 매일 도시락을 직접 싸 온다.

"과장님, 점심 드시고 나서 커피랑 홍차 중에 뭐 드시겠어요?"

소소하게 말을 걸어주는 것은 오랜만이었다. 게다가 사랑스럽게 웃어준다.

"당연히 커피지."

"진짜요? 와, 저도 그래요. 역 앞에 새로 생긴 커피숍 있지요. 그 집 커피 향이 진짜 좋더라고요."

다들 갑자기 왜 이럴까?

고마리가 마법이라도 부렸나 싶을 정도였다.

"오늘은 카레예요."

사오리가 용기 두 개를 열어 보여주었다. 하나에는 현미밥, 다른 하나에는 카레가 들어 있었다. 어제 먹고 남은 것이라고 했다.

"절약하려고요. 돈을 모아서 친구랑 여행 갈 거예요."

"어쩜, 기특하네."

"에이, 기특하긴 뭐가요. 그러고 보니 과장님 따님이 저랑 동갑이었죠? 따님도 점심은 도시락인가요?"

"맞아."

"따님이랑 같이 도시락 반찬을 만드세요?"

"…응, 그렇지."

"와, 부럽다."

레나는 아침에 아슬아슬하게 일어나서 내가 싼 도시락을 빼앗듯이 들고 나간다. 중학생 때부터 아무리 깨워도 일어나질 못한다.

"집에서 출퇴근하면 돈도 많이 모으겠어요. 부러워요."

레나 녀석이 조금이라도 저금을 했을까? 생활비를 따로 받지 않아서 월급은 전부 자유롭게 쓴다.

사오리에게는 생활력이 있다. 레나와 비교해 현실에 발을 디디고 사는 느낌이다.

둥근 테이블에 앉아 밥을 뜨려고 하는데, 도시락통을 들고 어정쩡하게 서 있던 사오리가 웃으면 물었다.

"저도 여기에서 같이 먹어도 될까요?"

"물론이지, 얼른 앉아."

환하게 웃어 보였다.

사오리가 반색하며 고맙다고 하고는 맞은편에 앉았다.

카레를 밥에 얹으면서 사오리가 "저기…… 소노다 과장님" 하고 눈치를 살피며 조심스럽게 말을 걸었다.

"응? 왜?"

평소보다 다정하게 말하려고 주의했다.

"다시 웃으셔서 기뻐요."

"응?"

"다들 걱정했어요. 요즘 들어 과장님이 우울해 보인다고."

"그랬어? 어머……, 몰랐네."

살이 빠지지 않아 계속 속이 타들어갔기 때문일까?

자기도 모르게 어두운 표정을 지었나 보다.

하지만 걱정할 정도라면 편하게 "무슨 일 있었어요?" 하고 물어보면 됐을 것을.

"다이어트가 마음대로 안 돼서 말이야."

무심코 솔직하게 털어놓았다.

"하하, 과장님도 참. 농담도 잘하셔. 여고생도 아니시면서."

사오리가 깔깔깔 웃어서 나도 웃을 수밖에 없었다.

"부장님이 말씀하셨어요. 과장님은 능력도 많으신데다가 또 엄청난 노력파라고. 보고 배우라고 하셨어요."

"정말? 그렇게 말씀해주셨다니 고맙네."

"야마우치랑 오노도 안심했어요. 왜냐하면……."

사오리가 말하려다가 입을 다물었다. 야마우치와 오노는 사오리와 동기인 남직원이다.

"왜냐하면? 뭔데?"

웃으며 이야기를 재촉했다.

"걔들이요, 요즘 과장님을 무서워했거든요."

"어머나."

어지간히도 표정이 딱딱했나 보다.

무서워서 아무도 접근하지 못했을 줄이야.

이 간단한 것을 왜 지금껏 깨닫지 못했을까.

두 번째 개별 지도 장소는 집 근처 카페였다. 고마리는 아직 오지 않았다.

5월치고는 날이 더웠다. 하지만 몇 년 전부터 계속 이상기온이라고 하니 원래 5월이 어떤 날씨였는지 가물가물하다.

카페 안을 둘러보니 반소매를 입은 사람이 많았다. 나는 5부 튜닉에 베이지색 바지를 입었다. 이미 몇 년 전부터 반소매 옷을 입을 용기는 사라졌다. 후리소데*의 소매처럼 축 처

* 미혼 여성이 입는 화려한 예복용 기모노로 소매가 넓다.

진 팔뚝 살을 남들 눈에 보이기 부끄러워 못 입겠다.

카페 자동문이 부드럽게 열리는 것이 보였다. 고마리가 막 들어오고 있었다. 가슴 높이에서 손을 들어 신호를 보내자 고마리가 알아차리고 고개를 끄덕이며 다가왔다.

성글게 짠 아이보리색 카디건 아래에 남색 민소매 원피스를 입고 있었다. 성긴 카디건 사이로 맨살이 드러나 시원해 보였다. 팔뚝을 감추기 좋은 차림이지만 저러면 더워도 카디건을 벗지 못하니까 문제다. 냉방을 하지 않았는지 아까부터 카페가 너무 더웠다.

"잘 부탁드립니다."

고개를 꾸벅 숙이자 고마리가 맞은편에 앉아 "안녕하세요" 하고 인사를 건네며 내 몸을 빠르게 훑어보았다. 첫 만남 이후로 한 달이 지났지만 여전히 뚱뚱하다고 확인하는 것 같았다.

점원이 물을 들고 왔다. 고마리는 자몽 주스를 주문하더니 지체하지 않고 이쪽을 보았다.

"노리코 씨, 못생긴 여자로 새롭게 살아간다는 것이 무엇인지 생각해보셨나요?"

"저 나름대로 일단 생각해보긴 했는데."

"호오? 그래서요?"

고마리가 몸을 굽히고 쳐다보았다.

"앞으로는 여성으로서가 아니라 인간으로 살려고 해요."

"훌륭하군요!"

고마리가 환하게 웃었다.

"참 총명하시네요. 지난번에 했던 어리석다는 말은 취소할게요. 노리코 씨, 어렸을 때 어떤 중년 여성에게 호감을 느꼈죠?"

"글쎄요, 인생 경험이 풍부하고 인간의 외면과 내면에 통달한 포용력 있는 사람이 아닐까요?"

"그렇죠? 그렇다면 외국의 중년 여성들이 여름이면 통나무처럼 투실투실한 팔을 왜 그렇게 당당히 드러내고 다니는지도 이해하시겠죠. 제 생각에는, 그들은 '보이고자 하는 욕망'을 졸업한 것 같아요. 이제는 외모가 중요하지 않다는 거죠. 앞으로는 인간으로서 덕망이 중요합니다. 당신이라면 분명 괜찮을 거예요. 그나저나 여기 꽤 덥네요."

그러더니 고마리가 카디건을 벗었다.

시선이 빨려 들어가듯이 고마리의 팔뚝으로 향했다. 나이에 비해 피부가 촉촉하고 깨끗했다. 꼭 아기 엉덩이처럼 탱글탱글했다. 내 시선을 알아차렸는지 고마리가 보디빌더처럼 팔을 굽혔다.

"와."

고마리의 팔뚝에 작은 근육이 볼록 도드라졌다.

"놀라셨죠? 저는 그냥 뚱뚱한 몸이 아니에요. 근육질이랍니다. 수영을 해요."

고마리는 조금 쑥스러워하는 것 같더니 금방 진지한 표정으로 돌아왔다.

"적게 먹으면서 운동 부족인 토실토실한 몸보다 훨씬 건강하죠."

"운동을 열심히 하시나 봐요."

"당연하죠. 아세요? 근육이 없으면 늙어서 운신하지 못할 확률이 극도로 높아져요. 죽을 때는 다른 사람 고생 안 시키고 깔끔하게 떠나고 싶지 않아요?"

"네, 그야 그렇죠."

"노리코 씨, '로코모'라는 말 아세요?"

"네, 아마 로코모티브 신드롬을 줄인 말이죠? 우리말로는 운동기능저하 증후군이던가요?"

"아시면 설명하기 쉽겠네요. 나이를 먹으면 신체 기능이 떨어져요. 근력과 지구력도 다 떨어지죠. 반응도 둔해지고 걷는 것도 느려지며 균형 감각도 떨어지니까 넘어지기 쉬워요. 일본에는 노인이 많으니 로코모는 국민병이라고 해도 좋을 정도예요. 자리보전하게 되거나 돌봄이 필요해지는 3대 요인 중 하나라고 해요. 일어나서 걷는 것부터 옷을 갈아입거나 화장실에 가는 것까지…… 즉 일상적인 최소한의 동작도 혼자 하지 못하게 되죠. 상상만 해도 소름이 끼쳐요……. 제가 매일 운동하고 식사에 신경을 쓰는 것도 딱히 오래 살고 싶어서가 아니에요. 깔끔하게 죽으려면 필요하기 때문이죠."

"그렇군요."

"노리코 씨, 유엔 난민고등판무관인 오하라 요코 씨를 아세요?"

"네, 알다마다요. 훌륭한 분이죠."

"그분, 뚱뚱하죠."

"……네, 듣고 보니 그러네요."

"뚱뚱하니까 꼴불견이라고 생각하시나요?"

"설마요, 감히 제가 어떻게 그러겠어요. 난민을 위해 노력하는 분인데요, 존경해요."

"그렇죠?"

고마리는 우쭐한 표정을 지었다.

"노리코 씨도 외모 따위는 눈에 들어오지 않을 정도로 멋진 분이 되세요."

당황해서 말이 나오지 않았다.

고마리를 바라보며 나는 꿀꺽 침을 삼켰다.

"노리코 씨는 근육 운동을 해야 해요. 지금보다 먹는 양을 줄이면 건강에 좋지 않을 것 같다면, 칼로리를 소비하는 방법밖에 없죠. 노후를 위해서라도 근력을 붙여야 해요."

역시 그 방법뿐인가. 알고는 있었다.

"그럼 지금부터 견학하러 갈까요?"

"어디를요?"

"당연히 헬스장이죠."

"하지만 저는 헬스장에 다닐 시간이 없어요."

그런 곳에는 죄다 날씬하고 젊은 남녀만 있어서 주눅이 드니까 싫다.

그러나 고마리는 반론은 용납하지 않겠다는 태도로 이미 일어났다.

"자, 갑시다."

억지로 끌려간 곳은 역 앞의 여성 전용 헬스장이었다. 이곳에는 세련된 운동복을 입은 사람은 한 명도 없었다. 게다가 연령대가 꽤 높았다. 강사도 다 쉰 살 넘은 여자들이었다.

이런 곳이라면 편하게 다닐 수 있을 것 같다.

"일주일에 두세 번이라도 좋아요. 정 힘들면 주말만이라도 괜찮고요."

"퇴근해서 집에 오면 저녁도 해야 하고, 주말에도 밀린 집 안일 때문에 늘 바빠요."

"노리코 씨, 시간은 만들면 생겨요."

말도 안 된다.

고마리는 아마 줄곧 전업주부였을 것이다. 그런 사람에게 시간이 어쩌고 하는 말을 듣고 싶지 않다.

시간은 만들 수 없다. 평일에는 회사 일과 집안일로 꽉 찼 다. 오로지 잠잘 시간만 기다릴 정도로 진이 빠진다. 주말의 즐거움은 낮잠이다. 토요일이나 일요일 중 최소한 하루라도 낮잠을 자면서 쌓인 피로를 풀지 않으면 그다음 주가 힘들다.

"지금 시간은 만든다고 생기는 게 아니라고 생각하셨죠?"

무심코 발끈한 표정을 지었나 보다.

"네, 뭐."

"집안일을 아예 놓아버리면 돼요."

고마리가 정면에서 나를 바라보았다.

무슨 말도 안 되는 소리를 하는 거야?

고마리는 가정부를 고용할 정도로 부자일까? 겉으로 보 기에는 전혀 아닌데,《당신의 살을 빼 드립니다》가 베스트셀 러가 되어 인세가 많이 들어왔을지도 모른다.

"따님도 회사에 다니죠? 다 큰 어른인데 이제는 자기가 직접 저녁밥을 만들어 먹어야죠. 따님한테 생활비를 받으시나요?"

"아니요, 굳이 그렇게까지 할 필요는 없어서요. 남편도 저도 일해서 넉넉해요."

"돈이 있고 없고는 상관없어요. 이대로라면 따님은 물가나 광열비에 대해 아무것도 모르고 나이를 먹어요. 그건 따님을 망치는 길이에요."

일리가 있는 소리였다. 사실 예전부터 조금 걱정하던 점이었다.

"알겠어요. 당장 다음 달부터 생활비를 내라고 할게요. 하지만 요리는 어차피 하는 거니까요. 우리 부부가 먹을 것은 만들어야죠."

"노리코 씨, 당신은 이제 쉰 살이에요."

"그러니까 아니라고요. 마흔아홉이라니까요."

고마리는 들은 척도 안 하고 운동 중인 여자들을 쳐다보았다.

"인생에 단락을 짓는다고 생각하면 어때요? 건강하게 살 수 있는 시간은 갈수록 줄어들어요. 생활을 근본적으로 재정립하는 게 좋겠어요. 어깨의 짐을 조금씩 내려놓을 시기가 된 거예요."

솔직히 요즘 들어 매일 식사를 준비하는 것이 스트레스였다. 열심히 만들어도 남편과 딸은 밖에서 밥을 먹고 오는 날이 더 많았다. 옛날 사람들은 아들이 결혼하면 며느리에게 곳간 열쇠를 넘겼지만 지금은 죽을 때까지 남편의 식사를 차려야 한다. 게다가 나이를 먹어도 집에서 나갈 생각이 없는 자식까지 계속 돌봐야 한다.

정작 나는 열여덟 살에 도쿄로 올라온 뒤로 쭉 자취했는데.

"좋은 엄마, 좋은 아내를 그만 졸업하세요. 그러지 않으면 따님뿐만 아니라 남편까지 망칠 테니까."

"남편까지요?"

"네, 그래요. 만약 노리코 씨가 먼저 세상을 떠나면 혼자 남은 남편이 곤란하시지 않겠어요? 남편과 따님을 위해서 자립하게 하는 거예요. 그리고 주부가 스트레스를 받으면 가족 관계도 나빠져요. 따님이 어렸을 때 가족 관계와 비교해보면 지금과 많이 다르잖아요? 한 세대 전이라면 따님의 부양을 받아도 이상할 것 없는 나이예요."

"부양이라고요? 제가 딸한테?"

그런 생각은 해본 적도 없었다.

하지만 듣고 보니 맞는 말이었다. 나는 20대 때 시골에 사는 엄마를 부양한 셈이니까.

헬스장을 나와 역 앞까지 돌아오자 고마리가 말했다.

"다음에 뵐 때까지 집안일을 손에서 놓을 방법을 생각해 보세요. 이게 이번 숙제입니다."

"……네, 알겠어요. 그럼 실례할게요."

집에 가려고 개찰구를 향해 서둘러 걷는데 고마리가 "잠깐만요" 하고 불러 세웠다.

"왜 그렇게 급하게 가세요?"

고마리가 묘한 표정으로 물었다.

"집안일을 해야 해서요."

"오늘은 토요일이에요. 귀중한 휴일이라고요."

"네, 그러니까 일주일간 집안일이 쌓였는데 얼른 가서 해야죠."

"남편과 따님은 이 시간에 뭘 하는데요?"

"남편은 골프를 치러 갔고 딸은 쇼핑하러 갔어요."

"휴일이니까 당신도 남편이나 따님처럼 하고 싶은 일을 하면서 보내세요."

"하지만 빨래도 해야 하고 청소도……."

우물쭈물 대답하는데 고마리가 후후 코웃음을 쳤다.

"중증이네요."

고마리는 그 말을 남기고 커다란 엉덩이를 흔들며 개찰구를 지나 사라졌다.

꧁

빨래를 널면서 생각했다.

'미안한데, 주부 업무에서 그만 졸업하고 싶어.'

이렇게 말하면 남편은 어떻게 반응할까? 대체 왜 이러나 의심하려나?

빨래를 다 널고 나자마자 앞치마 주머니에서 핸드폰이 울렸다. 엄마였다.

"잘 지내니? 고마리 씨가 잘 가르쳐주니, 어때?"

거실로 이동하면서 오늘 고마리에게 받은 지도사항을 설명했다. 엄마는 옛날 사람이니까 여자가 집안일을 내팽개치다니 말도 안 된다고 격노할 줄 알았는데 뜻밖의 대답이 돌아왔다.

"몸이 안 좋다고 하면 어떠니? 거짓말도 방편이라는 말이 있잖아. 동네 노부부들을 보면서 생각했어. 부인이 자주 여행을 가서 집을 비우거나 아파서 입원한 집일수록 남편이 집안일을 잘하더구나."

그때 현관 초인종이 울렸다.

"누가 왔나 봐. 엄마, 다시 전화할게요. 끊어요."

또 데루미가 직접 만든 빵을 들고 온 건가? 그렇게 짐작하고 현관으로 나갔는데, 시어머니가 서 있었다. 아주 심각한 표정이었다.

"미안하구나. 갑자기 와서."

"아니에요, 무슨 말씀이세요. 어서 들어오세요."

"아니다, 굳이 들어갈 것 없다. 쇼핑하러 나왔다가 들른 거라서."

시어머니가 마루 귀틀에 앉더니 크게 한숨을 내쉬었다.

"내가 말이다, 오랫동안 데루미에게 상처를 줬던 모양이다."

"형님한테요? 갑자기 무슨 말씀이세요?"

"어제 데루미가 우리 집에 직접 만든 빵을 주겠다면서 왔단다. 모처럼 와줬으니까 같이 차를 마시면서 얘기를 나눴어. 그런데 마침 놀러 왔던 내 여동생이 말실수를 했지 뭐니. 데루미가 그렇게 무서운 얼굴을 한 건 처음 봤다."

"말실수요? 무슨 말씀을 하셨는데요?"

"……그게 말이다. 데루미를 '안 그런 며느리'라고 불렀어."

무슨 소린지 전혀 모르겠다.

"나이를 먹으면 사람 이름을 깜박깜박하곤 하잖니. 그래서 우리 자매끼리 너희를 '미인 며느리'와 '안 그런 며느리'라고 불렀단다."

"그건…… 몰랐어요."

"그러자 데루미가 이렇게 말하더구나. '저와 노리코 씨를 그런 식으로 구별하신 거, 아주 예전부터 알고 있었어요'라고."

그래서 데루미가 지금까지 말도 안 되는 핑계를 갖다대며 친척 모임에 오지 않았던 거구나.

동서인 내가 갑자기 살이 찌면서 더 이상 미인이 아니게 되자 비로소 친밀감을 느낀 거였나?

"내가 미안하고 민망해서 앞으로 데루미 얼굴을 어떻게 봐야 할지 모르겠구나……."

"마음을 다해 사과하시고 그냥 지금처럼 지내면 될 거예요."

"그럴까? 그래, 그럼 그렇게 하마. 네가 하는 말이니까 맞겠지."

생각보다 신뢰를 받고 있었다. 조금은 자신감을 가져도 괜찮을 것 같았다.

그날 밤, 남편과 딸이 모인 식탁에서 어렵게 말을 꺼냈다.

"회사 건강검진에서 혈압과 혈당치가 높다고 나왔어."

"어, 그래? 운동 부족인가?"

남편도 딸도 걱정스러운 표정으로 쳐다보았다.

"그렇대. 그래서 수요일과 금요일에는 헬스장에 다니려고."

"그거 괜찮겠는데?"

"엄마, 좋은 생각이에요."

"그래? 수요일과 금요일에는 저녁을 못 차리는데 괜찮을까?"

"괜찮고말고. 특히 금요일은 술자리도 잦으니까."

의외로 남편의 대답이 시원시원했다. 심지어 조금 기뻐 보이기까지 했다.

"당신도, 레나 너도 냉장고에 있는 거로 대충 만들어 먹어. 그리고 레나, 네 도시락을 싸는 것도 이제 졸업할 거다."

"그건 괜찮은데 엄마는 점심 어떻게 하려고?"

"나는 내 것만 쌀 거야."

"엄마 거 싸는 김에 내 것도 싸면 되잖아."

"싸는 김에가 아니야. 내 것만 준비한다면 반찬에 신경을 안 써도 되니까."

"어, 그랬어요? 내 것까지 만드느라 손이 많이 갔던 거야? 몰랐어요. 덤으로 해주는 줄 알았지."

레나가 미안한 표정을 지었다.

이렇게 조금씩 조정해서 집안일에서 벗어나면 된다.

"그리고 당신. 와이셔츠 드라이클리닝 말인데, 앞으로는 직접 세탁소에 맡기면 안 될까?"

"내가? 당신 거 맡기는 김에 같이 맡기면 되잖아?"

"세탁소에 맡기는 건 당신 와이셔츠뿐이야. 내 건 다 세탁기에 돌려."

"미안, 전혀 몰랐어. 결혼하고 세월이 한참 지났는데 나도 참."

남편이 이렇게 순순히 사과하다니 의외였다.

이럴 줄 알았다면 좀 더 일찍 말할 것을 그랬다.

하고 싶은 말은 확실히 말로 표현해야 하나 보다.

"엄마, 지금까지 도시락 싸줘서 고마워요."

딸의 그 말에 이날 이때까지 했던 고생이 보상받는 기분이었다.

나도 참 단순한 사람이다.

어쩌면 사사건건 어렵게만 생각했던 건지도 모른다. 내건강과 감정을 우선시해도 좋았다. 앞으로는 나 자신을 소중히 여겨야지, 새롭게 다짐했다.

　헬스장에 다닌 지 3개월이 지났다.

　살은 그리 쉽게 빠지지 않으려나 보다.

　그런데 몸무게는 똑같지만 체지방률이 내려가고 골격근량은 올라갔다.

　또 35.3도였던 평균 체온이 36도로 올라 몸도 따뜻해졌다.

　근력을 키워 건강한 노후를 맞이할 것이다.

　"어느 날 문득 보니 살이 빠져 있는 그런 날이 올 거예요."

　고마리의 말을 믿고 오늘도 퇴근길에 헬스장에 들를 예정이다.

CASE 2
니시키코지 고기쿠 18세

어머니는 나를 무시한다.

나한테 화가 나 있는 것 같다.

요즘 들어 가부키*를 보러 가자는 말씀이 없다. 유서 깊은 니시키코지 가문에 나처럼 뚱뚱한 딸이 있다고 세간에 알리기 싫어서 그러는 것이 분명하다.

나는 참담한 기분을 뒤로한 채 집 현관문을 열었다.

마루에 걸터앉아 부츠를 벗으려는데 잘 벗겨지지 않았다. 종아리가 무처럼 두꺼워서 지퍼 하나 내리기도 힘들다.

간신히 부츠를 벗고 짧은 복도를 걸어 거실문을 열려고 했을 때, 안에서부터 아버지의 목소리가 들려왔다.

---

* 음악과 무용의 요소를 포함하는 일본 전통극. 고유한 무대에서 양식화된 연기를 보여주는 대중극 형식으로 에도 시대에 집대성되었다.

"그건 작은 국화*가 아니라 큰 국화요."

잠깐 사이를 두고 밝은 웃음소리가 터졌다.

"아이참, 큰 국화라니요. 당신도 참."

발랄한 소프라노는 어머니의 목소리였다.

"아버지도 참 나쁘세요. 걔한테 고기쿠라는 사랑스러운 이름을 붙이셨으니까요."

이번에는 큰언니 고유키의 목소리였다. 작년에 결혼한 큰언니는 시도 때도 없이 친정에 놀러 오는데, 그때마다 흑우와 규나 값비싼 과일을 잔뜩 싸들고 온다.

"웃을 일이 아니에요. 저번에도 고기쿠 때문에 얼마나 부끄러웠는지 모른다고요."

짜증 어린 목소리는 둘째 언니 고우메였다. 입술을 삐죽거리는 것이 눈에 선했다.

"친척 모임 때 그이가 말했어요. '동생이 아주 건강해 보이는군요'라고."

"건강해 보인다고? 말주변 한 번 좋구나."

"아버지, 감탄하시면 어떡해요."

"대놓고 뚱뚱하다고 하지 않은 게 대단하잖니. 순간적으로 완곡한 표현을 떠올린 것은 두뇌 회전이 빠르다는 증거야."

* 고기쿠小菊가 작은 국화라는 뜻이다.

"그렇게 말씀하시니 또 그러네요."

고우메 언니가 꽤 흡족하다는 듯이 대답했다.

'다녀왔습니다'라고 하려던 말을 삼키고는 살금살금 내 방으로 서둘러 올라갔다. 다다미 넉 장 반, 9제곱미터에도 미치지 못하지만 유일하게 혼자 있을 수 있는 공간이다.

니시키코지가에는 딸이 셋이다. 위부터 고유키, 고우메, 고기쿠로 모두 이름에 '작을 소小'자가 들어간다. 이름값을 하지 못하는 것은 막내인 나 고기쿠뿐이다. 고유키 언니는 잡지의 독자 모델로 선정될 정도로 미인인데다가 키도 크고 스타일도 우아하다. 고우메 언니도 제법 미인이며 메이크업 과 머리 손질에는 집념을 불태운다고 표현해도 좋을 정도로 열심이다.

방에 들어와 침대를 등받이로 삼아 바닥에 앉았다. 그러고는 담요를 끌어당겨 무릎을 덮었다. 4월도 중순에 들어섰는데 어제부터 비가 와서 쌀쌀했다.

그건 그렇고…… 오늘 수업도 지루했다. 벽을 쳐다보며 한숨을 푹 내쉬었다.

영문학 따위는 애초에 흥미가 없다. 상류층에서는 영문 과 출신 며느리를 선호한다며 아버지는 끝까지 영문과 진학 을 종용했다. 사실은 파티시에가 되고 싶었다. 조리사 전문학교에 가거나 어느 가게에 제자로 들어가 도제 수업을 받고 싶었는데 아버지의 반대를 꺾을 수 없었다. 세 딸을 부잣집에 시집보내는 것이 아버지의 굳건한 목표다.

아버지는 늘 이렇게 말씀하신다.

"우리의 유일한 무기는 옛 화족* 가문이라는 것뿐이다."

지금까지는 조상 대대로 내려오는 가보들을 팔아서 먹고 살았지만 과연 언제까지 그럴 수 있을까? 어렸을 때는 이 방을 '보물 창고'라고 불렀고, 말 그대로 '보물'이 꽉 차 있었다. 보석이나 그림은 물론이고 커다란 도자기나 다도 용품도 있었다. 그러나 이제 바닥을 보인다. 인기 없는 무명 화가였던 아버지는 지금 미대 입시 전문학원의 강사로 일하는데, 그마저도 저녁 몇 시간만 나가서 하는 일이라 월급은 보잘것없다. 그런데도 아버지는 낮에 할 일을 찾지 않고 '보물'에 의지해 살고 있다.

"고기쿠, 집에 왔니?"

문 너머로 어머니의 목소리가 들렸다.

"네, 다녀왔습니다."

* 일본 메이지 시대인 1869년, 메이지 일왕은 신분제도를 개편하는 과정에서 각 지방의 영토를 다스리던 유력자인 다이묘에게서 토지와 백성을 반환 받았고 대신 그들을 '화족'이라고 분류해 특권을 주었다. 공후백자남의 서양식 귀족 계급을 받은 일본식 귀족으로, 제2차 세계대전에서 일본이 패한 이후에는 이 제도가 사라졌다. 대부분의 화족 계급이 부유했기 때문에 제도 폐지 이후에도 주로 상류층 명문가로 남았는데, 그중에는 가난해서 몰락한 집안도 더러 있었다.

"목욕물 받아놨다. 들어가거라."

"네, 어머니. 바로 할게요."

목욕하라고 하면 곧바로 하는 것이 우리 집의 철칙이다. 가스요금을 절약하기 위해 가족 전원이 시간 낭비 없이 차례차례 들어가야 한다.

어머니의 발소리가 멀어진 뒤에야 갈아입을 옷을 챙겨 욕실로 가 옷을 벗었다.

피곤했나 보다. 무심코 체중계에 올라갔다.

몇 킬로그램인지 알면 기분이 한없이 우울해지므로 절대 재지 않겠다고 다짐했는데. 그러나 일단 올라갔으면 얼마나 나가는지 알고 싶은 것이 사람의 심리다. 조심조심 눈금을 흘겨보았다.

아, 신이시여, 어째서죠?

언제 80킬로그램을 넘은 거죠?

키는 겨우 155센티미터밖에 안 되는데.

제가 뭔가 큰 죄를 지었나요?

그렇다면 속죄할 수 있도록 이끌어주세요.

아무 경고도 없이 몸무게만 늘리다니, 제발 잔인한 심술을 거둬주세요.

세면대 거울에 비친 모습을 뚫어지게 쳐다보았다.

얼굴이 둥그렇다. 피부가 하얘서 유난히 팽창한 것처럼 보인다. 아무리 잘 봐줘도 '포동포동'한 수준을 뛰어넘었다. 팔뚝은 고우메 언니의 허벅지 굵기만 하다.

긴 머리를 짧게 자른 것이 실수였다. 통통한 뺨을 보니 유치원 시절이 떠올랐다. 각도에 따라서는 중년 아줌마처럼도 보인다. 어느 쪽이든 꽃다운 나이의 아가씨로는 보이지 않는다. 미용실에서 헤어 카탈로그를 보다가 쇼트헤어 모델들에게 반했다. 모두 얼굴이 작고 귀여웠다. 줄곧 고수했던 긴 머리가 갑자기 촌스럽게 느껴졌고 뚱뚱함을 더 부각하는 것만 같았다. 또 깔끔해 보이지도 않았다. 그때, 나도 머리를 짧게 하면 조금은 말라보일지 모른다고 생각한 것이 말도 안 되는 착각이었다.

왜 하필이면 그때 모델은 다들 날씬해 뭘 해도 예쁘다는 당연한 진리를 간과했을까?

아아, 진짜 비호감이야.

중학생 시절, 길에서 뚱뚱한 중년 아줌마를 보면서 속으로 얼마나 욕을 했던가. 저 정도가 되면 여자고 뭐고 끝장이다. 저런 사람들은 일도 안 할 테고 인생 고민도 없이 아침부터 밤까지 텔레비전이나 보면서 끊임없이 먹기나 하겠지. 이렇게 제멋대로 상상했다. 지금 나는 그 아줌마들보다 훨씬 뚱뚱한데 말이다.

나와 달리 어머니는 쉰여덟 살인데도 여전히 날씬하다. 길을 걸으면 선망 어린 눈으로 어머니를 돌아보는 중년 여성들이 한둘이 아니다. 그런데 나는 이제 막 대학교에 입학한 만 열여덟 살 아가씨인데 어쩜 이렇게 살이 쪘을까. 중학교 이후로 키는 거의 자라지 않았는데 몸무게만 두 배 가까이 늘었다.

2년 전부터 살이 급격히 붙기 시작했다. 진로 때문에 아버지와 충돌하던 무렵이다.

"파티시에라고? 직업은 서민 여자들이나 갖는 거야. 화족 출신 중에 일하는 여자는 한 명도 없어. 고유키를 봐라. 대기업 후계자에게 시집을 갔으니까 저렇게 행복하게 사는 것 아니냐."

설교를 잔뜩 들었다. 고유키 언니는 물론 행복해 보인다. 매일 아오야마나 긴자 거리를 돌아다니며 쇼핑과 맛집 탐방을 하느라 여념이 없다. 고우메 언니 역시 비슷한 길을 갈 것이다. 고우메 언니는 작년에 대학교를 졸업했는데 취업 대신 맹인안내견 훈련소에서 자원봉사자로 활동한다. 올해 초에 식품회사 사장 아들과 맞선을 봤고 지금은 데이트를 하며 결혼 초읽기 단계에 들어갔다.

고유키 언니도 고우메 언니도 매일 즐겁게 지낸다. 이는 곧 아버지의 생각이 옳다는 증거일 것이다.

하지만…… 좀 아니다.

뭐가 아닌지 설명하긴 어렵지만 어쨌든 행복의 척도는 사람마다 다르지 않을까? 돈이 많아서 자유롭게 산다는 점은 당연히 부럽다. 그러나 나는 쇼핑 삼매경에 유흥 삼매경인 생활을 즐기지 못할 것 같았다. 틀림없이 허무할 것이다.

어쩌면 뚱뚱하고 못생겼기 때문에 이렇게 생각하는지도 모른다. 고유키 언니처럼 예쁘면 꾸미는 것이 당연히 즐거울 것이다. 그러나 나는 언니들처럼 치장하는 데 푹 빠져 살지는 못하겠다. 뭘 입어도 안 어울리니까.

'어차피 나 같은 게 무슨.'

급격히 살이 찌기 시작한 고등학생 시절부터 툭하면 속으로 이렇게 중얼거렸다.

"요즘 잘 안 웃는데 무슨 일 있어?", "좀 어두워진 것 같아." 친구들이 걱정스럽게 묻기 시작한 것도 그 무렵부터이다.

살이 찌니까 자꾸만 주눅이 든다. 뚱뚱하면 뭐, 안 될 것 있나? 살이 쪘을 뿐인데 왜 마음이 이렇게 어수선할까. 살이 찌기 전에는 자신감이 넘쳤다. 성적도 좋았고 운동도 곧잘

했다. 지금보다 훨씬 열심히 살았다. 남의 눈에 어떻게 비치는지 이 정도로 신경 쓰진 않았다.

그래, 부엌에 가서 특대 주먹밥을 만들어야지. 그런 거라도 하지 않으면 우울한 기분에 잠식된다.

먹을 때만큼은 행복했다.

대학 입학 후 한 달이 지났다.

"그럼, 다음은 다나카 하루코가 읽어볼까?"

베토벤 머리 스타일을 한 영문학 남자 교수가 말하자, 안경을 쓴 하루코가《폭풍의 언덕》원서를 읽기 시작했다. 더듬거리고 몇 번인가 발음도 틀려서 교수가 교정해주었다.

"좋아, 거기까지. 그런데 다나카, 도호쿠* 출신이지?"

교수의 뜬금없는 질문에 당황한 학생들이 고개를 들어 하루코를 쳐다보았다. 일본어는 한마디도 하지 않고 영어 문장만 읽었는데 어떻게 출신지를 알았을까?

"야마가타 출신인데 어떻게 아셨어요?"

하루코의 말투에서는 사투리가 전혀 느껴지지 않았다.

* 도호쿠 지방은 일본 혼슈 북부로, 아오모리현, 이와테현, 미야기현, 아키타현, 야마가타현, 후쿠시마현의 6현을 말한다.

"역시."

교수가 한 건 올렸다는 듯이 싱긋 웃었다.

"영어 발음을 들으면 어디 출신인지 대충 알 수 있어. 예를 들어 사람들이라는 뜻의 people을 간사이 지방이라면 피플, 도호쿠 지방이라면 피포라고 배운다더구나."

또 얄미운 교수가 늘었다.

'우연히 그런 학생이 있는 것뿐이잖아요, 교수님.'

한마디 쏘아붙이고 싶었다.

점심시간, 강의실에 혼자 남아 도시락을 먹었다. 유치원부터 대학교까지 부속교*여서 교내에 아는 사람은 많았지만 대학생이 되어서도 도시락을 들고 오는 것은 나뿐이었다.

강의실 앞문으로 다나카 하루코가 스타벅스 커피를 한 손에 들고 들어왔다.

"저기, 얘. 너 니시키코지 맞지?"

"응, 그런데?"

출석을 부르면 성이 워낙 튀어서 다들 금방 기억한다.

"성을 보니 화족 가문 출신인 것 같아서."

* 대학교를 정점으로 이하 교육기관을 부속 학교로 두고 운영하는 교육 제도. 국공립은 물론이고 사립대학도 부속교가 있고, 대학 없이 고등학교를 정점으로 두는 경우도 있다. 부속교를 운영하는 목적은 대학까지 일관적으로 조기 교육하여 대학 및 교육 법인의 교풍을 익히게 하는 데 있다. 모체 대학에 진학할 경우, 보통 입학시험을 면제해준다. 이를 '내부 진학' 혹은 '에스컬레이터 진학'이라고 부른다. 그래서 유명 사립대학에 내부 진학할 수 있는 유치원이나 초등학교에 자식을 입학시키려는 유명인들이 많다.

"응, 일단은."

대답하자마자 하루코가 안 그래도 큰 눈을 더 휘둥그렇게 뜨며 손으로 입을 막았다.

"정말로 화족 가문 사람이야? 농담인 줄 알았어……. 도쿄는 진짜 대단한 곳이구나."

그러면서 도시락 반찬들을 대놓고 들여다보았다.

"황족의 삶이 검소하다는 소리는 들었는데 화족도 그렇구나. 아무리 그래도 이렇게 검소할 줄이야."

오늘 도시락은 평소와 똑같은 삼색 도시락이었다. 어머니가 유일하게 만들 수 있는 도시락이다. 갈색인 닭고기 고명, 노란색인 달걀 볶음, 분홍색인 덴부*를 밥 위에 3분의 1씩 올렸다. 다른 반찬은 없다.

돈은 차고 넘치지만 딸들의 교육을 위해서 검소하게 살려는 어머니의 생활방침……은 절대 아니다. 그냥 가난하기 때문이다. 돈도 없으면서 세 자매를 다 유치원부터 대학까지 도요 여학원에 보냈으니 형편이 늘 팍팍할 수밖에 없다.

"분명 궁궐처럼 으리으리한 집에서 살겠지?"

"아닌데."

"에이, 겸손 떨지 마. 화족이니까 서양식 저택이니?"

---

* 생선을 쪄서 잘게 빻아 설탕, 간장, 술 등으로 조린 요리

"아니야, 평범한 집이야."

"일본식 건축이구나. 정취 있는 집이겠네. 이끼가 깔린 정원에 넓은 연못이 있고, 한 마리에 100만 엔(약 1천만 원)쯤 하는 비단잉어가 헤엄치고? 또 별실에는 다실도 있겠지."

하루코는 호화로운 저택을 상상하는지 황홀한 눈빛으로 허공을 쳐다보았다.

"그렇게 멋진 집은 아니야."

어려서부터 친구를 집에 데리고 오는 것은 절대 금지였다. 이 낡고 허름한 집을 보게 되면 까무러치게 놀랄 것이다. 미나토구의 단독주택이라고 하면 듣기에는 좋지만 실상은 날림으로 지은 목조 단층집이어서 엉망진창이다. 그래도 아버지는 차지권*을 방패로 내세워 뭉개고 있다.

"그리고 오래돼서 낡았어."

최근에 비가 새서 토목사무소 사람을 불렀던 일이 생각났다.

"그야 그렇겠지. 서민들이 사는 집이라면 새로 지으면 되지만 니시키코지 가문이 사는 집이라면 그럴 수도 없잖아?"

"맞아, 새로 지을 수가 없어."

---

* 건물을 세울 목적으로 다른 사람의 토지를 빌려 사용하는 지상권 및 임차권. 토지소유자와 임대차관계를 맺어 토지 위에 건물을 세우면, 임대차계약 기간까지 토지를 적법하게 사용할 수 있고 본인이 소유한 건물에 대해 대항력을 가진다.

재건축할 돈이 없을뿐더러 지금 집을 부수면 기다렸다는 듯이 토지소유자가 땅을 돌려달라고 요구할 것이다.

"집이 중요문화재로 지정되어도 곤란한 점이 많구나."

"어? 아니야. 정말로 낡았다니까."

"우리 집은 5년 전에 다시 지었어. 엄마 취향이 아기자기하거든. 그래서 벽면을 죄다 내민창으로 만들었는데 어중간한 서양식이 되어 버려서 얼마나 촌스러운지 몰라. 우리 집이랑 다르게 너희 집은 웅장하겠다!"

"절대로 아니야. 그리고 진짜 좁아."

방 세 개에 부엌이 있는 3K 구조에 수납공간이 적은 집이어서 방 하나는 부모님 침실, 다른 하나는 세 자매의 침실, 나머지 하나는 거실 겸 식당으로 썼다. 어려서는 괜찮았는데 크면서 겨우 10제곱미터 방을 셋이 같이 쓰려니 답답했다. 그래서 고등학교에 올라가면서 가보들을 보관해두던 창고를 내 방으로 쓰기 시작했다. 보물 수가 줄어들었고 세 자매 중에 나만 공부를 열심히 했으니까 허락한 것이다. 고유키 언니가 결혼해서 집을 나가 지금은 고우메 언니 혼자 방을 쓴다.

"그 옷도 진짜 멋있다. 나는 그런 거 입어본 적이 없어."

하루코가 칭찬하면서 내 몸을 위아래로 훑어보았다.

오늘은 가슴에 프릴이 잔뜩 달린 하얀 블라우스와 아가일 무늬 회색 카디건, 아래에는 녹색 플레어 치마를 입었다. 위아래 모두 올해 예순일곱 살이 되신 이모님으로부터 물려받은 옷이다.

"오래됐지만 품질은 좋단다."

이모님이 늘 하는 말씀이다. 어머니도 합성섬유 옷은 절대 입지 않는다. 원피스나 정장의 소재는 대부분 실크나 울이고, 코트는 캐시미어나 앙고라, 여름 옷들은 실크나 마, 면이다. 품질은 흠잡을 데 없지만 디자인이 1980년대를 떠올리게 한다.

"나? 내 건 다 싸구려야."

하루코의 옷을 티 나지 않게 살피려고 했는데 들켜버렸다.

"우리 시골에는 '이온'이라고, 엄청나게 큰 마트가 논 한가운데에 있거든. 상경하기 전에 엄마랑 같이 거기 가서 속옷부터 코트까지 한꺼번에 다 샀어."

부럽다. 태어나서 지금까지 옷을 사러 간 적이 손에 꼽는다. 어려서는 언니들한테, 살이 찌고 나서부터는 줄곧 이모님한테 물려받은 옷들만 입고 있다. 이모님은 뚱뚱하지만 멋부리기를 좋아해서 직접 주문제작한 가죽 부츠도 여러 켤레 갖고 있다. 워낙 조심스럽게 아껴 신으신 덕분에 종아리가 두꺼워 기성품 부츠가 안 맞는 나는 감사히 물려받아 신고 다닌다. 이모님이 없었다면 평생 부츠 한번 신어보지 못했을 것이다.

"하루코 씨는 날씬해서 멋있다."

하루코는 몸이 가늘어서 청바지가 잘 어울렸다. 레몬색 폴로셔츠에 진주색 라이트다운 베스트가 상큼하니 꼭 봄처녀 같았다.

"하루코 씨라니, 그렇게 불린 거 처음이야. 부모님은 당연히 하루코라고 부르고 친구들은 하루 짱이나 다나카 씨, 남자들은 다나카라고 불렀어."

"어? 남녀 공학이었어?"

"당연하지. 공립이니까."

남자와 교실에 같이 있는 건 어떤 기분일까? 여학교만 다닌 나로서는 상상이 되지 않는다.

"저기, 오후 강의 끝나면 같이 차 마시러 가지 않을래?"

"응, 그래."

웃으며 대답했지만 지갑 사정이 걱정이었다.

"우리 엄마한테 니시키코지 씨 얘기를 하면 깜짝 놀랄 거야. 고귀한 가문의 사람이랑 친구가 됐다고 하면 놀라서 친척들까지 다 뒤집어질걸? 성부터 우아해서 왠지 황송한 마음까지 든다니깐. 나는 다나카야. 다, 나, 카. 밭田에 가운데 중中이니까 밭 한가운데. 성이 이러니까 최소한 이름만이라도 분위기 있게 지어주었으면 얼마나 좋았을까. 그런데 봄에 태어났으니까 봄 춘春에 아이 자子를 써서 하루코다? 진짜 너무하지 않니. 1990년대에 태어난 사람 중에 하루코가 몇 명이나 있겠니? 그 영문학 베토벤도 단번에 도호쿠 출신인 걸 알아맞혔잖아. 나만 모를 뿐이지 촌티를 풍풍 풍길 게 뻔해."

그러더니 깔깔 웃었다.

어떻게 반응해야 할지 몰라 하루코를 멍하니 쳐다보았다.

이렇게 숨김없이 속을 털어놓는 사람은 지금까지 본 적 없다. 사람들은 다 체면을 따지며 사는 줄 알았는데 이 세상에는 그렇지 않은 사람도 있나 보다.

그날, 수업을 마치고 하루코와 근처 공원에 갔다.

지갑에 천 엔(약 1만 원) 지폐가 한 장 있었지만 카페에서 커피를 사서 없애기는 아까웠다. 그러느니 과자를 사는 게 훨씬 이득이다. 그래서 날씨도 좋으니 공원 벤치에 앉아 얘기하자고 말을 꺼냈다.

"좋아, 그러자. 시골 사람들은 툭하면 역 근처나 길가의 카페에 가려는 습성이 있다니까."

"왜?"

"우리 집은 마을에서 차로 겨우 5분 떨어졌을 뿐인데 사방에 논밭만 있지 벤치나 공원 같은 세련된 건 없거든."

수다를 떨며 공원으로 걸어갔다.

"야마가타는 자연이 아름답겠다. 부러워. 청춘 영화를 보면 둑에 앉아 얘기하는 장면이 나오잖아? 기분 좋게 산들바람도 불고, 나 그런 거 동경했어."

"영화에서나 그러지. 친구랑 둑에 앉아서 수다라도 떨다가 아는 사람 눈에라도 뜨여봐. 가족한테도 말 못할 고민 때문에 저러고 있다고, 무슨 일 때문에 그러냐고 집요하게 캐물을걸."

"어? 왜 그러는데?"

"니시키코지, 혹시 시골 사람들은 다 순박하고 좋은 사람이라고 생각해?"

"텔레비전에서 나오는 분들을 보면 다 그러니까."

"절대 안 그래. 좁은 세계가 얼마나 무서운데. 그보다 니시키코지, 핸드폰 번호 알려줄래?"

"핸드폰…… 없는데."

그러자 하루코의 얼굴이 순식간에 굳었다.

"흠, 그런 거구나. 과연."

딱딱한 표정으로 혼자 고개를 끄덕였다.

나를 무시하나? 옛 화족 가문이면서 핸드폰도 없는 가난뱅이인 걸 들켰나? 초등학교 때부터 알고 지낸 친구들은 우리 집이 가난한 것을 대충은 알아차렸을 것이다. 그러나 설마 이 정도일 줄은 모르겠지.

"그러니까 같은 학교 출신들한테만 핸드폰 번호를 가르쳐 주는 거구나?"

그러면서 하루코는 쓸쓸하게 웃었다.

"그렇다면 처음부터 확실히 말해주지 그랬니? 미리 알았다면 나도 염치없이 차를 마시러 가자는 소리는 안 했을 텐데."

"뭔가 오해하는 거 아니니? 나 정말로 핸드폰 없어."

"진짜야? 역시 화족이구나."

드디어 믿어주었는데 또 다른 오해를 한 모양이다.

"양갓집 규수가 이런 거구나. 소중한 딸이 질 나쁜 사이트에 접속하지 못하게 하려고 그러시는 거지?"

"그런 게 아니라……."

"역시 나 같은 서민과는 다르다. 나는 초등학교 5학년 때부터 핸드폰을 가지고 다녔어. 학원까지는 엄마가 차로 데려다줬는데 밖에서 뭔일이라도 생기면 걱정되니까 갖고 다니라고. 덕분에 어려서부터 야한 사이트에 몰래 접속했지롱."

그때 따뜻한 봄바람이 불었다. 뺨을 어루만지고 머리카락을 흔들었다.

야마가타에 가본 적은 없지만 지금 이 바람이 대자연을 떠올리게 했다.

"하루코 씨 고향에 가보고 싶다."

마침 연못가 벤치가 비어서 나란히 앉았다.

"그럼 여름방학에 올래? 우리 엄마, 감격할 거야. 그보다 하루코 씨라고 부르지 마. 분수에 안 맞아서 막 간지러워."

"알았어. 그럼 하루라고 불러도 될까?"

"응, 그게 좋아."

"그러면 나도 가능하면 성이 아니라 고기쿠라고 불러줄래?"

"응, 그럴게."

이후 고등학교 시절 얘기를 나눴다. 하루코는 스가모의 원룸에 혼자 산다고 해서 주말에 놀러 가기로 약속했다. 아무리 수다를 떨어도 이야깃거리가 끊이지 않았다. 이렇게 즐겁게 대화를 나눈 것은 오랜만이었다. 시간이 순식간에 흘러 어느새 먼 하늘에 땅거미가 내리기 시작했다.

"슬슬 집에 갈까?"

나란히 역으로 걸었다.

"오늘 저녁은 뭘 만들어 먹을까."

"하루, 자취해? 대단하다."

"한 달에 생활비랍시고 겨우 10만 엔(약 100만 원)밖에 안 보내주니까 쪼들려. 도쿄는 집세가 비싸잖아. 그래서 일주일에 세 번 술집에서 아르바이트를 해."

하루코가 갑자기 멈춰 섰다.

"저거 봐. 맛있겠다. 나 배고파."

하루코가 가리킨 곳을 보니 크레이프 푸드 트럭이 있었다.

"고기쿠, 크레이프 먹자."

"……응, 어쩌지."

가게 앞에 가서 메뉴판을 보았다. 바나나 초콜릿 크레이프가 맛있어 보여서 저절로 입에 침이 고였다. 하지만 어떤 메뉴든 580엔(약 6000원)이나 했다.

"나는…… 그냥 안 먹을래."

"에이, 아쉽다. 그래도 역시 대단하다. 교육을 잘 받은 사람은 다르구나. 길거리 음식 같은 건 안 먹는 거지?"

"그런 건 아닌데."

"음, 나도 안 먹을래. 저녁 먹기 전에 단것을 먹으면 안 좋으니까. 또 이런 푸드 트럭은 위생 상태도 의심스럽고."

하루코는 자기가 서민이고 가난하다며 비하하지만, 지갑 사정을 걱정하지 않고 크레이프를 사 먹고 카페에서 차를 마실 여유는 있나 보다.

역시 가난한 사람은 나뿐이구나. 고등학생 때는 햇볕에 새까맣게 그을리면서 특별활동에 전념하던 동급생들이 대학에 입학하자마자 꽃이 핀 것처럼 화려한 여대생으로 변신했다. 교칙이 엄격했던 고교 시절에 대한 보상심리에서인지 갑자기 패셔너블해진 모습을 보면 대체 옷이 몇 벌이나 있을지 궁금할 정도였다.

"고기쿠, 다음에 디즈니랜드 가자."

"……그래."

"너는 그런 거 별로 안 좋아해?"

아까처럼 같은 학교 출신하고만 어울린다고 오해를 사면 곤란하다. 그래서 과감하게 물어보았다.

"디즈니랜드는 얼마나 할까?"

하루코가 동그래진 눈으로 나를 쳐다보았다.

"5천 엔(약 5만 원) 정도 아닐까? 아, 혹시 나를 걱정해주는 거야? 고마워. 그래도 돈이 아무리 없어도 5천 엔 정도는 괜찮아. 거기서 아침부터 밤까지 놀 수 있으니까 오히려 싼 거지."

집에 가서 고우메 언니에게 물어봐야겠다. 대학 생활을 어떻게 해냈는지.

돈이 없으면 친구들과 어울리는 것 자체가 어렵다. 고우메 언니는 대학생 때 자원봉사는 했지만 아르바이트는 하지 않았다. 물론 부모님께 용돈을 넉넉히 받았을 리도 없다.

생각해보면 고등학생 때는 돈이 없어도 괜찮았다. 교복을 입으면 됐고 학교에 핸드폰을 갖고 갈 수 없었으며 하굣길에 딴 길로 새는 것도 금지여서 좋았다. 선생님 눈을 피해 교칙을 어기는 무리들도 있었지만 나는 성실한 편이어서 그런 무리와는 교류가 없었다. 그나마 사이가 좋았던 친구들은 모두 외부 대학에 입시준비를 하는 애들이어서 방과 후에 학원에 다니느라 같이 놀 시간도 없었다. 친구들 모두 희망하는 대학에 입학했는데 고등학교를 졸업하고서도 핸드폰이 없는 건 나뿐이어서 자연스레 연락이 끊겼다.

"나는 디즈니랜드처럼 인공적인 놀이 공간은 좀 안 맞아서."

어쩔 수 없이 거짓말을 했다.

"너는 타고난 자연파구나. 아마 도시에서 자라서 그럴 거야. 나는 자연은 너무 많이 봐서 질렸어."

수다를 떨며 역 개찰구를 지나자 하루코가 "그럼 내일 봐"

하고 생긋 웃었다. 우리는 좌우로 갈라졌다.

집에 왔는데 크레이프가 너무 먹고 싶었다. 역에서 본 크레이프가 뇌리에서 떠나지 않고 아른거렸다.

집은 고요했다. 어머니는 외출하셨나 보다.

돈이 없으니 간식은 직접 만들어 먹어야 한다. 어려서부터 그러다 보니 자연스럽게 과자 만들기의 달인이 되었다. 이런 점에서 보면 가난이 긍정적으로 작용하는 경우도 있다고 해석해도 되는데, 아버지가 이런 마음을 과연 이해해주려나 모르겠다.

부엌에 들어가 소쿠리로 밀가루를 체로 치고 달걀을 풀었다. 식구들이 슬슬 집으로 돌아올 시간이다. 뚱뚱한 주제에 단 거나 찾는다고 또 핀잔을 줄 것이다. 그래서 재료를 준비해 방으로 가지고 갔다.

핫플레이트에 반죽을 얇게 펼쳐 구웠다. 부엌에 있던 바나나와 생크림을 얹었다. 뭔가 부족한 느낌이어서 초콜릿을 불에 중탕해 그 위에 뚝뚝 떨어뜨린 뒤, 돌돌 말아서 먹었다.

맛있다.

이렇게 간단하게 만들 수 있는데 580엔이나 하다니 말도 안 된다. 그것도 하나에. 집에서는 몇 개든지 먹을 수 있다.

배가 고팠고 너무 맛있어서 계속 만들어 먹었다.

"좋은 냄새가 나네."

복도에서 목소리가 들렸다. 고우메 언니가 돌아왔나 보다.

"고기쿠, 들어가도 될까?"

"……응, 괜찮아."

언니가 들어오자마자 말했다.

"맛있겠다. 내 것도 만들어줄래?"

다행이다. 그렇게 먹어대니 뒤룩뒤룩 살이 찌는 거라고 온갖 잔소리를 하지 않을까 겁을 먹었는데.

"응, 만들어줄게. 마침 잘됐다. 언니한테 물어보고 싶은 게 있어."

언니가 방으로 들어와 침대에 앉았다. 방이 좁아서 침대와 작은 테이블과 책상만으로 꽉 찼다.

"언니, 대학생 때 용돈 때문에 힘들지 않았어?"

"당연히 힘들었지. 그래서 자주 이모님 댁에 놀러 갔어."

친척은 모두 부자다. 전쟁 이후 니시키코지 가문은 몰락했지만 어머니의 언니 두 분은 모두 외교관 집안과 결혼해서 지금도 넉넉하게 산다. 그러나 세 자매 중 막내인 어머니만은 뜨거운 연애를 한 끝에 인기 없는 무명 화가인 아버지와 결혼했다.

"남자는 조심해야 한다. 가문을 보고 접근하는 놈들이 많으니까. 옛 화족이라고 재산이 많다고 여기는 것들이 있어."

아버지가 입버릇처럼 하는 말인데 요즘은 아버지 본인 얘기가 아니었을까 싶다. 아버지는 생선가게의 장남이었는데 어머니 집안에 데릴사위로 들어와 어머니의 성을 따랐다.

"이모님들 댁에 갈 때는 이모님께 받은 옷을 입고 가야 효과적이야. 옷을 살 돈이 없다고 여겨서 가엾게 여기시거든."

고우메 언니가 멀끔한 얼굴로 말했다. 이모님들 댁에 자주 놀러 가는 것은 알았지만 설마 용돈을 받으려는 목적인 줄은 몰랐다.

"언니, 그건 아무리 그래도 좀……."

"내가 뭐 나쁜 짓이라도 했니? 그렇게라도 하지 않으면 대학 생활이 엉망이 되는데?"

내가 불편하게 여기는 것을 알아차리고 언니가 날카롭게 말했다.

"미안해."

"네가 왜 사과해?"

"그게……."

언니에게 상처를 주고 말았다.

우리 집에서 아르바이트는 기본적으로 금지다. 그러므로

언니도 어쩔 수 없는 선택이었을 것이다. 비난할 마음은 없다. 그러나 용돈을 바라고 이모님 댁을 찾아가다니, 니시키코지 가문에 태어난 인간으로서 자긍심을 가지라고 매번 아버지가 하는 말씀과 너무 모순된다.

"얘, 꼭 동정해서 돈을 주시는 건 아니야. 이모님들은 자기 조카딸이 초라하게 다니고 돈에 쩔쩔매는 걸 싫어하셔. 체면상 안 좋기도 하고. 그러니까 상부상조야."

상부상조라는 말의 쓰임이 좀 잘못된 것 같은데, 그런 식으로 받아들여야 하는 언니도 괴로울 것이다.

"그게 싫으면 고유키 언니한테 용돈을 달라고 하지?"

"에이, 어떻게 그래……."

"어머, 뭐 어떠니? 아버지도 고유키 언니한테 매달 도움을 받으시는데?"

"어?"

몰랐다. 언니들을 부잣집에 시집보내려는 아버지의, 그 필사적이기까지 한 집념의 이유를 드디어 알았다.

"어머, 맛있다. 이거 가게에서 팔아도 되겠어."

언니는 바나나 초콜릿 크레이프를 맛있게 먹었다.

오늘은 아르바이트 첫날이라 아침부터 긴장이 되었다.

자유롭게 쓸 돈이 필요했다. 그날 이후 딱 한 번 용돈을 받으러 이모님 댁을 방문했는데 돈을 주시려는 찰나에 받지 않고 사양했다. "이모님 댁에 용돈 받으려고 온 거 아니에요" 하고 아무 소득 없는 자존심만 내세웠다. 언니들처럼 이모님에게 응석도 못 부리겠고, 그냥 속내만 들키고 온 것 같아 비참해졌다.

이렇게 된 마당에 남은 방법은 직접 버는 것이다. 과외교사라면 할 수 있을 줄 알고 도요 여학원 대학 영문과에 다닌다고 과외 공고를 냈는데, 연락 온 데가 한 곳도 없다. 대학입학전형을 치러본 적이 없어서 이 학교 등급이 최하위인 줄을 꿈에도 몰랐다. 큰 충격이었다.

그래서 하루코가 아르바이트하는 가게에서 혹시 아르바이트생을 구하지 않는지 대신 물어봐주었다. 일손이 부족한지 바로 나와서 일하라고 했다.

"화족 아가씨가 술집에서 일해도 괜찮아?"

하루코가 걱정스럽게 물었다.

"아니면 사회 공부의 일환이야?"

하루코의 말을 듣고 깨달았다. 나는 사회 공부를 해둬야 한다. 세상 물정을 몰라도 너무 모른다. 술집이라는 데도 텔레비전에서 본 적은 있지만 실제로 가본 적은 한 번도 없다.

내가 술집에서 일하는 것을 아버지가 허락할 리 없으므로 가족에게는 비밀로 했다. 귀가가 늦어지면 어머니가 걱정하시니까 대학 학생과에서 과외 아르바이트를 소개받았다고 거짓말을 했다. 세 자매 중에 유일하게 성적이 좋았던 덕분인지, 아니면 막내여서 규범이 점점 느슨해졌기 때문인지는 모르지만 아버지도 허락했다. 어머니가 "어떤 집에 가서 가르치니?" 하고 걱정스럽게 물어봐서 중학교 1학년인 여학생이고 대학교수의 딸이라고, 입에서 나오는 대로 둘러댔다. 어머니는 안심했다. 의심이라곤 할 줄 모르는 어머니의 미소를 보니 죄책감이 느껴졌다.

오후 수업을 마치고 하루코와 나란히 학교를 나섰다.

영업 시간 전에 술집에 도착했는데 젊은 남자가 테이블을 닦고 있었다. 생각보다 가게가 넓었다. 신발을 신고 올라가도 되는 형식이었다. 바닥이 빛을 반사해 청결해 보였다.

젊은 남자가 하루코를 보고 한 손을 들었다.

"안녕, 하루."

훤칠하니 남색 작업복이 잘 어울렸다. 하루코 바로 뒤에 붙어 선 내게 시선을 옮기고 "그쪽이 니시키코지 씨?" 하고 말을 걸었다.

"네, 처음 뵙겠습니다. 잘 부탁드려요."

"나도 잘 부탁해요. 하루의 사촌인 요스케라고 해요."

환하게 웃으며 쳐다보는 모습에 가슴이 뛰었다.

하루코의 말에 따르면, 하루코보다 두 살 위인 요스케는 지금 대학 3학년이며, 집은 시타마치*의 다이샤쿠텐** 참배길에서 특산품 장사를 한다. 요스케의 부모님은 아르바이트를 할 시간이 있으면 집에 와서 장사나 도우라고 한다는데, 정작 본인은 '남의 눈칫밥을 먹지 않으면 성장하지 못한다'는 이유로 여기 술집에서 3년째 일하고 있다.

"혹시 역사 교과서에 실린 니시키코지 기미타네하고 관계 있어?"

"증조부님이세요."

"진짜? 멋진데? 대단한 사람과 만나다니 영광이야."

"그렇지? 좋아할 줄 알았어. 요스케 오빠는 역사에 진짜 관심이 많거든."

"그런데 그렇게 훌륭한 가문의 따님이 술집에서 아르바이트를 해도 돼? 부모님이 반대하시지 않아?"

"부모님께는 과외 아르바이트라고 했대."

---

* 저지대에 발달한 상공업 지역. 가게와 집이 같이 붙어 있는 경우가 많고 인구밀도가 높다.

** 불법佛法을 수호하는 신인 제석천帝釋天을 말하는데, 도쿄도 가쓰시카구에 있는 시바마타타이샤쿠텐 사원을 일반적으로 부르는 명칭이기도 하다.

"그렇구나. 그렇다면 손님한테 안 보이는 곳이 좋겠다. 하루는 플로어에서 서빙을 담당하는데 니시키코지 씨는 주방에서 설거지를 하는 게 좋겠지?"

"그렇게 해주시면 정말 감사하죠."

어머니나 언니가 술집에 오진 않겠지만 아버지는 어떨까. 아무튼 사방에 눈이 있으니 조심해서 나쁠 것은 없다. 어머니가 알게 되면 슬퍼하실 것이다. 나는 하루코처럼 붙임성 있게 웃으며 손님을 대할 자신이 없으니까 플로어에서 서빙을 하느니 주방에 서는 것이 훨씬 좋다.

"그런데 요스케 씨가 마음대로 정하셔도 돼요?"

"아, 괜찮아. 나는 아르바이트이지만 여기 점장이기도 하거든."

"요스케 오빠처럼 세심한 사람이 점장이어서 여기는 그나마 일하기 편해."

하지만 설거지는 생각보다 힘들었다.

아무리 닦고 또 닦아도 닦아야 할 접시는 한도 끝도 없이 싱크대 위에 계속 쌓였다. 한 시간도 지나지 않아 허리가 아프고 어깨가 굳었다. 집에서 하는 설거지와 별반 다르지 않을 줄 알았는데 전혀 아니었다. 그래도 3시간에 3,750엔(약 4만 원)을 받으니까 굴하지 않겠다고 기합을 넣었다.

아르바이트를 시작한 지 한 달이 지난 어느 휴일, 하루코가 집에서 저녁을 대접하겠다고 해서 집 근처 역에서 만났다.

"여기야."

하루코가 가리킨 건물은 차분한 베이지색이 인상적인 세련된 건물이었다.

원룸에는 처음 와 봤는데, 우리 집보다 훨씬 깔끔했고 싱크대 주변도 디자인이 기능적이고 세련되었다.

"좁지?"

"아니, 넓은데?"

그런데 하루코가 씁쓸하게 웃으며 말했다.

"고기쿠, 그렇게 나를 배려하지 않아도 된다니까."

우리 가족이 사는 3K보다야 당연히 좁지만 하루코는 혼자 산다. 한 사람당 면적으로 따지면 하루코의 방이 훨씬 넓다. 게다가 부엌도 욕실도 화장실도 혼자 쓴다. 넓어서 부러울 따름이다.

"홍차 마실래?"

하루코가 이딸라Iittala 머그잔에 향이 좋은 플레이버 티를 타주었다.

"이 잔은 백화점에서 샀어. 비쌌지만 좀 무리했어."

"멋있다. 색이 정말 고와."

"너희 집에서 쓰는 그릇들은 다 역사가 느껴지는 고풍스런 것들이겠지?"

어렸을 때는 그런 식기가 많이 있었다. 그러나 팔러 내놓을 물건이어서 보물창고에 소중히 넣어두었다. 가족이 쓰는 식기는 100엔 가게에서 산 것들이다.

하루코는 나와 경제 관념이 완전히 다르다. 하루코는 아르바이트로 열심히 번 돈으로 취미 생활을 하거나 여행, 쇼핑을 한다. 활력 넘치는 삶이다. 하루코의 경제 관념을 활발하게 움직이는 '동動'이라고 한다면 우리 집 사람들은 머물러 있는 '정靜'이다.

하루코와 친해지면서 나에게는 '동'적인 생활이 잘 맞는다고 생각하게 되었다.

아르바이트를 시작한 뒤로 자유롭게 쓸 돈이 생겼다. 지금까지는 사고 싶은 물건이 생기면 어머니에게 허락을 받고 나중에 영수증을 보여드려야 했다. 그것도 학교에서 필요한 물건들뿐이었다. 음식을 사서 먹는 것은 서민들이나 하는 것이어서 니시키코지가에서는 금지였다.

그래서 지난주에 하루코와 케이크 뷔페에 갔을 때는 그야

말로 감격이었다.

"너는 좋겠다. 말라서 부러워."

"먹는 양은 비슷한데."

하루코는 동정 어린 시선으로 내 몸을 훑어보았다.

사실 하루코가 모를 뿐이지 먹는 양은 전혀 다르다. 같이 있을 때는 적게 먹으려고 노력할 뿐이다. 내 진짜 모습을 안다면 틀림없이 실망하고 비웃을 것이다. 아르바이트생들 식사로 나온 닭고기 가라아게*라는 것을 처음 먹고 그 맛에 감탄해 집에서 엄청 만들어 먹는 바람에 2킬로그램이 더 쪘다.

하루코는 길을 걷다가 예쁜 옷을 발견하면 곧장 가게로 뛰어 들어간다. 그럴 때면 나는 어슬렁어슬렁 뒤를 쫓는다.

"꼭 내가 도쿄 사람 같고 네가 시골 사람 같아."

하루코는 그렇게 말하며 깔깔 웃었다.

하루코처럼 말랐다면 꾸며볼 마음도 들었을 텐데. 그런 생각이 들 때마다 우울해진다.

"살을 빼려면 뭘 해야 할까?"

"오바 고마리한테 개별 지도를 부탁해보면 어때?"

"들어본 적 있어. 요즘 화제의 인물이지."

"맞아. 《당신의 살을 빼 드립니다》라는 책이 폭발적으로

* 닭고기나 생선 등 재료에 밑간을 하거나 밀가루 등을 묻혀서 기름에 튀긴 일본 음식

팔렸잖아."

"그 작가 말이야, 방송에 절대 출연을 안 하는 사람이라지? 왠지 수상해."

"그래도 상담하려면 엄청 대기해야 할 정도로 인기래. 평판이 좋다는 소리 아닐까?"

"음, 생각 좀 해볼게."

하루코의 집에서 돌아오는 길에 서점에 들러 그 책을 샀다.

"커버를 씌워드릴까요?"

"그렇게 해주세요."

저절로 목소리가 커졌다. 《당신의 살을 빼 드립니다》라고 제목이 커다랗게 적힌 책을 지하철에서 읽을 용기는 없었다.

손잡이를 붙잡고 책을 조심조심 펼쳤다.

체크리스트가 있었다.

다음 질문에 O나 X로 대답해주세요. O의 수로 심각한 정도를 측정합니다.

1. 지금까지 여러 번 다이어트를 시도했지만 실패했다.

O. 몇 번인가 저녁을 안 먹었다. 그랬더니 밤중에 꼭 배가 고파 참을 수가 없었다. 그래서 부엌에서 몰래 커다란 주먹밥을 만들어 먹었다. 그 결과 더 쪄버렸다. 그래서 아침을 든든히 챙겨 먹는 방식으로 바꿨다. 그러자 아침부터 배가 불러 움직이기 귀찮고, 위가 늘어난 탓인지 점심과 저녁에 먹는 양도 늘었다. 간식을 끊겠다고 다짐한 횟수도 셀 수 없을 정도다. 하지만 안타깝게도 나는 제과가 특기다. 어차피 만드느라 수고하는 것은 같으니 이왕이면 많이 만들어야 이득이다. 가족이 같이 먹으면 좋을 텐데 아버지가 "그렇게 먹고 또 먹는구나" 하고 한심해 하셔서 이후로는 숨어서 몰래 먹는다. 그래서 양이 더 늘었다.

2. 뚱뚱한 사람은 비호감이라고 생각한다.

O. 가족 모두 그렇게 생각할 것이다. 물론 나도 그렇다.

3. 길을 걸을 때 앞에서 걸어오는 사람의 체형을 무의식적으로 훑어본다.

O. 또래 여자들에게 자연히 시선이 간다. 모델처럼 비쩍 마른 애들이 많아서 짜증 난다. 살이 찐 애를 보면 안심이 되고 친근감을 느낀다.

4. 숨만 쉬어도 살이 찐다.

O. 소식파인 하루코와 비교하면 많이 먹는 편이지만, 과식은 절대로 아니다. 웬만해서는 체하거나 속이 답답하고 아픈 적이 없는 것으로 봐서 그런 것 같다. 즉, 무리하게 많은 양을 먹지 않는다는 소리다. 그런데 이상하게 나만 살이 찐다.

5. 뚱뚱하지 않은 사람은 위 기능에 문제가 있는 것이 틀림없다.

X. 어머니도 언니도 그렇지 않다.

6. 뚱뚱하지 않은 사람과는 진정한 우정을 맺을 수 없다.

O. 아니, 역시 X다. 지금까지는 열등감 때문에 날씬한 애들과는 쉽게 친해지기 어려웠다. 하지만 하루코만은 다르다. 하루코가 워낙 털털한 성격이어서 나도 같이 솔직해질 수 있다. 하루코는 어떨지 모르지만 나는 하루코를 절친이라고 믿는다.

7. 뚱뚱하다는 이유로 자주 우울해진다.

O. 이대로는 애인도 안 생길 것이다. 아마 취직할 때도 불리하겠지. 미래를 상상하지 못하겠으니 대체 뭘 위해 살고 있는지 모르겠다. 애초에 영문과 따위는 오기 싫었고.

거의 다 예스다. 그렇다면 판정은?

[판정] 4개의 문항에 O라고 체크했다면 연락해주세요. 개별 지도하겠습니다.

이렇게 장사하는구나.

실망해서 책을 덮으려다가 표지에 쓰인 글이 눈에 들어왔다.

'마음의 살도 빼 드립니다.'

부제가 이랬다.

혹시 이 사람은 뚱뚱한 사람의 심리를 꿰뚫어보나?

개별 지도라면 비용은 얼마나 할까?

밑져야 본전이니까 전화를 해보자. 비싸면 안 한다고 하면 되니까.

약속한 카페에서 오바 고마리를 기다렸다.

나이도 얼굴도 공개하지 않았지만 대충 상상이 갔다.

분명 30대 후반 정도이고, 밝은 베이지 정장을 입고 10센티미터짜리 펌프스 힐을 신었겠지. 약간 긴 머리에 웨이브를 넣고 밤색으로 염색했을 것이다. 말하자면 깜짝 놀랄 정도로 젊어 보이는 여자일 테지. 어머니도 젊어 보이고 아주 아름답지만 내 상상 속의 오바 고마리 같은 화려한 여자와는 전혀 다르다. 어머니의 미모는 타고난 것이어서 억지스러운 느낌이 없다.

출입문 쪽을 봤지만 그런 미마녀 스타일의 여자는 보이지 않았다. 약속 시각 1분 전에 통통한 아줌마가 들어왔다. 회색 바지에 남색 폴로셔츠를 입고 퀼팅 백을 들고 있다. 고마리는 저런 사람과는 정반대일 것이다.

그 아줌마는 문 앞에 서서 카페 안을 둘러보았다.

그때 문득 눈이 마주쳤다. 아줌마는 무슨 생각인지 나를 향해 곧바로 걸어왔다. 걸어오는 동안 단 한 순간도 나에게서 시선을 떼지 않아 마치 자석에 이끌리듯이 계속 눈을 마주치고 있었다.

바로 앞까지 오자 아줌마가 "니시키코지 고기쿠 씨죠?" 하고 물었다.

내 이름을 어떻게 알지?

"이 세상에는 나쁜 사람이 많으니까 조심해야 한다."

어려서부터 아버지에게 이런 경고를 들으며 자랐다. 니시키코지라는 성을 들으면 화족 가문이니까 돈이 많다고 여겨 다가오는 사람이 많다고. 뭐, 우리 집에는 돈이 될 만한 게 남아 있지 않지만.

"처음 뵙겠습니다. 오바 고마리입니다."

"네?"

농담이지? 이렇게 뚱뚱한 여자가 무슨 다이어트 지도를 한다고?

놀라서 쳐다봤는데, 아줌마는 눈 하나 깜박하지 않고 맞은편에 앉더니 홍차를 주문했다. 팔뚝이 포동포동하다. 아무리 봐도 어머니와 같은 세대다. 50대라는 소리다.

"이렇게 개별 지도를 신청해주셔서 고맙습니다."

"……네."

"니시키코지 씨는 아직 열여덟 살이죠? 젊은 사람은 살을 빼기 쉬워요. 아이돌을 보세요. 다들 살찌지 않게 조심하잖아요."

무심코 고마리의 몸을 위에서부터 아래로 살펴보았다. 시선을 느꼈는지 고마리가 "크흠" 하고 헛기침을 했다.

"저처럼 중년이 되면 어중간하게 노력해서는 살이 빠지지 않아요."

하지만 우리 어머니는 당신처럼 뚱뚱하지 않아요, 라고 말해주고 싶었다.

"니시키코지 씨. 달콤한 주스를 많이 드시나요?"

"아니요. 그런 건 안 마셔요."

그러자 의심쩍은 시선으로 나를 쳐다봤다.

"정말이에요. 그럴 돈이 없거든요."

"무슨 말씀이시죠? 니시키코지 가문이라면 화족 가문이 잖아요? 니시키코지 가문의 따님 아닌가요?"

"화족이라도 이미 몰락했으니까요, 우리 집은 가난해요. 통화하면서도 비싼 요금은 낼 수 없다고 미리 말씀드렸는데요."

전화 통화했을 때, 고마리는 옛 화족의 생활상에 흥미가 있다면서 저렴한 요금으로 승낙해주었다.

"그랬죠. 그럼 주로 어떨 때 과식을 하나요?"

"스트레스가 쌓였을 때요."

"스트레스라니, 백 년은 이른 소린데요? 그렇잖아요. 당신은 꽃도 부러워할 열여덟 살이에요. 청춘을 마음껏 누릴 나이죠. 학비를 직접 버는 학생이라면 몰라도 부모님이 학비를 대주실 텐데요."

동의를 구하듯 쳐다보며 이야기해서 어쩔 수 없이 고개를 끄덕였다.

"그리고 유치원부터 대학교까지 도요 여학원을 다니고 있으니 입시 전쟁도 치르지 않았을 테고요."

부속학교에 다녔으니까 학업을 소홀히 했다고 오해 받기는 싫다. 성적은 학년에서 늘 10위 안이었다. 하지만 이런 말을 해도 비웃음이나 살 것이 뻔했다. 고등학생 때 사이좋았던 친구들처럼 데이토 대학이니 쇼난 대학 의학부 같은 수준

높은 대학에 붙었다면 좋았겠지만, 아버지가 다른 대학에 진학하는 것을 허락해주지 않았다.

"장밋빛 인생이잖아요. 지금은 하루하루가 즐겁지 않아요?"

"전혀 즐겁지 않은데요."

"왜 그렇죠?"

"말하자면 길어요."

"그거 좋군요."

지금 나를 놀리나?

"생각해보세요. 말하자면 길 만큼 복잡한 이유가 있다면 해결할 수 있는 실마리도 많지 않겠어요?"

고마리는 우아한 손놀림으로 차분하게 홍차를 마셨다. 찻잔을 들 때, 팔 근육이 불거지는 것을 보았다. 어쩌면 이 여자는 그냥 뚱뚱한 것이 아니라 튼튼한 근육질일지도 모른다. 다시 전신을 관찰했다. 뚱뚱하다는 인상을 주는 것에 비해 배가 납작했다. 폴로셔츠가 달라붙는데도 뱃살이 겹치지 않는다.

나도 모르게 이 여자를 무시했나 보다.

"그래서 스트레스의 원인이 뭐죠?"

"앞날이 깜깜해서요."

그렇게 대답하자 고마리가 후후후 웃었다.

"열여덟 살인데 앞날이 깜깜하다니. 정말 귀여운 분이네요."

나를 어린애라고 여기나 보다. 그래서 털어놓기로 했다.

"사실은 파티시에가 되고 싶었어요."

"되고 싶었다? 아직 열여덟 살이면서 왜 과거형이죠?"

"그야…… 지금 전공은 영문과니까요."

고마리는 웃으면 안 된다고 생각했는지 억지로 진지한 표정을 유지했으나 결과적으로 묘한 표정이 되고 말았다.

"웃고 싶으시면 마음껏 웃으세요."

"미안해요. 꼭 초등학생하고 대화하는 것 같네요. 덩치는 이렇게 큰데."

덩치라니 말을 왜 그렇게…….

"장래가 어떻게 되든 영어는 도움이 되지 않겠어요?"

"그건, 뭐 그렇죠."

"지금 하고 싶은 일이 뭐죠?"

"과자를 만들고 싶어요."

"그럼 만들면 되잖아요."

"취미로 만드는 게 아니라 파티시에가 되고 싶어요."

"그럼 그 길을 가면 되잖아요? 누가 못하게 하나요?"

"그게…… 부모님이요."

"부모님께 말씀드리면 되죠."

"고등학생 때 말씀드렸어요."

"계획을 세워서 확실하게 말씀드렸나요? 장래 설계도를 작성해서 보여드렸어요?"

"그렇게까지는……."

"아버님과 어머님 중에 말이 잘 통하는 분은 어느 쪽이죠?"

"어머니요."

"그럼 먼저 어머님께 말씀드리세요."

"안 된다고 반대하시면요?"

"반대하시든 찬성하시든 전혀 상관없어요. 부모님께 말씀드리는 것은 예의일 뿐이에요. 설명을 제대로 했다면 그 후에는 원하는 대로 하면 돼요."

"네?"

진심으로 하는 소리일까? 부모님께는 설명만 하면 끝이라니, 그런 생각은 해본 적도 없고 그래도 된다고 아무도 알려준 적이 없다.

"부모님께서 경제적으로 지원을 해주신다고 하면 감사히 받으면 되고 지원해주실 수 없다 하면 자력으로 해결해야겠죠. 그러기 어렵다면 우선 영문과를 졸업할 때까지 참는 것이 현실적이에요."

"그러……네요, 확실히."

고마리가 정리를 해주자 생각보다 단순한 문제였다. 하지만 자력으로 해결하는 길은 그리 간단하지 않으리라.

"구체적으로 어떤 과자를 만들고 싶으세요? 프랑스 과자나 독일 과자? 아니면 전통 화과자일까요? 요즘은 팬케이크 전문점도 있더군요."

고마리는 단것을 좋아하는지 허공을 쳐다보며 황홀한 표정을 지었다.

"사실 저는……."

비웃을지도 모른다. 그런 생각이 들어 말이 선뜻 나오지 않았다.

"쑥스러워하지 말고 말해보세요. 세계대회에서 그랑프리를 따고 싶다는 원대한 꿈이라도 좋아요. 당신의 솔직한 마음을 알려주세요."

"네, 돌아가신 할머님께서는 저의 집에 오실 때마다 수제 호박파이를 꼭 가져오셨는데 그 맛을 잊지 못하겠어요. 그런 소박한 과자를 파는 가게를 차리고 싶어요. 유명한 대회에서 그랑프리를 받을 케이크, 한 치의 오차도 없는 예술품 같은 케이크에는 흥미가 없어요."

"그렇군요. 모양보다는 맛이군요. 구체적이고 좋은데요? 할머니가 참 다정하셨을 것 같네요."

수제라지만 할머님이 만든 것은 아니다. 할머님은 평생 단 한 번도 부엌에 서지 않았다. 세 자매 중 막내인 어머니가 가문의 대를 이으며 집도 물려받았지만 집이 비좁아서 할머님은 결혼한 첫째 이모님이 사는 아자부의 넓은 서양식 저택에 사셨다. 호박파이는 그 집의 가정부에게 시켜서 만들어 오셨다.

"그래서 그 맛을 재현하는 데 성공했나요?"

"그게…… 아직 시행착오를 겪는 중이에요. 호박 맛이 미묘하게 달라요. 제가 만들면 축축해요."

"호박도 종류가 많으니까요. 다양하게 시도해보세요. 뭘 하더라도 일단은 파이부터 완성해야 하잖아요. 이거다 싶은 파이를 만들면 저한테 가져오세요. 시식해볼게요."

"……네."

이야기가 점점 이상한 쪽으로 흘러가는 느낌인데.

"자신만만하게 내놓을 것 하나 만들지 못하면서 이러쿵저러쿵 투덜대면 안 돼요."

"투덜대다니……."

"오직 한 가지에 몰두할 수 있는가, 그 정도로 파이에 강렬한 마음을 품었는가, 그리고 과연 그 일이 본인의 적성에 맞을까, 이런 점을 확인해보세요. 대학을 자퇴하고 제과 공부를 시작했다가 금방 질리면 어쩌려고요? 장래 리스크를 회피하기 위해서도 미리 충분히 검토해야 해요."

"그 말씀이 맞지만, 그래도……."

이 사람은 다이어트에 대해 조언해주러 온 것 아니었나? 혹시 스트레스를 줄이면 살이 빠진다는 뜻일까? 그러기 위해서 하고 싶은 일을 하라고, 고마리의 의도가 이런 걸까?

"제가 즐겨 가는 빵집이 있어요."

고마리가 갑자기 빵집 이야기를 꺼냈다.

20대 주부가 혼자 운영하는 가게인데, 그 빵집 사장은 고등학교 3학년 때 임신을 해서 공무원인 남편과 그해에 결혼을 했고, 고등학교만 가까스로 졸업했다고 한다. 육아 때문에 눈코 뜰 새 없이 바쁘게 살다가 아이가 어린이집에 다닐 때부터 빵을 굽기 시작했는데, 다양한 밀가루로 빵을 만들어보고 책도 열심히 찾아 읽고 하면서 결국 최고의 빵을 완성해냈고, 결국에는 자기 집을 개조해서 빵집까지 열었다고 한다.

"그 사장님은 전문학교에 다니거나 특정 빵집에 도제로 들어가지도 않고 전부 자기만의 방식으로 해냈어요. 그래도 맛이 아주 좋아서 멀리서도 일부러 찾아오는 손님도 있죠. 요즘은 하루 전에 예약하지 않으면 오전 중에 매진될 정도예요."

"대단하네요."

용기가 샘솟았다. 지금까지는 어린애 같은 꿈을 좇는 것은 아닐지 속으로 자문자답만 반복했다. 두 언니의 삶이 이른바 '어른스러운 선택'일지 모른다고 생각하는 한편, 내게는 그런 삶이 어울리지 않는다고 확신하는 마음도 있었다. 빵집을 예로 든 고마리는 대놓고 말하지는 않았지만 나를 응원해주는 것 같다. 이렇게 생각하니 고마리에게 친근감을 느꼈다.

"그럼 숙제를 내죠. 스스로 만족할 만큼 시행착오를 거듭해 완성품을 만드세요. 먹고 자는 것도 잊을 만큼 하나에 정신없이 매진하면 자기도 모르는 사이에 살도 빠질 테니까요."

"알겠습니다. 노력할게요."

긍정적인 자극을 잔뜩 받았다.

역에서 내리자 매미 우는 소리가 들렸다.

"요스케 오빠 집에 놀러 갈 건데 너도 같이 갈래?"

지난주, 술집에서 설거지를 하는데 하루코가 말을 걸었다.

"오, 좋은데? 둘이 같이 와. 니시키코지 씨 가족과 달리 우리는 막돼먹은 가족이라서 놀랄걸? 화족 가문 아가씨가 일한다고 얘기했더니 우리 부모님이 꼭 만나고 싶다고 하더라. 좋아하실 거야."

기다렸다는 듯이 요스케도 끼어들었다.

하루코에게 요스케의 본가는 그냥 친척집이니까 편하겠지만 내게는 좋아하는 남자의 집이다. 게다가 부모님까지 만난다니 아침부터 긴장됐다.

그의 본가는 다이샤쿠텐 참배길에 있다. 상상했던 것보다 넓고 훌륭한 가게였다. 엽서나 도기 장식품 같은 기념품과 만주도 팔고 있었다. 안쪽에 테이블과 의자도 있어서 가게 안에서 먹을 수도 있었다. 여름에는 빙수도 파는 것 같다.

오늘은 직접 만든 호박파이를 들고 왔다. 맛이 어떤지 감상을 듣고 싶었다.

고마리와 만난 뒤, 매일 같이 시행착오를 거듭했다.

이상적인 파이 생지를 만드는 게 생각보다 어렵고 힘들었다. 여러 과자점의 파이를 먹고 비교해보면서 내가 이상적으로 여기는 생지가 무엇인지 고민하는 것부터 시작했다. 바삭거리는 느낌을 내려고 강력분과 박력분을 반반씩 섞어 만들어보았다. 너무 오래 반죽하면 글루텐 점성이 강해져서 다음 작업을 이어가기 어렵다. 그걸 피하려고 밀가루와 물을 차갑게 해뒀다. 호박도 여러 품종을 맛봐 어떤 것이 가장 좋은지 찾았다. 백설탕을 안 쓰고 흑설탕과 메이플시럽, 꿀로 단맛을 냈고 비율도 여러 번 바꿔 시식했다. 호박의 단맛을 죽이지 않으려면 당분을 최대한 줄여야 하는데 그 적당량을 찾기 어려웠다. 게다가 호박은 품종에 따라 단맛의 정도가 다르다. 그래서 당도 측정기도 샀다. 계기가 보여주는 수치와 흑설탕 등 재료의 분량을 그래프로 그려 일정한 맛을 유지할 수 있게 되었다.

고작 파이 하나를 만드는 것이 이 정도로 힘들 줄은 미처 몰랐다. 그래도 지금까지 이 정도로 집중해서 한 일은 없었다. 아무리 실패해도 질리지 않았다. 오히려 즐거워서 신이 났다. 역시 적성에 잘 맞는다.

틈만 났다 하면 파이를 만드는 나를 보고 아버지도 어머니도 기가 막힌 표정을 지으셨다. 살이 더 찌면 어쩌려고 그러냐고 한마디 하고 싶으시리라. 하지만 그런 걸 신경 쓸 때가 아니다. 지금 나는 인생의 갈림길에 서 있다.

술집에서 아르바이트를 해서 번 돈은 대부분 재료비로 사라졌다.

"하루, 건강하게 잘 지내나 보구나."

가게에서 앞치마를 두른 여성이 나왔다.

요스케의 어머니는 하루코 어머니의 여동생이라고 했다. 중년인데도 날씬했고 우리 어머니만큼은 아니어도 아름다운 분이었다. 시원시원한 움직임이 멋있다. 나도 이런 어른이 되고 싶다.

"처음 뵙겠습니다. 저는 하루의 대학교 친구······" 하고 말을 꺼내자마자 "아, 그 화족 아가씨?" 하고 환하게 웃으며 다가오더니 갑자기 내 손을 잡았다.

"나는 요스케의 엄마 미도리라고 해. 니시키코지 양이지? 만나서 영광이야. 고귀한 집안 아가씨라 입에 맞을지 모르겠지만 저녁도 꼭 먹고 가."

"감사합니다. 저기, 혹시 괜찮으시면······."

조심스럽게 파이를 내밀었다. 내 입에는 맛있는데 남들은 어떻게 생각할까? 갑자기 자신감을 잃어 고개를 푹 숙이고 머뭇거렸다.

"이게 뭐니?"

"파이요. 저기, 입맛에 맞으실지 모르겠지만······."

목소리가 점점 줄어들었다.

"어쩜, 고맙구나. 고마워. 혹시 직접 만들었니?" 하고 물으며 상자 안을 들여다보았다.

"호박 단내가 나네. 맛있겠어. 저녁 먹고 커피 마시면서 먹자꾸나."

요스케의 어머니가 부드럽게 웃더니 부엌으로 갔다. 그 뒤를 하루코가 자기도 돕겠다고 하면서 쫓아갔다.

나도 따라가서 도와야 하나 갈팡질팡하는데 요스케가 같이 가게를 보자고 해서 나란히 가게에 섰다. 저녁노을이 지기 시작해서인지 참배길을 오가는 사람이 드물었다. 텅 빈 넓은 가게에 단둘뿐이라 가슴이 뛰었다. 요스케의 밝고 다정한 인품에 나도 모르는 사이에 끌렸다. 당연히 짝사랑이다. 80킬로그램이나 나가는 여자를 좋아할 남자는 세상에 없으니까. 요스케는 분명 여자들에게 인기가 많을 것이다. 요스케에게 나는 여자 축에도 끼지 못할 테고. 그렇게 생각하니 갑자기 슬퍼졌다.

요스케와 어울리는 여자가 되려면 뭘 해야 할까?

아아, 예뻐지고 싶다. 그러려면 살을 빼야 한다.

어느 날 아침에 눈을 떴더니 갑자기 몸무게가 48킬로그램으로 줄었다면? 이런 기적이 일어나면 얼마나 좋을까.

생각하면 할수록 눈물이 날 것 같아 가게를 둘러보는 척하면서 참았다. 가게 안쪽에 하얀 천을 씌워놓은 진열대가 보였다.

"저기는 원래 뭐였어요?"

"작년까지는 센베이를 구워서 팔았는데 별로 안 팔려서 그만뒀어. 그냥 두기에는 공간이 아까우니까 어떻게 활용하면 좋을지 엄마가 열심히 고민하시는 것 같아."

"오늘 아버님은 안 계세요?"

"우리 아빠를 아버님이라고까지 부르지 않아도 괜찮아."

웃는 옆모습에 석양이 드리웠다. 까만 머리가 금빛으로 빛났다.

"아빠는 제약회사에서 영업직으로 일하시는데, 주말에는 가게 물품을 구매하러 다니셔. 슬슬 오실 때가 됐어."

"아버님은 샐러리맨이세요?"

"맞아. 돈도 못 버는 이런 가게에 부부가 다 매달려 있으면 안 되니까."

"그럼 이 가게는 어머님이 혼자 꾸리시는 거네요?"

"응. 연휴 같은 대목 때는 동네 아주머니들이 아르바이트를 하러 와주시지만."

"어머님이 열심히 일하시는구나. 대단하세요."

세상에는 다양한 사람이 있다. 당연한 진리인데, 유치원부터 부속학교에 다녀서 교제 범위가 한정적인 탓에 내가 상상 이상으로 세상 돌아가는 사정에 둔감했다는 것을 새삼스레 깨달았다. 우리 집은 가난한데도 어머니는 일할 생각이 없다. 아버지도 일하는 날보다 쉬는 날이 더 많다. 열심히 일하려고 노력하는 모습도 전혀 보이지 않는다. 하지만 이 가족은 다르다.

"슬슬 어두워지니까 가게 닫자."

안에서 목소리가 들렸다.

나도 요스케를 도와 도로에 내놓은 간판과 매대 등을 하나둘 가게 안으로 들였다.

"다녀왔다. 아, 그 아가씨가 화족 가문의 따님?"

소리가 들린 쪽을 돌아보니 싱글벙글 웃는 남성이 서 있었다.

"요스케의 아비인 노부오야. 오늘 즐겁게 놀다 가렴."

"처음 뵙겠습니다. 니시키코지 고기쿠입니다."

셋이서 가게를 정리하고 셔터를 내렸다.

가게 안쪽으로 들어가자 10제곱미터쯤 되는 다다미방에 음식이 차려져 있었다.

"진수성찬이네요. 전부 다 맛있어 보여요."

"그냥 빈말이라도 그렇게 말해주니 기분이 좋네."

미도리가 말했다.

"절대로 빈말이 아니에요. 집에서는 이런 진수성찬을 먹은 적이 없어요."

튀김, 돈가스, 조림, 자완무시*, 색색의 샐러드……. 오본**과 정월과 크리스마스가 한꺼번에 찾아온 것 같다.

"역시 가정교육을 잘 받아서 말도 예쁘게 잘하는구나."

미도리는 비꼬는 것이 아니라 진심으로 감탄하며 말했다.

"그런 것도 다 예의범절이겠지?"

"정말로 그냥 하는 말이 아니에요."

"고마워. 서민적인 요리지만 부디 마음껏 먹으렴."

"그럼 감사히 마음껏 먹겠습니다!"

소리 높여 외친 것은 하루코였다.

모두 웃음을 터뜨렸다. 모든 음식이 다 맛있었고 분위기도 화기애애한 저녁 식사였다.

식사를 마치자 커피가 나오고, 가져온 호박파이가 담긴 큰 접시가 테이블 가운데에 놓였다.

"이 파이 귀엽다!"

하루코가 야단법석을 떨며 기뻐했다.

"어디, 먹어볼까?"

노부오가 파이 하나를 들고 입에 넣었다.

"음? 이거 맛있는데?"

* 표고버섯, 닭고기, 생선 등의 재료를 넣고 찐 부드러운 달걀 요리
** 양력 8월 15일 전후에 지내는 일본의 명절

"어, 진짜 맛있다."

요스케도 칭찬해주었다.

"이런 거 좋다. 역시 소박한 게 최고라니까."

하루코도 말했다.

미도리는 모두의 감상을 들은 후에 하나를 천천히 손에 들었다. 곧바로 먹지 않고 정면, 뒤, 옆, 여러 각도로 살펴보았다.

"뭘 써서 이렇게 반짝이게 했니?"

"노른자를 썼어요."

"솜씨가 좋네. 모양도 좋고 크기도 딱 좋아."

뭐에 딱 좋다는 걸까?

미도리는 파이 끝을 조금 깨물었다. 생지 부분만 먹었다.

"음, 좋아. 시간이 지났는데도 바삭바삭해."

이렇게 진지하게 맛을 봐줄 줄은 몰라서 놀랐다.

미도리는 물을 꿀꺽꿀꺽 마셨다. 그러고 나서야 드디어 입을 크게 벌려 한입 물었다. 우물우물 입을 움직이는 모습을 노부오도 요스케도 하루코도 숨죽여 쳐다보았다.

"어때요? 엄마."

요스케가 걱정스럽게 물었다.

"이 호박, '구리마사루*'라는 품종이지?"

"어, 대단해요······. 잘 아시네요."

호박은 채소 중에서도 유독 종류가 다양하다. 한 입 먹고서 품종까지 알아맞히다니 미각이 매우 예민하다는 증거다.

"이 정도로 부드러운 페이스트를 만들려면 쉽지 않았겠어."

"네, 열심히 했어요."

체로 거르는 시간이 오래 걸려 지쳤다.

"거를 필요 없어."

"네?"

"알갱이 느낌이 나는 편이 더 좋아. 그래야 수제라는 느낌이 나거든. 그리고 너무 달아. 설탕을 줄이는 게 좋겠어."

"아······, 알겠습니다."

그래도 이번 것은 나름 자신이 있었는데 이렇게 냉정한 평가에 충격을 받았다. 제과에 소질이 있다고 생각했는데 자아도취였나.

"니시키코지 양, 말이 좀 엄격했지만 이건 합격이야."

"여보, 정말이야? 합격이라니."

노부오가 미도리를 바라보았다.

* 야마구치현에서 나는 특산 호박

140

"엄마, 드디어 찾았군요."

대체 무슨 소리지? 무심코 요스케를 보자, 그는 "엄마가 합격점을 내리는 건 드문 일이야" 하고 말했다.

"그 파이로 결정이야?"

노부오가 미도리에게 물었다.

"응, 결정이야. 물론 니시키코지 양에게 허락을 받아야 하지만."

미도리가 나를 쳐다보았다.

"저기…… 무슨 말씀이신지?"

"고기쿠, 가게 한쪽에 센베이 코너가 있잖아?"

요스케가 설명을 시작했다.

"센베이의 실수를 반성해서, 엄마는 이번에야말로 그 코너에 잘 팔리는 상품을 두려고 고민하는 중이었어. 이것저것 찾은 끝에 드디어 합격품을 찾은 거지."

"이 파이를 거기에서 파시려고요?"

"그래. 니시키코지 양, 나중에 레시피를 좀 알려줘."

"그건…… 싫어요."

"어머, 왜?"

미도리가 놀란 표정으로 쳐다보았다.

지금까지 얼마나 많은 시행착오를 거쳤는지 모른다. 몇

날 며칠이나 걸렸고 돈도 시간도 아낌없이 투자했다. 그런 경위를 모르니까, 다들 여대생이 취미 겸 만들었다고 생각하나 보다.

"그 코너를 제가 빌리면 어떨까요? 제가 만들어서 직접 팔고 싶어요."

"대학교는 어떻게 하려고?"

"그건……."

고마리의 '리스크 회피'라는 단어를 떠올렸다.

"조금 있으면 여름방학이니까 그 기간만이라도 제가 해보면 안 될까요? 궤도에 오르면 본격적으로 하고 싶어요. 그때는 학교를 그만둬도 좋아요."

"고키쿠, 진심으로 하는 소리야?"

하루코가 걱정스럽게 물었다.

"응, 사실은……."

진로 때문에 아버지와 있었던 갈등과 옛 화족 가문이라도 지금은 몰락해서 가난하다는 사정을 털어놓았다.

"전혀 몰랐어."

하루코가 놀란 표정으로 나를 바라보았다.

"일찍 말해주지 그랬어. 하긴, 너무 검소해서 이상하다고 생각했어."

"전쟁 이후에 고생한 사람이 많구나."

노부오가 침통하게 말했다.

"파티시에가 꿈이었구나, 몰랐어."

"여름방학만 시험 운영해보는 거, 찬성이야. 자기 인생을 선택하는 것이니 신중하게 해야지. 아니다 싶으면 다음 학기에 계속 학교에 다니면 되고. 물론 파이가 팔리고 안 팔리고가 중요한 게 아니란다. 니시키코지 양의 의지와 의사가 중요한 것이지. 직접 해보면서 자신에게 잘 맞는 일인지, 재미있게 할 수 있는 일인지 스스로 결정하면 되는 거야" 하고 노부오가 충고했다.

"나도 그게 좋을 것 같아. 대학교 여름방학은 두 달이나 되니까 승부를 걸어보기에는 괜찮지."

요스케도 찬성해주었다.

"나도 자주 사러 올게. 이 파이 정말 맛있어."

하루코가 환하게 웃었다.

"고마워" 하고 대답했지만 가장 중요한 미도리가 아무 말도 안 해서 걱정이었다.

미도리를 힐끔 보자 드디어 입을 열었다.

"그 코너를 빌려주는 건 괜찮지만……" 하고 말문을 흐렸다.

"네. 뭐든지 말씀하세요."

이 기회를 놓치지 않고자 적극적으로 나서려는 모습에 스스로 놀랐다. 가게 구석의 비좁은 코너라도 직접 만든 파이를 팔 수 있다. 그것도 참배길에 있는 가게에서. 앞으로 이보다 더 좋은 기회가 올 리는 없다.

가게를 내기까지 긴 여정이 기다리리라 각오했다. 먼저 가게를 빌릴 보증금을 모아야 한다. 그렇다면 대학을 졸업하고 취직해서 돈을 모으는 것이 가장 빠른 길이다. 하지만 그러면 최소 서른 살은 될 것이다. 열여덟 살인 자신에게 서른 살이란 너무 멀게 느껴져 상상만 해도 맥이 빠졌다. 그런데 갑자기 이게 무슨 일일까. 눈앞에 길이 열리려고 한다.

"니시키코지 양은 물건을 만드는 장인에는 어울릴 것 같은데 손님 상대를 잘할까 싶어서."

미도리는 그렇게 말하며 커피 서버를 들어 자기 컵에 커피를 다시 더 따랐다.

"여기는 조상님에게 물려받은 소중한 가게야. 평판이 떨어지는 건 싫어."

"그 말씀은 저 때문에 평판이 떨어진다는……."

"그래, 바로 그 말이야."

너무 매서운 말이어서 나는 물론이고 다른 사람들도 침을 꿀꺽 삼켰다.

"여보, 그 말은 너무 심하잖아."

노부오가 침묵을 깨주었다.

"하지만 여보, 지금까지 고용했던 종업원이나 아르바이트 생들이 어땠는지 생각해봐."

"아⋯⋯, 그랬지."

노부오가 팔짱을 끼고 신음했다.

"그러고 보니⋯⋯ 형편없는 사람이 많았어."

"그렇지? 그러니까 나도 신중해지는 거야."

그 '형편없는 사람'에 나도 포함되는 걸까?

"아, 미안해. 니시키코지 양이 그렇다는 건 아니야. 사실 은 지금까지도 꼭 써달라는 아르바이트생이 여럿 있었어. 면 접을 볼 때면 성격도 발랄하고 뭐든 열심히 할 것 같아 보였 는데 막상 같이 일하다 보면 지각에다 무단결근을 밥 먹듯이 하더라고. 주의를 줘도 반성하기는커녕 뻔뻔하게 구는 사람 도 있었고. 반대로 주의를 줬을 뿐인데 울어버리는 심약한 사람도 있었어. 나는 주의를 줬다기보다는 어디까지나 충고 를 해줬던 건데. 내가 워낙 직설적으로 말하는 성미라서 문 제였는지도 모르지만."

"저는 지각 안 해요⋯⋯."

초등학교 때부터 지금까지 지각한 적은 한 번도 없었다. 니시키코지가에서 그런 품위 없는 짓은 용납되지 않는다.

"고기쿠라면 괜찮아요. 얼마나 성실한데요."

하루코가 옆에서 도와주었다.

"하루도 이렇게 말한다면 걱정은 없겠지. 하지만……."

미도리는 말하다가 말고 커피를 내려다보았다.

"어떤 점이 부족한가요? 이번 기회에 확실히 말씀해주시는 편이……."

"그렇다면 단도직입적으로 말할게. 니시키코지 양이 하루처럼 붙임성이 있으면 좋겠어."

"이모, 그쯤은 간단하죠. 가게에서 생글생글 웃으면 되잖아요."

하루코가 그런 것쯤 식은 죽 먹기라고 말했다.

"할 수 있겠어?"

미도리가 나를 보았다.

"그건…… 물론 열심히 노력하겠지만."

"노력하겠지만, 뭔데? 역시 어렵겠지?"

"이모, 왜 자꾸 심술을 부려요?"

"타고난 성격이 있잖니. 이 세상에는 생글생글 웃는 것 자체가 어려운 사람도 있어."

"그럼 내가 가게를 볼게요. 시급은 파이 세 조각이면 돼."

하루코가 도움의 손길을 뻗었다.

"그렇게 임기응변으로 대충하려고 하면 안 돼. 하루가 판매를 도맡으려면 니시키코지 양한테 시급을 제대로 받아야옳아."

시급을 줄 정도로 파이가 팔릴까? 안 팔리면 어쩌지? 하루에게 시급을 주기 위해서 낮에는 여기에서 일하고 밤에는 술집에서 일하는 시간을 늘려야 할지도 모른다.

어쩌면 좋지.

"니시키코지 양, 싫으면 안 해도 돼."

"아니요, 할게요. 하고 싶어요. 하루가 도와주지 않아도 돼요. 판매도 제가 할게요."

"하지만 너처럼 숫기 없는 사람이 손님을 어떻게 모으겠어?"

"웃을게요. 웃을 수 있어요. 늘 활짝 웃을게요. 이렇게 하면 어때요?"

입술을 잔뜩 위로 올려 웃었다.

갑자기 요스케와 노부오가 웃음을 터뜨렸다.

"그래도 만약 평이 좋아서 많이 팔리면 하루가 도와줬으면 좋겠어요. 그때는 시급도 줄 수 있으니까."

"응, 알았어. 나라도 괜찮다면 도울게."

"그렇게까지 말한다면…… 좋아. 그럼 우선은 여름방학 두 달 동안만 시험 삼아 해볼까?"

미도리가 후련한 표정으로 말했다.

"하지만 그 전에 알갱이가 씹히는 느낌도 나고 단맛도 적당한 완성품을 가지고 와야 해. 상품으로 내도 좋을 합격점을 먼저 받아야지."

"알겠습니다. 노력할게요."

미래가 펼쳐지는 것 같아 기분이 들떴다.

이후 몇 번이나 파이를 만들어 미도리에게 가지고 갔지만 합격점을 받지 못했다.

"씹는 느낌은 좋은데 너무 달아. 설탕을 왜 안 줄이니? 몇 번을 말해야 알아듣겠어?"

네 번째로 가져갔을 때, 미도리는 한숨을 크게 내쉬며 짜증을 감추지 않았다.

내 입맛에는 전혀 단 것 같지 않았다. 하지만 사람마다 입맛이 다르다는 것으로 설명하기에는 미도리의 말투가 너무 확고했다. 손님 대부분이 참배객이니 연령대가 높다. 즉, 10대인 내 입맛보다 미도리의 미각을 우선해야 옳을 것이다. 그러나 한편으로 나이를 먹으면 미각이 둔해진다는 소리를 들은 적이 있다. 그 점을 고려하면 더 달아야 맞지 않을까?

"그런 문제라면 내가 맛을 봐줄게요."

다음 레슨 날짜를 정하려고 전화를 했을 때, 고마리가 제안했다. 제과 전문가도 아닌 고마리가 뭘 알까 싶었지만, 다른 사람의 의견도 들어보고 싶었다. 전에 파이 얘기를 했을 때, 고마리는 황홀한 표정을 지었다. 아마도 단것이라면 사족을 못 쓸 것이다. 그렇다면 미각도 발달했을지 모른다.

마침 친척 일로 부모님과 언니들 모두 아침부터 집을 비웠다.

아무도 없는 집에서 "포기하지 마, 포기하지 마" 하고 스스로 다짐하면서 자꾸만 우울해지려는 마음을 달랬다. 곧 호박이 쪄진다. 슬슬 고마리가 올 시간이었다.

잠시 후, 초인종이 울렸다. 현관으로 나가자 고마리가 서 있었다.

"실례하겠습니다."

"일부러 와주셔서 감사해요. 집 찾기 어려우셨죠?"

이 동네는 대로에서 골목으로 한 걸음 들어오면 작은 집들이 빼곡하게 들어서 있다.

고마리는 그 말에는 대답하지 않고 현관에 선 채, 나를 위에서부터 아래까지 훑어보았다.

"살이 더 찐 거 아닌가요?"

최근 몸무게를 재 보지는 않았지만 거울만 봐도 살이 좀 오른 것을 알 수 있었다.

"들어오세요. 부엌은 여기에요."

서로 상대의 질문에 대답하지 않는다. 맞물리지 않는 대화가 이어졌다.

찐 호박을 밀방망이로 이기고, 뜨거울 때 버터를 넣고 흑설탕과 꿀도 넣었다. 메이플시럽은 비싸서 채산에 맞지 않는다는 미도리의 충고를 듣고 넣지 않는다.

큰 냄비에 재료를 넣고 젓는 동안 고마리가 옆에 붙어 서서 지켜보았다. 조금씩 설탕을 넣어가다가 중간에 둘이 같이 맛을 보았다.

"스톱."

몇 번인가 반복했을 때 고마리가 말했다.

"이제 설탕은 됐어요. 단맛이 딱 좋네요."

미도리가 선호하는 단맛과 같았다. 나는 부족하다고 느끼는 맛이다.

"저는 단맛이 부족한 것 같아요."

"가게에서 파는 음식은 조림이든 뭐든 다 맛이 너무 진해서 별로예요."

"그럴까요? 가정에서 만든 과자인 점을 고려해도 이러면 단맛이 너무 부족해요."

"니시키코지 씨, 혹시 지금 배가 부르지 않아요?"

"네? 그런데요? 아까 점심도 챙겨 먹었거든요."

"저기 있는 봉지는 뭐죠? 혹시 식후에 크림빵도 먹었나요?"

"저건 크림빵이 아니고 팥빵이에요."

굳이 할 필요 없는 말이지만 농담 삼아 정정했는데 고마리는 눈썹 하나 꿈틀거리지 않았다.

"고기쿠 씨는 지금 혀가 마비됐어요."

무슨 소리지?

"공복이어야 맛을 잘 볼 수 있어요. 배가 부르면 맛을 잘 느끼지 못해요."

"네?"

처음 듣는 소리다.

"정말 맛있는 것을 만들고 싶다면 공복이어야 해요."

"그건……."

아무리 생각해도 불가능했다. 특히 먹보인 나에게는…….

아니지, 속 편한 소리나 하고 있을 때가 아니다. 파이의 성공에 인생이 달렸다. 내가 원하는 길을 가려면, 그리고 부모님에게서 자립하려면 결과를 만들어내야 한다.

"니시키코지 씨, 배가 부를 때는 맛의 미묘한 차이를 파악하기 어려워요."

"알겠습니다. 파이를 만들 때는 밥을 안 먹을게요."

"그래요, 그렇게 나와야지."

맛있는 파이를 만들기 위해서라면 공복쯤 견딜 수 있다.

이런 각오도 할 수 있는 자신이 조금이나마 자랑스러웠다.

역시 고마리에 대한 평가가 왜 좋은지 알 수 있을 것 같다. 파이를 맛보러 온 것처럼 보이지만 결과적으로 다이어트 지도로 이끌어주었다.

"고마리 씨, 실패한 거나 시험 삼아 만든 파이는요, 먹어도 되겠죠?"

고마리에게 친근감을 느껴 저절로 애교 섞인 목소리가 나왔다.

"농담하지 마세요."

고마리가 매섭게 말했다.

"이거 하나에 칼로리가 얼마일 것 같아요? 파이 생지에

버터가 얼마나 많이 들어가는지 만드는 본인이 제일 잘 알죠? 당신은 딱 한 숟가락만 먹어서 맛을 보고 나머지는 가족에게 주거나 버려요. 안 그랬다가는 점점 더 찔 거예요. 살이 찐 파티시에는 볼품없잖아요? 파는 사람의 이미지도 중요해요. 고기쿠 씨를 보고 '이 파이를 먹으면 저렇게 살이 찌는구나. 사지 말아야겠다'라고 생각하는 사람도 있을 수 있겠죠. 또 파는 사람이 뚱뚱하면 종일 단것을 입고 달고 사는 사람처럼 보여서 상품의 청결감도 떨어지고요."

고마리의 지적을 듣는 순간 머리를 한 대 얻어맞은 것 같은 기분이었다.

"하지만 어머니나 언니한테 먹여도 하루에 두 개가 한계예요. 나머지를 다 버리라니요, 저는 가난하게 자라서 아깝게 음식을 버리는 짓은 못해요."

고마리는 가슴 아래에 팔짱을 척 끼고서는 나를 빤히 쳐다보았다.

"요즘은 젊은 사람 중에도 대사증후군에 걸리는 사람이 많다더군요. 의료비를 쓰는 게 더 아깝지 않을까요?"

"……아."

"지금 80킬로그램이나 나간다는 걸 잊지 말아요. 앞으로 디저트를 먹고 싶다면 당신 생일에만 먹어요."

너무 혹독한 말이었다.

"설마 1년에 한 번만 먹으라는 소린가요?"

"그래요. 최소한 몸무게가 60킬로그램대에 들어서기 전까지는 그렇게 해야 해요."

"……알겠습니다. 노력해볼게요."

드디어 첫날, 10시 개점 시간에 맞춰 준비를 하려고 가게에 6시에 도착했다.

고마리의 지도 덕분에 미도리에게 드디어 합격점을 받았다.

밀가루나 설탕 등 재료는 어제 업자에게 가게로 배달해달라고 부탁했다. 맛은 좋으나 모양이 예쁘지 않아 상품성이 떨어지는 호박을 인터넷에서 저렴하게 대량 구매했다. 업소용 오븐은 감사하게도 동네 빵집에서 쓰던 낡은 것을 거의 공짜로 받았다. 이제 준비는 완벽하다.

간판은 직접 만들었다. 사방 60센티미터 크기 판자를 사서 조각칼로 문자와 호박 그림을 새기고 사포로 문지른 뒤, 색을 칠하고 니스로 마무리했다. 따뜻하고 다정다감한 느낌이라고 자부한다.

첫 손님은 동네 민속 예술품 가게 아주머니였다.

"냄새가 아주 좋은데? 하나 좀 줘 봐."

"감사합니다."

응대하는데 옆에서 날카로운 시선이 느껴졌다. 미도리가 이쪽을 매섭게 쳐다보고 있었다. 눈이 마주치자 양손 검지를 입꼬리에 대고 위로 쭉 올리는 것이 아닌가. 붙임성 있게 굴라는 소리를 들었는데 깜박했다. 긴장해서 정신이 하나도 없었다. 얼른 어색하게나마 미소를 지었다.

"간판이 아주 귀여워."

"고기쿠가 직접 그린 거예요."

"이 아가씨 이름이 고기쿠구만? 이름 한번 귀엽네. 자, 300엔."

"정말 감사합니다."

첫날은 예술품 가게 아주머니가 여기저기 선전해준 덕분에 참배길 상인들이 하나둘 와서 사주었다.

그로부터 며칠 후, 저녁을 먹을 때였다.

아버지가 식탁에서 느릿느릿 일어나더니 방 한쪽에 있던 봉투를 가지고 왔다.

"실은 괜찮은 혼사처가 있단다."

아버지가 봉투에서 '초상화'라고 금박으로 글씨가 찍힌 종이를 꺼냈다.

"맞선 사진이다."

"맞선 사진이요? 하지만 고우메 언니는 결혼할 상대가 있 잖아요?"

"고우메가 아니다. 고기쿠, 네 결혼 상대야."

아버지가 멀끔한 표정으로 말했다. 놀라서 어머니를 봤는 데 어머니는 고개를 푹 숙인 채 식탁 한 지점을 멍하게 쳐다 보고 있었다.

"고기쿠, 미리 말하는데 남자는 외모가 다가 아니란다."

그러면서 아버지는 반으로 접힌 종이를 펼쳤다.

상당히 뚱뚱한 남성이었다. 나도 뚱뚱하지만 살이 찐 남 자는 내 취향이 아니다. 게다가 나이가 많아 보였다.

"아버지, 이분은 몇 살이에요?"

"마흔세 살이야."

"내키지 않으면 거절해도 된다."

어머니가 조용히 말했다.

"그럴 순 없지. 그쪽은 살집이 있는 여성이라도 좋다고 했 어. 이런 기회는 잘 없다."

"하지만 여보, 고기쿠는 아직 열여덟 살이에요. 나이 차이가 너무⋯⋯."

어머니의 얼굴이 매우 슬펐다.

"젊음만이 고기쿠의 장점이지 않소. 그리고 이 사람은 니시키코지가의 신랑으로 삼기에 부족하지 않은 상대니까."

아버지가 말했다.

결혼 따위 절대로 받아들일 수 없다. 파이를 먹고 맛있다고 해주는 손님의 말을 기쁨으로 삼아 살고 있다. 그걸 놓치고 싶지 않다. 요즘은 재방문하는 손님도 늘었다. 장사의 어려움과 노하우를 미도리에게 배우는 나날은 그 무엇과도 바꿀 수 없이 소중하다.

게다가 좋아하는 요스케가 있는데 다른 남자와 결혼이라니⋯⋯.

"아버지, 저는 맞선은 안 봐요. 아직 결혼은 이르고요."

"다 널 생각해서 하는 소리다. 일단 만나나 봐라."

아버지는 화를 어떻게든 참으려는 표정이었다. 헛기침을 하더니 갑자기 어르는 목소리로 "딸의 행복을 바라지 않는 부모가 어디 있겠니? 너를 누구보다 잘 아는 사람이 바로 우리 아니니" 하고 말하며 자애로운 척 미소를 지어보였다.

아버지는 딸의 행복을 위해서라고 하지만 사실은 팔 수 있는 '가보'가 바닥나서 초조해진 것 아닐까? 장녀는 시집을 갔고 차녀도 결혼 상대가 정해졌으니 니시키코지 가문의 대를 이을 사람은 나뿐이다. 하지만 대를 잇더라도 아직 너무 이르다. 10년이 지나도 나는 겨우 스물여덟 살이다.

어쩌면 아버지는 장녀뿐만 아니라 차녀에게서도 생활비를 지원 받고 나중에는 막내인 내게 기대려는 심산이 아닐까?

아버지의 관자놀이에 시퍼렇게 핏줄이 섰다. 두려웠지만 지금 꼬리를 내리면 진다. 만약 고마리가 옆에 있다면 "지금이 저항할 때예요. 지면 안 돼요" 하고 응원해줄 것 같았다.

"아버지. 전에도 여러 번 말씀드렸는데 저는 제과를 업으로 삼고 싶어요."

"아직도 그런 생각을 하느냐? 대체 언제까지 어린애처럼 굴 거야."

아버지의 위압적인 태도가 두려웠다.

"생각한 바를 다 말씀드려요."

고마리라면 이렇게 충고하겠지. 그렇게 생각하자 용기가 생겼다. 반대하더라도 내 길을 가겠다는 각오는 이미 했다.

"아버지, 저보고 어린애 같다고 하시는데 어떤 뜻으로 하시는 말씀이세요?"

아버지의 눈을 빤히 쳐다보며 물었다.

"세상 물정을 모르는 것도 정도가 있지. 케이크가 먹고 싶으면 케이크 가게에서 사먹으면 되잖아."

아버지가 코웃음을 쳤다.

"어머니는 어떻게 생각하세요?"

"나는……."

어머니가 당황한 표정을 지었다.

"자꾸 토 달지 마. 부모 말 듣기 싫으면 당장 나가!"

아버지가 버럭 외쳤다.

"당신, 그런 말을 하면 어떡해요."

어머니가 잔뜩 겁을 먹었다.

"알겠어요. 나갈게요!"

오는 말이 고와야 가는 말이 곱다고, 나도 무턱대고 내질러버렸다.

방으로 돌아왔으나 얼마 지나지 않아 후회가 밀물처럼 밀려들었다. 아버지 앞에서는 기세등등하게 말했지만 사실은 독립할 정도로 돈을 벌지 못한다. 주말에는 다 팔릴 때도 있지만 평일은 그렇지 않다.

물러설 수 없으니 짐을 싸서 나오긴 했는데 갈 곳이라곤 이모님 댁뿐이었다. 예전부터 아버지를 탐탁지 않게 여겼던 이모님은 내 사정을 탁하게 여겨 집에 머물게 해주었다. 아들 둘이 독립한 뒤로 부부끼리 사니까 쓸쓸했을지도 모른다.

딸이 생긴 것 같다고 기뻐했다. 서양식 저택인 이모님 댁에
는 손님방이 세 개나 있는데 그중 가장 넓은 방을 쓰게 해주
었다. 하지만 이건 좀 아니라는 생각이 들어 전쟁 전에 식모
가 쓰던 다락방을 빌려달라고 부탁했다. 이모님은 특이한 애
라고 웃으면서 좋다고 흔쾌히 허락했다.

이모님 댁에서 가게로 출근하는 일상이 시작되었다. 하지
만 언제까지 이럴 수 있을까. 이러지도 저러지도 못하는 상
황에 놓인 기분이었다.

"이 자리를 언제까지 빌릴 수 있을까요?

어느 날, 불안해져서 미도리에게 물었다.

"계속 써도 돼."

"감사합니다! 그럼 매출도 조금씩 올라가니까 자릿세를
낼까 하는데요."

"괜찮아. 네 파이 덕분에 음료와 기념품도 예전보다 잘 팔
리거든. 네 덕을 보고 있어."

"정말요? 그럼 감사히 신세를 질게요."

하루 빨리 이모님 댁에서 나와 독립하고 싶었다. 그러려
면 돈을 더 벌어야 한다.

사람들이 줄 서서 기다릴 정도로 인기 있는 가게가 되려면
매스컴을 타는 것이 가장 빠르고 효과적인 방법이다. 잡지나

텔레비전의 맛집 탐방 방송에서 다뤄주면 좋겠는데. 하지만 연줄도 없고, 그렇게 간단히 와주진 않을 것이다.

그날은 미도리가 군만두를 만들어주겠다고 해서 하루코도 와 있었다. 미도리의 군만두는 피까지 직접 만들어서 맛이 일품이라고 들었다. 가족이 모두 모여 밀방망이로 반죽을 펴는 미도리를 둘러싸고 앉아 속을 채웠다.

"역 근처 팬케이크 전문점이 얼마 전에 방송을 탔어. 오는 김에 우리 가게에도 와주면 좋았을 텐데."

요스케가 아쉬워하며 말했다. 자주 해봤는지 만두를 빚는 손놀림들이 익숙했다.

"방송에서 한 번 다루면 취재 의뢰가 다방면으로 계속 들어온대. 팬케이크 가게라면 생크림과 꿀의 상성이 어떤지 알아보는 방송이라든지, 다른 가게와 맛 대결이라든지, 방송에서 다룰 주제가 무궁무진하다더라."

하루코도 자기 일처럼 아쉬워했다.

"그 팬케이크 가게 안주인은 고생을 많이 했으니까. 아, 이제 구울까."

노부오가 핫플레이트에 기름을 두르며 말을 이었다.

"스토리텔링이 필요해. 단순히 맛있다는 것만으로는 드라마가 부족하지."

"맞아요."

요스케가 말을 받으며 핫플레이트에 만두를 올려놓았다.

"방송은 광고수입이 중요하니깐 시청률을 높여야 해."

"언론은 화제성을 원해. 시청자가 이해하기 쉬우면서 흔하지 않은 에피소드가 있으면 좋을 텐데."

노부오가 말했다.

"고기쿠한테도 언론이 좋아할 이야기가 있어요."

하루코가 조심스럽게 말을 꺼냈다.

"나한테? 뭔데?"

"그건⋯⋯."

말하기 어려운지 머뭇거렸다.

"아하, 그거구나."

미도리는 이해가 빨랐다.

"몰락한 화족 이야기를 가져오면 재미있게 꾸밀 수 있지."

"아⋯⋯."

부모님으로부터 독립하려면 돈이 필요하다. 그러기 위해서 평판과 체면까지 버려야 할까? 하지만 그랬다가는 자신뿐만 아니라 부모님과 언니, 친척들까지 끌어들이게 된다.

요즘 같은 시대에 사생활을 파는 것쯤 누구나 하는 일일까? 각오해야 할 때일까?

요스케의 부모님도 하루코도 더는 가타부타 말하지 않았다.

'네가 결정할 일이야.'

이런 말이 들리는 것만 같다.

가을에 고우메 언니의 결혼식이 있었다.

쥬니히토에*를 입은 신부가 들어서자, 피로연 회장이 떠들썩해졌다. 아버지의 간절한 희망으로 어머니는 도메소데**가 아니라 로브 데콜테***에 티아라를 썼다. 나도 이모님의 로브 데콜테를 빌려 입고 갔지만 아버지는 그때 이후로 계속 화가 난 상태여서 나와는 눈도 마주치려고 하지 않았다.

환하게 미소를 짓는 언니를 보니 결심이 흔들렸다. 마흔세 살 먹은 비만 남자와 결혼할 마음은 추호도 없지만 결혼해서 가정에 들어가는 평범한 길이 반짝여 보였다. 파이 판매가 예상만큼 순조롭지 않은 데다 학업 역시 이도 저도 아니어서 초조하기 때문이다.

피로연을 마치고 어머니에게 텔레비전 취재에 관해 상담했다.

* 일본 헤이안 시대의 궁정 의상. 열두 겹의 옷이라는 뜻 그대로 몇 겹씩 겹쳐 입는 스타일이다.
** 기혼 여성이 입는 소매 폭이 좁은 일본 전통 정장
*** 등과 가슴을 깊이 판 서양식 여성 정장

"네게 도움이 된다면 엄마는 무슨 소리를 들어도 괜찮다. 네가 원하는 대로 하려무나."

"어머니, 고마워요."

하지만 정말 그래도 될까?

아무리 시간이 흘러도 꺼림칙한 마음이 가시지 않았다.

고마리와 처음 만났던 카페에서 고마리를 다시 만났다.

"살이 많이 빠졌네요."

고마리가 맞은편에 앉자마자 말했다. 마음에도 없는 말을 하는 사람이 아니어서 기뻤다.

"맞아요. 바쁘게 지냈더니 군살이 조금씩 빠지더라고요."

그러자 고마리가 만족스럽게 고개를 끄덕였다.

"이상적이네요. 특히 고기쿠 씨는 다이어트에 집착하지 않았는데 자연스럽게 살이 빠졌으니까요. 그러지 않으면 요요가 오는 경우가 많거든요. 열심히 일하고 잘 챙겨 먹어요. 지금처럼만 해요."

"네, 정말 감사합니다. 그런데 고마리 씨, 다이어트가 아니라 다른 상담을 해도 될까요?"

"네, 물론이죠. 고민이 있으면 스트레스가 쌓여서 과식할 가능성이 있으니까요."

"사실은 아버지가 맞선을 보라고 권하세요. 상대는 40대 남성이고요. 저는 끔찍하게 싫어요."

"거절하세요."

고마리가 즉답했다.

"하지만 아버지가 억지로 맞선 날을 정하셨어요."

어젯밤에 어머니가 전화로 알려주었다. 싫으면 거절해도 되니까 아버지의 체면을 위해서 맞선만이라도 보라고 했다.

과연 그럴까? 그대로 결혼까지 억지로 밀어붙일 것만 같아 걱정이 이만저만이 아니다.

"아직 스무 살도 되지 않은 고키쿠 씨한테 억지로 맞선을 보라니, 학대나 마찬가지예요. 얘기를 들을수록 불쾌해요."

고마리는 소름이 돋는다는 듯이 몸을 부르르 떨었다.

"고기쿠 씨는 고기쿠 씨 길을 가면 됩니다."

"그렇게 말씀해주시니까 든든해요. 언젠가 아버지도 이해해주시리라 믿고 앞으로도 노력하려고요."

"고기쿠 씨, 그 생각은 틀렸어요. 부모님의 이해를 구할 필요는 없어요."

고마리가 단호하게 말했다. 예전에도 고마리가 비슷한 이야기를 했는데 여전히 의미를 잘 모르겠다.

"하지만, 그러면 저는 불효를 하는 거잖아요?"

먹고살기 위해서 딸을 이용하려는 아버지나 그걸 막지 않는 어머니에게 요즘 들어 혐오감까지 느낀다. 그와 동시에 나는 아직 어리고 세상살이를 모르니깐 부모님의 괴로움을 다 이해하지는 못하리라는 마음도 든다.

"아니요. 부모의 가장 큰 행복이란 자식이 활기차고 즐겁게 사는 모습을 보는 것이에요. 만약 부모님이 그런 분이 아니라면 앞으로도 거리를 두고 사는 편이 나아요."

'부모님의 말씀을 잘 들어야 합니다.'

초등학교에 들어갔을 때부터 학교에서 그런 가르침을 받았다. 그때 이후로 '이제는 부모님의 뜻을 거역해도 괜찮은 나이입니다'라고 가르쳐준 사람은 없었다.

"당신이 언젠가 부모가 되는 날이 오면 알 거예요. 자식이 위험한 방향으로 나아가지 않는 한 자유를 주는 것이 최고의 선물이라는 것을."

아직은 잘 모르겠지만 언젠가 이해할 날이 올지도 모른다.

"알겠습니다. 맞선은 거절할게요. 만약 집요하게 권하시면 어쩌죠?"

"맞선 자리에 안 나가면 돼요. 간단하죠."

"그럴게요. 죄송하지만 상담하고 싶은 게 하나 더 있어요."

파이를 더 팔기 위해서 방송 매체를 이용할지 말지 고민이라고 털어놓았다.

"화족이 몰락한 이야기를 팔겠다는 소린가요?"

고마리가 대놓고 얼굴을 구겼다.

"지금 진심으로 하는 소리예요?"

이렇게 화를 낼 줄은 몰랐다. 오히려 사생활을 노출하는 것쯤은 각오하라고 질타할 줄 알았는데.

"방송에서 가볍고 우습게 다뤄지면 처음은 호기심 때문에 반짝할 수는 있어도 금세 시들해질 게 뻔해요."

"그럴까요?"

"설령 그렇지 않더라도 신념이 흔들리면 안 돼요."

고마리가 눈에 힘을 주며 주장했다.

"어디까지나 맛으로 승부를 걸겠다는 초심을 잃지 말아요. 그리고 50년 후, 100년 후에 고기쿠 씨 가게가 노포라고 불릴 정도로 키워나가야죠. 그 정도로 높은 목표를 세우고 노력하세요."

'언제나 품격을 잊지 말아라.'

불현듯 할머님의 기품 어린 얼굴이 떠올랐고 위엄 넘치는 목소리가 귓가에 울려 퍼졌다.

"앞으로도 순조롭게 살을 뺄 수 있겠어요?"

"네, 살을 뺄 수 있을 거란 예감이 들어요."

고마리와 만나 다행이라고 진심으로 생각했다.

그로부터 수개월이 흘러 정월이 되었다.

참배길은 12월 31일 밤부터 참배객으로 붐볐다.

가게가 너무 바빠 하루코와 동네 주부도 파트타임으로 도우러 왔다. 어제부터 교대로 쪽잠을 잤는데 신기하게 몸도 마음도 팔팔했다.

"호박파이 드세요. 따끈따끈하고 맛있습니다."

하루코가 가게 앞에 서서 큰 소리로 외쳤다. 당연히 시급을 주기로 했다. 고향인 야마가타로 정월 명절을 쇠러 갔다면 고향의 정월 요리와 떡국이 기다리고 있었을 테고, 후리소데를 입고 친구들과 새해 첫 참배를 하러 다니며 즐거운 새해를 맞이했을 것이다. 그런데 하루코는 도쿄에서도 정월을 지내보고 싶다면서 남아주었다.

나는 지금 대학에 다니지 않는다. 올해까지는 등록한 상태지만 진급하지 않고 퇴학할 생각이다.

"혹시 앞으로 배우고 싶은 것이 생기면 그때 다시 생각하면 돼요."

고마리도 이렇게 말했다.

"올해 목표는 뭐로 하지? 고기쿠, 벌써 세웠니?"

손님 발길이 끊어진 틈을 타 하루코가 상쾌한 표정으로 물었다. 새로운 한 해가 시작한다고 생각하니 청바지에 앞치마를 두른 차림이라도 기분이 들뜨나 보다.

"그러게. 몸무게를 10킬로그램쯤 더 빼고 싶어."

몸무게는 67킬로그램까지 떨어졌다. 피부도 매끈하고 투명해져서 기분이 좋았다.

"고기쿠, 살은 더 뺄 필요 없을 것 같은데?"

아마 실제 몸무게보다 덜 나가게 보일 것이다. 고마리의 권유로 매일 아침 한 정거장 되는 거리를 걷고 밤에 자기 전에는 복근 운동을 한다. 몸이 탄탄해지고 근육도 붙었다. 여전히 이모님 댁에서 머물고 있는데, 그래서 주말에는 넓은 정원에서 조깅도 한다.

"어른으로 가는 계단을 천천히 올라가요. 세상이 워낙 뒤숭숭하잖아요. 최소한 10대까지만이라도 이모님의 호의에 기대도 좋아요."

고마리가 충고했다. 집에 돌아가기는 좀 그랬다.

맞선을 거절하고 멋대로 파이 가게를 시작한 것에 아버지는 여전히 화가 난 상태다.

요즘은 입소문 덕분에 평일에도 오후 3시쯤이면 파이가 다 팔리는 날이 늘었다. 그러나 장사에 낙관은 금물이다. 혼자 살면 저금을 거의 하지 못할 테니 고마리의 충고에 따랐다. 어머니도 그래야 안심이라면서, 요즘은 이모님 댁에 자주 놀러 왔다.

돈이 좀 더 모아지면 큰 오븐을 추가할 예정이다. 미도리의 조언을 들으며 고구마파이도 시제품을 만드는 중이다. 파이 종류를 늘리고 아르바이트도 고용하고 싶다.

지금은 미도리와 고마리의 혀를 믿지 못하고 '이게 뭐가 달다고 그러지…' 하고 고민하던 시절이 있었나 의심스럽다. 앞으로도 고마리의 지도를 가슴에 새기고 공복을 소중히 여겨야지.

"더 많이 빼고 싶어. 하루처럼 말라서 청바지가 잘 어울리는 사람이 되고 싶어."

"하지만 요스케 오빠도 더 안 빼는 게 좋겠다고 했는데?"

"요스케 씨가? 왜?"

"요스케 오빠는 예전부터 통통한 여자를 좋아했거든."

"그거 진짜야?"

"응, 진짜야. 고기쿠 보고 귀엽다고 했어."

"거짓말이지?"

"왜 거짓말이라고 생각해?"

"그야, 당연히 거짓말일 테니까."

"뺨이 통통하고 분홍색에 반짝반짝 빛도 나서 정말 귀엽다고 했는데?"

"그거…… 진짜라고 맹세할 수 있어?"

"진짜라니까. 어라? 고기쿠, 얼굴 빨갛다."

"아이, 아니야."

하루코가 재미있다는 듯이 후후 웃었다.

"요스케 오빠, 애인 없는 것 같더라."

"그러니까 그런 거 아니라니까. 그래도……."

지금 모습 그대로 좋다고 말해주는 사람이 있어서 기뻤다.

이렇게 행복한 기분을 맛보는 것이 도대체 몇 년 만일까?

나도 참 단순하다고 생각하면서도 웃음이 가시지 않았다.

조금만 더 노력해야지.

CASE 3
요시다 도모야 32세

일주일가량 혼수상태로 있었나 보다.

아무것도 기억이 나지 않는다. 혼자 차를 운전하고 가다가 민가의 벽을 들이받았다고 하는데, 나 이외에 다친 사람이 없어서 그나마 불행 중 다행이었다. 또 집주인도 벽 수리비만 내주면 된다고 했단다.

골절된 두 다리는 수술로 다행히 나아졌지만 지팡이 없이 걸으려면 재활 치료를 해야 한다. 팔은 다치지 않았는데 며칠간 움직이지 않았던 탓인지 손가락에 힘을 주어도 추위에 굳은 것처럼 얼얼한 느낌만 있었다.

휠체어를 타고 진료실로 갔다. 어머니와 누나가 불안한 표정으로 뒤따라왔다.

"여길 보세요. 하얗게 된 부분이 보이시죠?"

의사가 MRI로 촬영한 나의 뇌 사진을 컴퓨터 화면에 띄우며 심각한 표정으로 나를 쳐다보았다.

"몸은 재활 치료를 하면 원상태로 회복할 수 있지만 문제는 뇌 타박상으로 인해 뇌의 신경섬유가 손상된 것이에요. 기억력 검사와 주의력 검사도 해봐야겠어요."

생각보다 사고가 컸나 보다.

"보통 교통사고 후유증으로 기억력이나 주의력 등의 기능에 문제가 발생하는데 이런 증세들을 고차뇌기능장해라고 합니다. 자각증상도 약해서 숨은 장해라고도 하는데, 그래서 병원에 입원해 있는 동안에는 증세가 잘 나타나지 않아 모르지만, 일상생활을 하거나 직장생활을 할 때 이런저런 문제가 생깁니다. 그러니 퇴원 후에도 가족 분들의 도움이 꼭 필요합니다."

대각선 앞 파이프 의자에 앉은 어머니가 고개를 끄덕였다. 진지한 표정이었다.

"피곤하실 테니 오늘은 간단한 검사만 하죠."

의사가 휠체어에 앉은 나를 쳐다보았다.

"최근 신변에 일어났던 사건을 말씀해보시겠어요?"

기억을 떠올리려고 하니 머리가 아팠다. 그래도 꾹 참고 집중했더니 서른 살 생일이 지나고 몇 달 후에 베트남에 출장 갔던 일이 떠올라 그 얘기를 했다.

"최근 정치나 경제나 그 밖의 사건 중에 기억하시는 것은 요?"

"태풍 피해나 TPP* 문제요."

의사는 고개를 끄덕이고, 지금 일본 총리가 누구이며 저명인사의 활약이나 사망에 관해서 차례차례 질문했다. 대답하지 못하는 것이 절반 이상이었다.

"어느 정도 파악했습니다. 아마도 최근 18개월 정도의 기억을 잃은 것으로 보입니다."

"선생님, 그 동안의 기억은 언제 돌아올까요?"

누나가 물었다.

"정확하게 말씀드리기는 어렵지만 회복할 확률은 20퍼센트 이하입니다."

그때 누나가 옆에 앉은 어머니의 팔을 붙잡는 것이 보였다. 살짝 고개를 들었는데, 누나가 어머니를 바라보며 웃고 있었다. 왜 웃지? 동생이 기억을 잃어서 마치 기뻐하는 것처럼 보였다. 단순히 눈의 착각일까? 뇌 전달 신경이 이상해진

* Trans-Pacific Partnership. 아시아·태평양 지역국의 관세 철폐와 경제 통합을 목표로 하는 광역 자유무역협정인 환태평양경제동반자협정. 2005년 6월에 뉴질랜드, 싱가포르, 칠레, 브루나이 등이 시작했고 이후 참가한 일본과 미국이 협정을 주도했는데, 2017년 1월 23일 미국의 도널드 트럼프 대통령이 미국 탈퇴를 선언한 이후 포괄적·점진적 환태평양경제동반자협정, 즉 CPTPP으로 명칭을 바꾸었다. 2018년 12월 30일에 발표되었다.

걸까?

"사고가 워낙 컸으니 목숨을 건진 것만으로도 다행입니다. 게다가 사지 기능도 잃지 않았고 오감도 정상이에요. 몇 년쯤 기억이 없어지는 것 정도는 매우 운이 좋은 축에 듭니다."

의사가 위로하듯이 말했다.

"기억을 잃었으니 앞으로 생활하면서 뭔가 잘 맞물리지 않는 경험을 하실 겁니다. 그럴 때 냉정하게 대처하기 위해서라도 본인이 1년 반의 기억을 잃었다는 것을 확실히 인지해두어야 합니다."

간호사가 밀어주는 휠체어를 타고 개인 병실로 가는 도중에 누나와 어머니가 매점에 들른다며 1층으로 내려갔다.

병실에 돌아와 혼자 있으려니 불안해졌다. 기억을 잃었다는 이 엄청난 현실을 받아들이기 버거웠다. 회사에 복귀해도 분명히 지장이 생길 것이다. 요즘 세상은 엄청난 속도로 진화한다. 1년 반 동안 세계에서 무슨 일이 일어났는지 주요 사건이나 경제 흐름 들을 살펴봐야 한다. 하지만 그렇게 한다고 해결될 만큼 일이 단순하지 않다. 신문이나 잡지나 인터넷으로는 알지 못하는 일이 더 많다. 내가 일하는 나나케이 상사商社의 관습이나 미묘한 분위기 변화, 사적인 인간관계나 민감한 뉘앙스 같은 것은 어떻게 알아볼 방도가 없다.

창가에 놓인 과일 바구니에 문득 시선이 갔다. 중환자실에 있을 때 가지와라 과장이 문병을 오면서 사갖고 온 것인데, 걱정하지 말고 충분히 회복한 후에 복귀하라는 말을 전하고 갔단다.

지금까지 소위 엘리트 코스라고 하는 길을 따라 앞만 보며 달려왔다. 세간에서는 나 같은 사람을 두고 좌절을 모르는 인간이라고 평하는데 절대 그렇지 않다. 그건 노력이 부족한 인간들의 시샘일 뿐이다. 나는 지금껏 열심히 노력했다. 쌓아올린 경력을 무너뜨리기 싫다. 회사에 복귀해서 열심히 일하고 싶다.

과일 바구니 옆에는 만화책과 잡지가 쌓여 있었다. 회사 동기인 스기우라 게이타가 갖고 왔다고 들었다. 나는 잊힌 존재가 아니다. 내게 마음을 써주는 동료가 있다. 이렇게 생각하니 기분이 나아졌다.

어머니와 누나가 병실로 들어왔다. 매점에 들른다고 했는데 뭘 사 온 것 같진 않다. 아까까지만 해도 심각해 보였는데 두 사람 다 표정이 묘하게 밝은 이유가 뭘까?

"도모야, 너 대학 졸업하고 회사에 취직한 건 기억해?"

누나가 물었다.

"당연히 기억하지. 쇼난 대학 법학부를 졸업하고 나나케이 상사에 취직했어."

나는 엘리트라고, 바보 취급은 거절하겠어. 속으로 한마디 덧붙였다.

"그럼 스물아홉 살에 주임이 된 건?"

"그것도 기억해."

"그럼 우리 사촌 고지 녀석이 결혼한 건?"

"뭐? 고지 형이 드디어 결혼했어? 오, 어떤 사람이랑?"

"그래, 그건 기억 못 하는구나. 그렇다면……."

누나가 허공을 노려보았다.

"올해 4월에 인사이동으로 네 부서에 새로 배속된 사람이 누군지는 당연히 기억 못 하겠네?"

누나는 그렇게 물으며 내 얼굴에 구멍이 뚫릴 정도로 빤히 쳐다보았다.

"올해 4월이라……, 그나저나 올해가 몇 년이야? 지금 내가 몇 살인데?"

"지난달에 서른두 살이 됐어."

"어, 서른둘?"

또 머리가 아파 왔다. 서른이 갓 넘었던 기억만 나는데.

"서른 살 생일이라면 기억하는데……."

그날은 금요일이어서, 아마 퇴근하고 동료들과 술 한잔

하러 갔다가 노래방에서 신나게 놀았을 것이다.

조금 전에 의사에게 1년 반의 기억이 사라졌다는 소리를 들었으니 새삼스럽게 놀랄 일은 아니다. 하지만 알고는 있어도 구체적인 상황을 이야기하니 불안해졌다.

"가장 최근에 일어난 일 중에 인상적이었던 일을 말해보렴."

어머니가 말했다.

"이제 그만해. 아까 의사한테 말했잖아요."

짜증이 나서 저절로 목소리가 커졌다. 어머니가 곧바로 "미안하구나" 하고 기어드는 목소리로 사과했다. 덜덜 떠는 어머니를 보니 짜증이 갑절로 늘어났다. 고등학생 때부터 이랬다. 기억할 필요 없는 불쾌한 감정만 꼭 이렇게 남아 있다. 그래서 더욱더 화가 났다.

의식이 없는 동안에도 어머니는 매일같이 내 곁을 지켰다고 한다. 그러나 아버지는 한 번도 오지 않았다. 아버지는 분명 화가 났을 것이다.

"사고를 일으키는 건 정신이 나약해졌다는 증거야. 그건 다 어미의 교육방식이 잘못됐기 때문이지."

이런 소리나 하며 어머니에게 설교를 퍼부었을 것이다. 아마도 몇 시간이나…….

아버지는 엄격한 사람이다. 단카이 세대*로 혹독한 경쟁을 치르며 살아온 까닭인지 극단적일 정도로 학벌을 중시했다. 일류 대학을 나와 일류 기업에 취직한 인간 이외에는 쓰레기라고 단언했다. 완벽주의자여서 부주의하게 교통사고를 일으킨 아들을 절대 용서하지 않을 것이다.

누나는 폭력적인 아버지를 혐오해서 대학을 졸업하자마자 집을 나갔다. 이후로 일절 본가에는 발도 들이지 않는다. 어머니가 노예처럼 부려지는 것을 보며 자라서 "나는 엄마처럼은 안 살래, 독립적인 여자가 될 거야"라고 선언하고 구청 공무원이 되었다.

"사적인 기억도 확인해두고 싶어서 그래."

누나가 끼어들었다.

"의사는 일반적인 질문을 했을 뿐이잖아."

이해가 안 된다. 기억을 확인하려는 목적이라면 어떤 질문이든 똑같지 않나? 그렇게 생각했지만 누나는 오늘 일부러 유급휴가를 쓰고 검사 결과를 들으러 와줬다. 어머니는 아무래도 듣고 잊어버릴 수 있다고 하면서. 그래서 매몰차게 대하기는 미안했다.

"도모야, 옆집 할아버지가 돌아가신 건 기억하니?"

* 제2차 세계대전 직후인 1947~1949년 사이에 태어난 일본의 베이비붐 세대로, 일본의 고도성장을 이끌었다.

"네? 돌아가셨다고요?"

"너 할아버지 장례식에도 갔었어."

"전혀 기억 안 나요. 그래도 맞은편 집에 할머니가 백 살이 됐을 때 신문에 사진이 실린 건 기억하는데."

"그렇다면……."

어머니가 천장을 올려다보았다.

"역시 의사 선생님 말씀대로 적어도 1년 반 전부터 기억이 없다는 소리구나."

아무리 생각해도 기억이 사라졌다니 충격적이다.

"어머니, 거울 있어요?"

갑자기 내 얼굴이 보고 싶어졌다. 눈을 뜬 후로 한 번도 본적이 없다. 의식 없이 누워 있는 내내 아무것도 먹지도 마시지도 못했으니 분명 비쩍 말랐겠지.

어머니가 손거울을 건네주었다.

이 얼굴은 뭐야?

너무 놀라 순간적으로 숨을 쉬는 것도 잊었다.

이게 내 얼굴이라고? 여위기는커녕 빵빵하게 부어 있었다.

"왜 이렇게 부었지? 신장이 안 좋은가? 아니면 너무 오래누워 있어서?"

"그다지 부은 것처럼 보이진 않는데."

어머니의 태평하기 짝이 없는 목소리가 성질을 긁었다.

"부은 것 같지 않다니. 입에서 나오는 대로 아무 말이나 지껄이지 말아요."

어머니가 겁먹은 표정을 지었다. 그래서 더 화가 났다. 호통을 쳐주려고 숨을 들이마시는데 누나가 끼어들었다.

"도모야, 그만두지 못하겠니!"

분노한 목소리였다.

"어머니한테 버릇없이 말하지 마. 너, 갈수록 아버지랑 똑같아지는구나."

"웃기지 마. 누가 그런 남자랑 똑같아져."

절대로 그런 냉혈한이 되고 싶지 않다. 어려서부터 그렇게 생각하며 컸다.

"그럼 어머니한테 사과드려."

"됐다, 다카코. 그럴 것까진 없어."

어머니의 힘없는 미소가 비굴해 보였다. 그러자 또 머리로 피가 몰리는 기분이 들어 심호흡을 했다.

"살이 찐 것도 정말로 기억 못 해?"

누나의 눈빛이 꼭 재미있어 하는 것 같았다.

"전혀 기억 안 나."

금욕적인 내가 살이 찌다니…….

이 세상에서 가장 경멸해 마땅한 존재가 바로 뚱뚱한 인간들이다. 얼굴 생김새나 키는 본인이 어찌 할 수 없지만 몸무게는 누구나 조절할 수 있다. 그러지 못하는 사람들은 자제심 없는 한심한 인간들이다. 그런 나약한 정신머리를 세상에 드러내고 살다니, 수치스럽기 그지없다. 회사에도 뚱뚱한 사람들이 몇 명 있는데 그런 몸으로 아무렇지 않게 살아가다니 그 정신 상태를 도저히 이해하지 못하겠다.

그런데 다른 사람도 아니고 내가 왜…….

기억이 사라진 1년 반 사이에 대체 무슨 일이 있었지?

어머니와 누나가 돌아간 뒤에도 살이 쪘다는 사실을 도저히 받아들이지 못해 밤이 늦어도 좀처럼 잠들지 못했다. 이렇게 됐으니 잠은 포기하고 게이타가 가져다준 만화책이라도 읽어야겠다. 스탠드 불을 켰는데 창가의 과일 바구니에 시선이 머물렀다.

갑자기 배가 고팠다. 바나나를 보고 있으려니 점점 참기 어려워져서 간호사 호출벨을 눌렀다.

"무슨 일 있으세요?"

"일단 와주시겠어요?"

간호사가 재빨리 병실로 들어왔다.

"죄송합니다. 저기 있는 잡지를 침대 옆으로 옮겨주실 수 있을까요?"

간호사가 겨우 그런 일로 호출을 했냐는 듯한 눈초리로 나를 잠시 쳐다보았다.

"부탁드립니다. 그리고 그 옆의 과일 바구니도 부탁드려요. 회사 상사가 갖고 오신 건데 제 가까이 두면 정신적으로 안정될 것 같아서요."

말도 안 되는 변명을 갖다 대자 간호사는 "네, 네" 하고 기가 찬다는 듯이 대답했다.

간호사가 나간 뒤, 크고 우람한 바나나 세 개를 전부 먹어치웠다. 이어서 제철은 아니지만 포도를 걸신들린 듯이 먹고 사과도 한입 크게 베어 물었다.

매일 찾아왔을 어머니가 이틀간 오지 않았다.

누나는 출근했고 아버지는 올 리가 없으니 병실에 계속 혼자 있었다. 세상 돌아가는 사정을 한시라도 빨리 파악하려고 텔레비전 채널을 돌려가며 뉴스를 봤다.

의식이 돌아온 지 사흘째가 되자 오후에 간호사가 오더니 샤워를 해도 된다고 이야기해주었다.

20대의 젊은 남성 간호사가 휠체어를 밀고 병실까지 데리러 와줬다. 탈의실에서 도움을 받으며 옷을 벗었을 때였다. 내 눈앞에 갑자기 복부가 드러났다. 내 배라곤 믿을 수 없을 정도로 앞으로 불룩하게 나와 있었다. 거대한 수박 같았다. 사고 탓에 복수라도 찼나?

　"저기, 이 배는 어떻게 된 거죠?"

　간호사에게 물었다.

　"살이 많이 빠지셨네요. 병원에 처음 오셨을 때는 더 대단했어요."

　지금 이상으로 뚱뚱했다고? 자제심 덩어리인 내가?

　"일이 너무 바빠서 식사를 제때 잘 챙기지 못하셔서 그랬겠죠? 요즘 그런 분들이 많아요."

　"……그럴까요."

　기억해내려고 기를 썼지만 간호사 말처럼 너무 바쁘고 스트레스가 쌓인 것 이외의 원인이 떠오르지 않았다. 저녁을 거르고 밤늦게까지 야근하다 보면 초콜릿이나 달짝지근한 주스가 당긴다. 하지만 헬스장에도 분명 다녔을 텐데.

　거울에 온몸을 비춰 보았다. 콘택트렌즈를 끼지 않아서 또렷하게 보이진 않았지만 어렴풋한 윤곽만 봐도 얼마나 살이 쪘는지 알 수 있었다. 살이 쪘던 동안의 기억이 날아가서 돼지처럼 부푼 이런 몸을 보는 것은 태어나서 처음이었다. 꼴불견이라 점점 우울해졌다.

'괜찮아.'

속으로 중얼거렸다.

'나는 어떤 고난이라도 극복해내는 인간이니까.'

힘든 입시 공부도 견뎌냈다. 아버지에게 칭찬받고자 하는 일념으로 무리하면서까지 노력했던 나다…….

샤워를 해서 산뜻해진 기분 때문인지 긍정적으로 살려는 의욕이 생겨났다. 이 정도로 살이 쪘으니 다이어트를 하는 보람도 있겠다. 살을 뺀 후의 성취감도 대단할 테니 말이다.

병실에 돌아오다가 복도에서 젊은 여성 무리와 마주쳤다. 친구 문병을 왔는지 손에 꽃과 과일 바구니를 들고 있었다.

고개를 들고 그들에게 시선을 주었으나 누구 하나 내게 눈길을 주는 여자가 없었다. 스쳐 지나면서 한 명과 눈이 마주친 것 같아 살짝 미소를 지었다. 그런데 이게 무슨 일이지? 완벽하게 무시당했다. 이제껏 길거리를 다니면서 이런 적은 한 번도 없었다.

나는 생김새도 단정하고 늘씬한데…… 아, 그렇지, 지금 나는 뚱뚱하다. 돼지처럼 살이 쪘다. 뚱뚱한 주제에 분수도 모르고 여자에게 추파를 보냈다. 아아, 어디 쥐구멍이라도 있다면 들어가고 싶다.

병실 침대에 앉아 우울하게 창밖을 내려다보았다. 내일부터 재활 치료를 시작한다. 침대 옆에 있는 휠체어를 손으로 끌어와 옮겨 앉으려고 다리를 뻗었는데 생각보다 어렵지 않게 해냈다. 병실이 좁았지만, 휠체어를 타고 문부터 창문까지 왔다 갔다 해보았다.

하는 김에 1층 매점까지 가볼까? 병원에서 나오는 식사만으로는 부족했다. 양이 적어도 너무 적다. 속은 다치지 않았으니 잘 챙겨 먹어야 회복도 빨라질 것이다. 단것도 먹고 싶었다. 단조로운 생활에 활력을 준다는 의미에서 단것은 정신적으로도 좋은 영향을 주지 않을까?

엘리베이터를 타고 1층으로 내려갔더니 매점이 바로 보였다. 성인 남자가 과자만 사면 좀스러울 테니 신문 두 종류를 손에 들었다. 매점에서 파는 과자는 다 시시했다. 디저트 종류도 있지만 케이크 가게나 화과자 가게에서 파는 것과 비교하면 품질이 극단적으로 형편없었다. 그래도 통통한 멜론빵만큼은 맛있어 보였다. 몇 개 살까? 내일 또 휠체어를 타고 여기까지 내려오기는 귀찮다. 그래서 사흘치로 계산해 여섯개를 샀다. 사는 김에 콜라와 감자칩과 초콜릿도 사둘까.

병실에 돌아오자 바로 저녁 식사가 나왔다. 생선조림, 채소조림, 무 된장국, 밥. 맛이라곤 없어 보였는데 간장과 된장 냄새가 식욕을 자극해서 순식간에 먹어치웠다.

역시 부족하다. 멜론빵 봉지를 뜯어 텔레비전을 보며 묵묵히 먹다가 나도 모르는 사이에 사온 것을 전부 다 먹어치웠다.

좀 이상하다. 자꾸만 먹게 된다. 아무리 생각해도 이건 과식이다. 내가 언제부터 이렇게 무분별하게 먹었지? 간호사 말처럼 일이 너무 바빴던 것이 원인일까? 최근 기억이 사라져서 그저 짐작만 할 뿐이다.

사흘 만에 어머니가 왔다.

평소와는 왠지 모르게 분위기가 달라 보였다. 눈에 익은 힘없는 표정은 온데간데없고, 묘하게 반짝거리는 눈은 생기가 넘쳐 보였다.

"이거 말이다."

어머니가 가방에서 책을 한 권 꺼내 보여주었다.

"요즘 폭발적으로 팔리는 다이어트 책이란다. 너도 읽으면 좋겠다 싶어서 가져왔어."

《당신의 살을 빼 드립니다》라는 책이었다.

"2킬로그램쯤 더 빼고 싶어서 샀다. 그런데 생각해보니 나보다는 네가 읽으면 좋겠더구나."

어머니가 정말 자기를 위해서 샀을까? 그냥도 비쩍 말랐는데.

"필요 없어요. 내가 그딴 걸 왜 읽어요."

사람을 우습게 보는 것도 정도껏 해야지. 속에서부터 짜증이 밀려왔다. 그런 책은 머리가 텅 빈 여자들이나 읽는 책이다. 이 세상에 다이어트 책만큼 무분별하게 나오는 것이 또 있을까? 왜 그렇게 많겠나. 답은 간단하다. 살을 빼지 못하는 여자가 잔뜩 있으니까.

그러나 나에게는 무용지물이다. 빼고자 마음만 먹으면 금방 뺄 수 있다. 뭐든 면밀하게 계획을 세우고 목표를 향해 오로지 매진한다. 이거면 된다. 식욕을 억제하지 못하다니 동물 이하가 아닌가. 사자나 치타는 먹음직스러운 토끼가 눈앞에 뛰어다녀도 배가 고플 때만 잡는다고 들었다. 배가 부른데도 먹을 것에 매달리는 뚱보는 기분 나쁘다. 물론 나도 지금은 먹을 것에 집착하지만 입원 중에 할 일이 없어 심심하기 때문이다. 퇴원하면 금방 뺄 수 있다.

수준 낮은 인간들이나 읽는 책이 지금 내 앞에 있다. 그 자체만으로도 불쾌했다. 의사나 간호사가 보면 무슨 생각을 할까? 나를 비웃을 것이 뻔하다. 창피도 그런 창피가 어딨나. 그래서 침대 옆의 쓰레기통에 넣어버렸다.

"그걸 굳이 버리니……."

어머니가 아쉬워하며 쓰레기통을 들여다보았다.

"얘, 도모야. 이 책을 쓴 오바 고마리라는 사람, 얼마나 야무진지 모른다."

"설마 만났어요?"

내 물음에 어머니의 눈이 흔들렸다.

"잘 알지도 못하면서 아무 말이나 하긴."

"하지만 베스트셀러잖니……."

"어머니, 이딴 것보다 고기 들어간 도시락 좀 사다 줘요. 푸딩이랑 슈크림도 부탁해요."

"뭐라고? 얘가, 그런 걸 먹으면 살이 더 찔 거다."

"시끄러워요, 그냥 얌전히 하라는 대로 좀 해요."

나도 모르게 버럭 소리를 질렀다. 그 순간, 누나의 말이 떠올랐다.

"너, 갈수록 아버지랑 똑같아지는구나."

설마, 그럴 리가 없다.

"병원에서 주는 식사로 충분할 거다."

어머니가 의연하게 대답해서 순간 당황했다.

"영양사 선생님이 칼로리를 철저하게 계산해서 만들 테니까."

사흘 전의 어머니와 같은 사람처럼 보이지 않았다. 표정부터 다르다. 사흘 사이에 무슨 일이라도 있었나?

"알았어요. 부탁 안 할 테니까 그만 돌아가세요."

내뱉듯이 말하고 이불을 머리까지 뒤집어썼다. 사실은 병실 사물함에 빵과 과자를 잔뜩 숨겨두었다. 오늘 아침에 매점에 가서 사 왔다. 병원에는 매점이 하나뿐이다. 규모도 작아서 넋 놓고 있다가 다 팔리면 어쩌나 초조했다. 자유롭게 돌아다니다가 마음에 드는 가게에 들어가 원하는 만큼 먹을 것을 살 수 있는 자유로운 일상과는 달리 1층의 매점만이 욕구를 충족시킬 있는 병원 생활이다 보니 이상하게 더 허기가 느껴졌다. 넉넉하게 쟁여두지 않으면 불안했다.

다음 날, 쓰레기통에서 책을 꺼냈다.

어젯밤에도 병원에서 준 저녁만으로 부족해서 사물함을 열었다. 뭐든 딱 하나만 먹을 생각이었는데 결국 80퍼센트나 먹어치웠다.

10대 시절부터 배 나온 뚱뚱한 중년 남자를 볼 때마다 생각했다. 죽어도 저렇게 되긴 싫다고. 나란 남자는 나이를 먹어도 몸매를 유지할 수 있다고 믿었다. 그런데 먹을 것을 앞에 두고 참을성을 잃었다. 이런 형편없는 남자로 전락해버리다니.

학창시절부터 비교적 마른 편이었기에 다이어트를 할 필요가 한 번도 없다.

책을 살폈는데 저자 사진이 어디에도 없었다. 몇 살쯤 됐을까? 책은 베스트셀러가 되었는데 저자는 왜 방송 출연이나 인터뷰 한 번 하지 않았을까? 그렇다면 곱고 우아한 고전적인 일본 여성일지도 모른다. 이런 다이어트 책을 낼 정도면 몸매는 최소한 모델 수준은 되겠지.

책을 펼치자 체크리스트가 눈에 먼저 들어왔다.

다음 질문에 O나 X로 대답해주세요. O의 수로 심각한 정도를 측정합니다.

1. 지금까지 여러 번 다이어트를 시도했지만 실패했다.

X. 헛소리! 그런 놈은 살 가치도 없다.

여러 번 도전하고 실패한다고? 내 사전에 그런 어리석은 소리는 없다. 요즘은 많이 먹고 있지만 진심으로 다이어트를 할 생각이 없기 때문이다. 나는 마음 먹었다 하면 무서운 사람이라고.

2. 뚱뚱한 사람은 비호감이라고 생각한다.

O. 이거야 이 세상 모든 사람의 공통 인식이다. 자제심 없는 인간으로 보이는 그 순간부터 바로 무시당한다. 이 경쟁 사회에서 뚱뚱보는 마이너스일뿐이다.

3. 길을 걸을 때 앞에서 걸어오는 사람의 체형을 무의식적으로 훑어본다.

X. 형편없는 놈이다. 자기가 뚱뚱하다고 해서 남의 체형을 왜 신경 써? 그런 인간은 열등감 덩어리다. 아마 성격도 어둡고 질척거릴 것이다.

4. 숨만 쉬어도 살이 찐다.

X. 이런 비과학적인 소리를 하는 인간의 머리가 의심스럽다. 살이 찌는 원인은 섭취 칼로리가 소비 칼로리를 웃돌기 때문이다. 다른 이유는 없다.

5. 뚱뚱하지 않은 사람은 위 기능에 문제가 있는 것이 틀림없다.

X. 의학적으로도 말이 안 된다. 역시 이런 책은 머리 나쁜 여자들이나 읽는 책인가 보군.

6. 뚱뚱하지 않은 사람과는 진정한 우정을 맺을 수 없다.

X. 이렇게 생각하는 인간이 있다면 인류애가 바닥난다.

7. 뚱뚱하다는 이유로 자주 우울해진다.

이건…… 그래, O군. 요 며칠간 이놈의 살 때문에 기분이 안 좋다. 칼로리 섭취를 줄여야 하는데 빵의 유혹에 매번 무너진다. 그래 놓고 먹은 다음에는 후회가 밀려온다.

그런데…….

"내일은 올 때 케이크랑 장어 도시락을 사다 줘요."

어머니에게 부탁하고 말았다.

아무튼 판정은?

[판정] 4개 이상의 문항에 O라고 체크했다면 연락해주세요. 개별 지도하겠습니다.

그래, 다 장사라 이거지.

책을 덮으려는데 표지에 적힌 문자가 보였다.

'마음의 살도 빼 드립니다.'

부제에 이렇게 적혀 있었다.

고마리는 심리 카운슬러일까?

곱고 우아한 미인이라면, 또 어머니가 그토록 권한다면 개별 지도인지 뭔지 한번 받아봐도 나쁘진 않겠지.

침대에 앉아 손거울을 들여다보고 있는데 병실 문을 노크하는 소리가 들렸다.

오늘은 오바 고마리가 오는 날이다. 손으로 얼른 머리를 정돈했다.

"네, 들어오세요."

들어온 사람은 낯선 아줌마였다. 폴로셔츠 위에 카디건을 걸치고, 신축성 좋은 바지에 운동화를 신었다. 눈을 마주친 채로 성큼성큼 침대로 다가왔다. 단 한 순간도 시선을 떼지 않는다. 기분 나쁘다.

설마 괴한의 침입인가?

"회복이 순조로우니 4인 병실로 옮기시겠어요?"

간호사가 권유했을 때 왜 거절했을까. 병실에 혼자 있는 것이 이렇게 두려울 줄이야. 회복하는 중이지만 아직 괴한과 맞설 정도로 낫진 않았다.

도움을 청해야겠다. 허겁지겁 간호사 호출벨에 손을 댔는데, 아줌마가 말했다.

"처음 뵙겠습니다. 오바 고마리입니다."

"네?"

귀를 의심했다.

농담이지? 다이어트를 지도하는 인간이 뚱뚱해서 어쩌려고? 허벅지도 팔뚝도 빵빵하잖아. 게다가 촌스럽다. 본가 맞은편에 사는 백 살 넘은 할머니도 요즘 세상에 저런 가방은 안 들고 다닌다. 나는 상상했단 말이다. 고마리 씨는 청초한 하늘색 원피스에 하얀 재킷을 걸치고 올 거라고.

내 심정 따위는 안중에도 없는지, 고마리는 진지하기 짝이 없는 표정으로 침대 옆 파이프 의자에 앉았다.

"개별 지도를 신청해주셔서 고맙습니다."

감사 인사를 하면서 웃지도 않는다.

아니, 진짜 댁이 오바 고마리야?

"레슨은 한 달에 한 번씩 총 세 번 합니다. 제가 매번 과제를 드릴 테니 다음 레슨까지 꼭 실행해주세요. 만약 달성하지 못하면 연장해도 좋지만 그때는 별도 요금이 부가될 테니 양해해주세요. 그럼 바로 시작하죠."

고마리는 노안경을 쓰고 노트를 펼쳤다.

"요시다 도모야 씨, 당신은 키 178센티미터에 몸무게가 87킬로그램이군요. 그냥 봐도 투실투실하네요."

예의라곤 없는 여자로군. 말투가 왜 이래. 댁이야말로 투실투실하잖아.

속으로 욕설을 퍼부으며 무심코 노려보았다.

"뚱뚱해 보이겠지만 저는 절대 비만이 아니에요."

내 마음을 꿰뚫어본 듯이 말했다. 고마리는 카디건을 벗더니 팔을 굽혔다. 볼록 솟구친 알통이 너무 의외여서 당황했다.

"어머님 말씀으로는 병원 식사만으로 부족하다고요?"

"어? 아…… 네."

"케이크나 장어 도시락을 사오라고 부탁하셨다고요."

"그렇습니다만."

"그리고 매번 배가 꽉 찰 정도로 드시고요."

그러니까 뭐 어쩌라고.

"식욕을 억제하기는 어려워 보이네요. 그렇다면 식사 전에 채 썬 양배추 샐러드를 먹어서 미리 배를 채우는 게 가장 좋은 방법이겠어요."

어디선가 들어본 얘기다. 텔레비전이었나, 회사 선배였나. 어쨌든 새로운 방법은 아니었다.

"그리고 탄수화물은 아침에만 드세요. 단, 아침에도 절반쯤 남기시고요. 식빵 한 봉지에 여덟 장이 들었다면 한 장만 드세요. 점심과 저녁에는 탄수화물을 일절 드시면 안 됩니다."

그 방법도 어디선가 들은 적 있다. 어떻게 저런 뻔한 소리를 표정 하나 안 바뀌고 조언이랍시고 뻔뻔하게 돈까지 받아가면서 할 수 있는지 세상을 우습게 보는 것도 정도가 있지.

"의사에게도 허락을 받았습니다. 몸이 무거우면 무릎에 부담이 가서 회복이 느려진다더군요."

"그렇겠죠."

당연한 상식이다.

그때 노크 소리가 들리고 어머니와 누나가 들어왔다.

어라? 마지막으로 아버지까지 들어왔다. 설마 아버지가 일부러 병원에 올 줄은 상상도 못했다.

"고마리 씨, 오늘 와주셔서 정말 고맙습니다."

어머니가 고개를 깊이 숙였다.

"여보, 당신도 인사를 드려야죠."

눈을 의심했다. 지금 어머니가 아버지에게 명령했어? 이 날 이때까지 입도 벙긋 못 하고 아버지가 시키는 대로 했던 어머니가.

"고마리 씨, 이렇게 와주셔서 감사합니다. 아들놈을 부디 잘 부탁드립니다."

이번에는 귀를 의심했다. 아버지가 여자에게 인사를 하다니, 게다가 고개까지 숙이다니……. 남존여비를 진리라고 믿는 아버지가 여자인 고마리에게 고개를 숙였다. 지금 뭐가 어떻게 된 거지? '다이어트 카리스마' 같은 수상쩍은 장사는 아버지가 가장 경멸할 대상일 텐데.

정년퇴직하기 전에 아버지는 상장기업의 임원으로 있었다. 아버지 감각으로는 가정도 회사의 연장선이어서 가족을 늘 부하 부리듯이 다뤘다. 특히 어머니는 노예와 다르지 않는 취급을 당했다.

"도모야, 어디 아픈 곳은 없느냐?"

아버지가 나를 들여다보았다.

당신, 진짜 내 아버지 맞아요? 요시다 도모오가 맞냐고요?

진심으로 물어보고 싶었다. 어려서부터 지금까지 단 한 번도 내게 다정하게 말을 건넨 적이 없으면서. 늘 감정이 앞서고 별것도 아닌 일에 사사건건 꼬투리 잡아 불같이 화를 냈다. 어려서부터 얼마나 무서웠는지 모른다. 그런 아버지가 너그러운 호호 할아버지처럼 지금 내 앞에 서 있다. 겉모습은 똑같은데 영혼만 다른 사람과 쏙 바뀐 것은 아닐까?

"도모야, 인간에게는 건강보다 더 중한 것이 없다."

자애 넘치는 표정을 짓는 아버지의 모습은 처음 보았다.

"건강 이외에는 다 별것 아니야."

아버지가 무슨 말을 하는지 이해가 안 됐다.

"건강 이외라니요?"

"이를테면 어느 학교를 나왔고 어느 회사를 다닌다는 것은 인간의 본질과 아무 상관이 없어. 설령 입원이 길어져서 나나케이 상사에 복귀하지 못하더라도 몸만 건강하다면 어떻게든 살게 된다. 그러니 마음 편하게 먹고 회복에 전념해라."

머리가 혼란스러웠다. 아버지를 미워하면서도 아버지에게 인정받고 싶어서 열심히 살았다. 그런데 이제 와서 학벌이나 회사는 다 필요없다고 하면 어쩌라고. 지금까지 삶의 지침으로 삼고 살아온 것들은 뭐란 말인가. 마음속에서 무언가가 우르르 무너져내리는 기분이었다.

"저번보다 안색이 많이 좋아졌네."

누나가 말했다.

"이제 아버지랑 어머니도 조금은 안심하시겠다."

"다카코, 너도 바쁠 텐데 자주 오느라 수고 많았다."

"아버지도 참. 가족이니까 당연하죠."

다시 눈을 의심했다. 누나와 아버지가 다정하게 대화를 나누다니 생전 처음 보는 모습이었다.

아까부터 고마리도 신경이 쓰였다. 파이프 의자에 앉은 채 묵묵히 가족이 나누는 대화를 듣고 있었다. 무슨 생각을 하는지 이따금 후후 웃기까지 해서 기분이 나빴다.

"다음 주부터 재활 치료를 시작한다면서? 성실하게 해라."

"여보, 도모야는 워낙 야무진 애니까 괜찮을 거예요."

"아아, 그래. 그렇지."

금슬이 좋아 보이는 부모님도 낯설기만 했다.

기억이 사라진 18개월 동안 대체 무슨 일이 있었지? 가족 모두 사이좋게 지내는 것은 당연히 좋은 일이다. 하지만……이런 말은 좀 그렇지만 등골이 오싹했다.

"도모야, 기억이 좀 없더라도 괜찮단다."

이 사람, 진짜 내 아버지인가? 혹시 몰라 말을 꺼냈다.

"아버지, 1년 반보다 더 예전 기억은 남아 있어요. 별로 대단한 일도 아닌데 아버지가 어머니한테 화를 내며 재떨이를 던진 것도 기억나고. 어머니 이마에 재떨이가 맞는 바람에 피가 철철 흘러 구급차를 부른 것도 다 기억하고 있어요."

"터무니없는 소리를!"

아버지의 목소리가 갑자기 커졌다. 미간에 잔뜩 주름을 잡고 나를 노려보았다. 그래, 이게 아버지의 본모습이다. 평소에는 두려웠는데 지금은 묘하게 안심됐다.

그때, 고마리가 벌떡 일어나더니 말없이 아버지를 빤히 쳐다보았다.

"여보."

어머니가 매섭게 지적했다.

"그렇게 큰 소리를 내면 어떡해요."

"음? 아아, 미안."

아버지는 감정을 다스리려는 듯이 가슴을 들썩이며 심호흡했다.

"아버지, 재떨이를 던진 거 한두 번도 아니잖아요. 내가 기억하는 것만 세 번이에요."

심술이 불쑥 고개를 들이밀어 입이 멈추지 않았다.

"도모야, 도대체 무슨 소리를 하는 거니?"

어머니가 부자연스러울 정도로 차분하게 말하더니 고개를 갸웃거렸다.

"기억상실에 더해 의식도 혼란스러운 것 아니니? 텔레비전 드라마에서 본 장면이랑 혼돈하나 보구나."

그런 소리를 들으니 자신감이 사라졌다.

"하지만……."

절대 착각이 아니다. 똑똑히 기억한다.

구급차를 부른 사람이 바로 나니까.

한 달이 지난 오늘은 고마리의 두 번째 레슨이 있는 날이다.

어머니가 가져다준 채 썬 양배추는 쳐다도 보기 싫었다.

"살을 뺄 마음이 있긴 하니? 이렇게 남겨서 어쩌려고."

어머니가 엄하게 말했다.

"하지만 이젠 질렸다고요. 지긋지긋해요."

예전에는 양배추 샐러드를 아주 좋아했다. 돈가스 가게에 가면 늘 양배추를 더 달라고 했다. 하지만 매끼 식사 전에 돈가스 없이 양배추만 먹는 것은 곤욕이다. 게다가 염분 섭취를 줄여야 하니 소스도 못 뿌린다.

아아, 이런 거 말고 라면을 먹고 싶어.

꿀과 생크림을 잔뜩 얹은 팬케이크도 먹고 싶어.

침이 꼴깍 넘어가는 순간 노크 소리가 들리더니 고마리와 함께 서른 전후로 보이는 여성이 들어왔다.

누구더라?

본 적 있는데.

설마, 설마…… 유카?

"도모야, 몸은 좀 어때?"

역시 나이토 유카코였다. 중학교 졸업 이후로 못 만났는데 소박하고 따사로운 미소가 예전 그대로였다.

"……어, 고마워. 그런데 어떻게 왔어?"

"로비에서 어머님을 우연히 뵀어. 나는 이모 문병을 왔고."

"미츠오는 잘 지내? 결혼했나?"

사실은 유카코가 결혼했는지 알고 싶었지만 물어보기가 겁이 나서 유카코의 오빠 이름을 꺼냈다.

"응, 오빠는 2년 전에 결혼했고 아들도 낳았어."

"아, 그렇구나……."

"그런데 나는 아직 미혼이야. 그래서 초조해."

유카코가 웃으며 말했다.

중학교 시절, 유카코의 집은 상점가에서 생선가게를 운영했고 우리는 그 근처 고급 아파트에 살았다. 초등학생 때부터 유카코의 오빠인 미츠오와 친해서 집에도 자주 놀러 갔다. 1층이 생선가게이고 2층은 주거공간인 오래된 가겟집이었는데 집안 분위기가 참 좋았다. 유카코의 아버지는 밝고 다정했고, 어머니 역시 큰 소리로 깔깔 웃는 시원시원한 분이었다. 놀러 가면 언제나 맛있는 간식을 내주셨다. 같은 단카이 세대 부부인데 우리 부모랑 이렇게도 차이가 나는구나 싶어 어린 마음에도 신기해하기도 했다. 동네 여자 축구팀에서 활동할 정도로 활발했던 유카코를 좋아하기 시작한 것은 중학교 3학년 때였다. 한 살 어린 유카코도 내게 호감이 있었는지 밸런타인데이 때 초콜릿을 줬다. 그때는 정말 심장이 입 밖으로 튀어 나올 정도로 기뻤다.

"생선이나 파는 집 딸내미하고 만나서 뭘 어쩌려고. 어린 놈이 정신이 없구나."

지금 생각해보면 순수한 어린애들의 풋풋한 첫사랑 같은 거였다. 그러나 아버지는 눈을 부릅뜨며 반대했다.

"쇼난 대학교 이하는 전부 무식한 것들이야."

그렇게 말하며 유카코 아버지의 학력을 깔보았다. 아버지는 늘 사람을 무시한다. 무시할 사람을 찾느라 혈안이 된 것처럼.

아버지에게 반항할 수 없었다. 일방적으로 헤어지자고 했다. 중학교 졸업과 동시에 아버지가 교외에 단독주택을 사서 가족 모두 그곳으로 이사했다. 아버지는 단독주택에 유난히도 집착했다. 단카이 세대의 공통점일지도 모르는데, 아파트가 아니라 단독주택을 장만하는 것이 인생 목표였다. 그렇게 해야 남자로서 제 역할을 해내는 것이라고, 당시 아버지는 늘 입버릇처럼 말했다.

미츠오와는 다른 고등학교에 진학해서 이후 유카코 가족과 교제가 끊어졌다.

"부모님도 잘 지내시고?"

"응. 지금도 열심히 가게를 운영하셔."

"그렇구나. 지금도 거기서 생선가게를······."

문득 또 놀러가고 싶었다. 아주머니가 맛있는 간식을 내 주실까?

"살이 더 찐 것 같네요?"

침대 옆 의자에 앉아 있던 고마리가 갑자기 끼어들었다. 재활 치료 시간 말고는 침대에 누워 시간을 보내니 먹는 것만이 유일한 즐거움이었다. 그래서 더 쪘다.

"양배추는 매끼 잘 챙겨 드시나요?"

"그게…… 꾸준하게 먹기 어려워서……."

할 말이 없었다.

"그럼 안 되죠. 다른 분들은 성실하게 하십니다."

형편없는 인간이라는 소리를 들은 기분이다. 혼수상태에서 깨어난 이후 하루하루 자신감이 사라지기만 했다. 아버지나 어머니의 달라진 성격이나 가족관계의 변화 때문에 더욱 혼란스러웠다. 마음속으로 아버지의 삶이나 사고방식을 비판했고 끔찍하게 증오했다. 그런 한편으로 아버지에게 인정받고 싶은 욕망이 강해 아버지가 원하는 대학에 입학했고, 아버지가 일류라고 인정한 회사에 취직했다. 그런데 지금은…….

'어느 학교를 나왔고 어느 회사를 다닌다는 것은 인간의 본질과 아무 상관이 없어.'

아버지가 그런 소리를 하다니 마른하늘에 날벼락이다. 내 인생이 뿌리부터 흔들렸다.

"양배추만 먹으면 질리지. 나도 그건 힘들더라."

유카코가 웃으면서 말해주어서 마음이 조금 편해졌다.

"괜찮다면 내가 저칼로리 샐러드를 만들어 올까?"

"어? 그런 부탁을 미안해서 어떻게 해."

기뻤지만 유카코를 귀찮게 할 수는 없다.

"그렇게 해주세요."

고마리가 불쑥 끼어들었다.

"드레싱은 오일 없이요."

뭐야, 이 고마리라는 아줌마. 유카코를 내 친척이라고 착각했나?

"나이토 씨. 그리고 또 한 가지."

고마리가 유카코를 불러서 놀랐다. 유카코의 성을 어떻게 아는 거지?

"매콤한 곤약조림이나 천연 젤리처럼 칼로리가 제로에 가까운 음식도 만들어주세요."

고마리가 명령했다.

"잠깐만. 유카, 너도 바쁘잖아? 그런 거 안 해도 돼."

"나이토 씨는 요리를 잘하세요."

고마리는 원래 유카코와 아는 사이였나?

"도모야, 나는 괜찮아. 치과 접수처에서 일하는데, 병원 소문이 워낙 안 좋아서 요즘 환자가 적거든. 그래서 야근도 거의 없어."

"하지만……."

그때 나는 화이트데이에 답례를 해주지 못했다. 이유도 말하지 않고 데이트를 거절했다.

과연 이런 나를 용서해줄까.

중학교 3학년, 그해 3월은 괴로웠다.

다음 날도 아침 일찍 어머니가 왔다.

"뭐 힘든 건 없니?"

"병원 음식이 맛없어요. 스테이크랑 장어가 먹고 싶어요. 디저트로 찐득한 치즈케이크를 사다 주세요."

"또 그런 소리나 하고. 살 빼고 싶다면서?"

어머니는 세탁물을 척척 바구니에 담고 새 잠옷을 사물함에 넣은 뒤 꽃병의 물을 갈았다.

"오늘은 일찍 돌아갈 거다. 저녁에 유카코가 와준대."

"친척도 아닌데 유카한테 미안하잖아요. 샐러드쯤은 어머니가 만들어 와요."

"나는 안 돼. 아, 벌써 시간이 이렇게 됐네. 얼른 가야겠다. 역 앞 소바가게에서 일을 시작해서 엄마도 바빠."

"어? 어머니가 일을 시작했다고요? 왜?"

"왜는, 나도 자유롭게 쓸 돈이 필요하니까. 그리고 재밌더구나."

"아버지가 일한다고 뭐라고 안 하세요? 아버지가 허락하실 리가 없잖아요?"

다른 사람도 아니고 우리 아버지다. 아내가 밖에 나가 일하는 것을 용납할 리가 없다.

"무슨 소리니? 아버지랑 상관없지. 내 인생은 내 거니까."

황당해서 어머니를 멍하니 쳐다보았다. 벗어놓은 외투를 다시 입으며 돌아갈 준비를 하느라 바쁘다.

"그보다 어머니, 내 핸드폰 어디 있는지 알아요?"

통화기록이나 메시지를 보고 싶다. 잃어버린 1년 반을 조금은 알 수 있겠지.

"네 핸드폰은 사고로 완전히 가루가 됐어."

"어?"

"그래서 전화는 해약했다."

"해약했다고? 왜 그랬어요? 그러면 핸드폰을 새로 사더라도 같은 번호를 쓰지 못하잖아. 지인들이 나한테 연락을 못 한다고! 그런 짓을 왜 했어요!"

나도 모르게 소리를 버럭 질렀다.

"도모야. 버릇없이 툭하면 소리 지르는 그 버릇 좀 고치렴."

"……죄송해요."

"너 의식 없이 중환자실에 있는 누워 있을 때 의사 선생님
이 그러시더라. 이대로라면 몇 년, 혹은 몇십 년? 언제 의식
이 돌아올지 알 수 없다고. 일주일 만에 네가 눈을 뜰 줄은
몰랐다. 아무도 쓰지 않을 핸드폰 요금을 몇 년이나 계속 내
는 건 당연히 아깝지 않겠니?"

"그렇구나……. 죄송합니다."

듣고 보니 어쩔 수 없는 일이었다. 무엇보다 나는 불평을
할 처지가 아니었다. 하나부터 열까지 어머니의 도움을 받았
으니까. 핸드폰이 망가진 것은 아깝지만 집에 가면 노트북이
있다. 주고받은 메일이나 인터넷 구매 이력을 보면 1년 반의
공백을 조금은 파악할 수 있을 것이다. 퇴원할 때까지 참자.

회사 동료가 문병을 와주면 물어볼 수 있을 텐데 아무도
오지 않았다. 왜지?

"말해두는데, 살을 안 빼면 유카코가 싫어할 거다."

어머니는 그 말을 남기고 병실을 나갔다.

퇴원하는 날에도 어머니가 와주었다. 입원하고 벌써 두 달이 지났다.

재활 치료를 성실히 받은 덕분에 예상보다 회복이 빨랐다. 의사도 열심히 했다고 칭찬해줬다.

택시를 타고 집으로 갔다. 당분간 본가로 돌아가서 어머니의 도움을 받을 생각이었는데 혼자 사는 아파트 앞에 택시가 멈춰서 놀랐다. 어머니에게 버림받은 기분이었다.

"나 당분간 본가에서 지낼게요. 아직 혼자 살긴 어려울 것 같아."

"괜찮아. 아버지랑 교대로 자주 올 거니까."

현관으로 들어갔다. 내가 기억하던 내 집과 거의 똑같았다. 신발장 위에 장식된 꽃은 퇴원에 맞춰 어머니가 준비해둔 것이리라. 좁은 원룸이 싫어서 방 두 개에 거실 겸 부엌이 딸린 집을 빌렸다. 혼자 살기에는 넓지만 지하철역에서 조금 떨어져 있다 보니 상대적으로 월세가 저렴했고, 또 월급도 적지 않아서 그렇게 큰 부담은 아니었다. 욕실과 화장실도 넓어서 편하다. 사실 이 아파트도 월세 계약이 얼마 남지 않았었다고 한다. 그런데 짐을 정리해서 운반할 엄두가 나지 않아 나중으로 미뤘다나. 그러던 차에 내가 혼수상태에서 깨어나서 월세를 계속 냈다고 했다.

그래, 노트북을 살펴봐야지. 우편물도.

"내 노트북 어디 있더라?"

어머니가 내준 홍차를 한 모금 마시며 중얼거렸다.

"그게 참 안타깝게도 말이다."

어머니가 요란하게 한숨을 내쉬었다.

"노트북도 망가졌단다."

"네? 어쩌다가?"

"사고 났을 때 네 차에 노트북도 있었어."

노트북을 종종 가지고 다녔다. 카페에서 차를 마실 때도 가지고 가곤 했다.

"아아, 망가졌구나."

하지만 컴퓨터에 관해 잘 아는 동기 게이타라면 수리해줄지도 모른다.

"어머니, 망가진 노트북은 어디 있어요?"

"벌써 철물점에 처분해달라고 했지. 처리하는 데 설마 돈이 들 줄은 몰랐다."

어머니가 아쉬워하며 대답했다.

"뭐라고요? 왜 멋대로 그런 짓을 했어!"

나도 모르게 또 소리를 질렀다.

'너, 갈수록 아버지랑 똑같아지는구나.'

누나의 지적이 옳은지도 모른다. 끔찍하게 싫어하면서도 자석에 끌려가듯이 가까워진다. 그러다가 동화해버렸다. 오싹했다.

사과하려고 어머니를 봤는데, 얼굴이 공포에 질려 있었다.

그래, 이 표정이야말로 우리 어머니다. 어머니는 늘 이런 표정이었다. 남편에게도 아들에게도 겁을 먹고 살았다.

그러나 곧바로 등을 쭉 펴더니 입가를 단단하게 굳히고 나를 쏘아보았다.

"지금까지 잔뜩 고생시키고서 엄마한테 감히 그게 무슨 말버릇이니? 정신 좀 차려라."

어머니가 날카롭게 말했다.

"노트북쯤은 새로 사면 그만이지. 성능도 갈수록 좋아진다면서?"

컴퓨터를 만져본 적도 없는 어머니가 전혀 위로라곤 되지 않는 소리를 했다.

"집을 비운 동안에 온 우편물은?"

"여기 모아뒀다."

다발로 묶어 놓았는데 공공요금 영수증이나 광고 인쇄물

뿐이었다. 생각해보니 편지 따위 주고받지 않는다. 연락은 늘 메일이나 전화였다.

추억도 연락처도 전부 사라졌다. 1년 반의 기억을 소환할 수 있는 실마리는 하나도 없다. 핸드폰에는 사진도 잔뜩 있었을 것이다. 하지만 따로 출력해두지 않으니까 수중에 아무것도 안 남았다.

"그럼 이만 가마. 저녁부터 가게에서 일해야 하거든. 요즘 성수기라 바빠. 저녁은 아무거나 배달해서 먹으려무나. 그럼 간다."

그러더니 어머니는 금방 가버렸다.

퇴원하고 한 달쯤 지나 오랜만에 출근을 했다.

체력은 제법 회복했지만 지팡이를 짚고 아침의 만원 전철에 시달리며 회사에 도착했을 때는 이미 녹초가 됐다. 익숙해지기까지 아직 시간이 걸릴 것 같다.

인프라운영팀으로 가려고 긴 복도를 걷는데, 맞은편에서 몸매가 꼭 모델 같은 젊은 여자가 이쪽으로 걸어오는 것이 보였다. 거리가 가까워지자 모습이 확실히 보였다. 키가 크고 말랐다. 게다가 생긴 것도 신경질적이어서 내 취향과는 멀었다.

그 여자가 놀란 표정으로 나를 봤다. 경악인지 공포인지 잔뜩 긴장한 표정인데, 내가 잘못 봤나? 그 여자는 곧 억지스러운 티가 나는 미소를 지었다. 눈은 웃지 않는데 입술만 살짝 올려서 고개를 까닥이곤 지나갔다.

뭐지?

아아, 그래.

내가 뚱뚱하기 때문이다.

한 번도 못생겼던 적이 없어서 무심코 자신감 넘치는 눈빛으로 여자를 쳐다봤나 보다. 여자도 잘생긴 남자가 자기를 쳐다본다면 기분이 좋을지 모르지만 지금 나 같은 남자라면 기분 나쁠 뿐이다. 조심해야지.

하루라도 빨리 살을 빼야겠다. 지금은 무리지만 몸이 완전히 회복되면 헬스장에 다니고 주말에는 공원에서 조깅도 해야겠다. 그렇게 하면 금방 근육질이 될 것이다. 살이 빠지기 전에는 뚱보인 내 위치를 항상 의식해야 한다. 그런 경험이 없다 보니 얼마나 어려울지 앞날이 걱정됐다. 내가 못생긴 남자의 애달픔이나 적적함을 맛볼 줄은 꿈에도 몰랐다.

인프라운영팀에 들어가자, 동기인 스기우라 게이타가 손

을 높이 들고 "이야, 오랜만이야" 하고 맞아주었다. 핸드폰을 새로 개통해서 그와 자주 연락을 주고받았다.

과장의 배려 덕분에 이번 주는 회사에 다시 적응하는 기간으로 삼았다. 책상을 정리하고 각 부서에 인사하러 돌아다녔다. 오전 중에 들른 부서에서는 후유증을 걱정하며 따뜻하게 말을 걸어주었다. 그런데 다들 어딘가 부자연스럽게 억지웃음을 짓는 느낌인데 내 착각일까?

점심에 게이타와 함께 구내식당에 갔다. 새로운 메뉴가 많았다. 내가 회사를 쉬는 동안 추가된 메뉴인지, 아니면 기억이 사라져서 기억하지 못할 뿐인지 모르겠다.

게이타와 마주 앉아 정식을 먹기 시작하자 주변의 빈자리가 직원들로 점점 채워졌다.

그때였다. 오늘 아침에 복도에서 마주친 그 모델 같은 여자가 몇 열인가 뒷자리에 앉아 있는 것이 보였다.

"게이타, 저 여자 알아?"

내가 묻자 주변에 앉은 인간들이 일제히 고개를 들어 나를 보았다. 내 목소리가 그렇게 크진 않았는데. 마치 모두 귀를 쫑긋 세우고 있는 것 같았다. 하지만 이것도 내 과민반응이겠지. 혼수상태에서 깨어난 이후로부터 연일 이상한 일이 일어나다 보니 주변 반응에 너무 민감해진 것 같다.

그래도 사람들 시선이 신경 쓰여 슬쩍 테이블을 둘러보았
는데 다들 얼어붙은 표정으로 나를 보고 있었다.

"저 여자는 작년에 인사이동으로 본사에 배치됐어."

게이타가 대답했다.

그렇군, 그래서 내가 모르는구나. 기억을 잃은 1년 반 사
이에 벌어진 일이다.

"가토 교카는 안 돼. 애인이 있거든."

이렇게 말하며 끼어든 것은 게이타 옆에 앉은 하야카와 미
치코 씨였다. 인프라운영팀에서 사무를 보는 40대 여자다.

"이름이 가토 교코군요?"

"교코가 아니라 교카."

"교카? 어떤 한자를 쓰죠?"

내가 묻자 또 시선이 쏠렸다. 다들 왜 놀란 토끼 눈을 하는
지 도무지 모르겠다.

"무슨 한자를 쓰든 뭐 어때? 요시다 씨하곤 상관없잖아."

미치코 씨가 갑자기 발끈하더니 냉랭하게 말했다. 당황해
미치코 씨를 쳐다보는데 내 뺨 위로 다른 시선들이 쏠리는
것이 느껴져 다시 주위를 둘러보았다. 일제히 시선을 피했
다. 게이타에게 도움을 청하려고 "도대체 다들 왜 이래" 하
고 목소리를 낮춰 속삭였는데, 그마저도 못 들은 척하며 된

장국을 마시고 있었다.

다들 한통속이 되어 뭔가 숨기는 것만 같다.

"저도 소문을 들었어요. 교카 씨 곧 결혼한다더라고요."

옆에 앉은 남자가 갑자기 끼어들며 말했다. 본 적은 있는데 어디 부서 소속인지는 모르는 젊은 남자였다. 그 옆의 20대로 보이는 남자도 "포기하시는 게 좋아요" 하고 친절하게도 조언해줬다. 쓸데없는 참견이다.

"어차피 내 취향이 아니야."

쿄카라는 여자에게 실례되는 말인 줄은 안다. 하지만 여럿이 합세해서 너 같은 뚱보는 감히 범접할 수 없는 사람이라고 쏘아붙이는 것 같아 가만히 참고 있을 수 없었다.

"저렇게 비쩍 마른 여자는 우리 어머니 같아서 싫어."

아무도 대답하지 않았다. '아, 그래요?'나 '그런 건 자기합리화잖아요?'든 뭐든 내 속을 뒤집는 말이라도 좋으니까 누가 뭐라고 말 좀 해줘. 그런데 다들 입을 다물고 얼굴을 마주보거나 눈짓만 할 뿐이다. 게이타까지 말없이 콩나물무침을 먹고 있다.

모든 것이 부자연스럽다.

미리 입이라도 맞췄나…….

내게 무언가를 숨기려고? 하지만 대체 무엇을?

단순히 내 머리 상태가 엉망진창인 걸까?

퇴근길에 편의점에 들러 도시락과 맥주를 샀다.

도시락을 먹고 침대에 벌렁 드러누웠다.

멍하니 벽 쪽 책장에 꽂힌 책의 제목을 보는데 자동차 월간지가 보였다. 달별로 나란히 꽂혔다. 성실한 점만큼은 달라지지 않았다는 생각에 조금 안심됐다.

10월호가 마지막이었다. 침대에서 일어나 책장으로 다가가 한 권을 뽑아 들었다. 아마 10월호가 나오자마자 사서 읽었겠지만 1년 반의 기억이 끊겨서 표지를 장식한 독일 차는 처음 보는 것이었다.

팔랑팔랑 페이지를 넘길 때였다.

사진 한 장이 바닥으로 떨어졌다.

떨어진 사진을 주워서 보니 가토 교카의 사진이 아닌가! 가슴까지 이불을 덮고 사진 찍는 쪽을 향해 도발적인 눈빛을 보내고 있다.

이불 아래는 분명 실오라기 하나 걸치지 않은 알몸이리라.

왜 이런 사진이 잡지에 들어 있지?

어라? 사진에 찍힌 침대는…….

얼른 뒤를 돌아 내 침대를 빤히 쳐다보았다.

이 사진은 이 방에서 찍은 것이다. 벽지에 생긴 홈집까지 똑같은 곳에 있었다.

뭐가 어떻게 된 거야? 왜 이 여자가 내 방에 알몸으로 있어?

또 머리가 지끈거리기 시작했다.

사진이 더 있을까? 책장에 있는 잡지를 전부 꺼내 거꾸로 들고 흔들었으나 사진은 더 나오지 않았다.

게이타에게 전화를 걸었다.

"게이타, 미안한데 내일 우리 집에 좀 와주라. 보여주고 싶은 게 있어."

"내일은 토요일이야. 아내랑 외출할 예정인데."

게이타가 2년 전에 결혼한 것은 기억한다.

"30분이면 되니까 부탁할게."

사진을 핸드폰으로 찍어서 보내줘도 되지만 만에 하나 유출되면 큰일이다. 또 방의 벽지와 사진 배경이 일치하는 것을 게이타에게 보여주고 싶었다.

다음 날, 게이타가 정오 조금 지나 집에 왔다.

"보여주고 싶다는 게 뭐야?"

게이타는 거실 소파에 앉자마자 득달같이 물었다. 모처럼 쉬는 날인데 불러내서 심기가 불편한 모양이다.

그래도 사진을 보여주면 당연히 불러내고도 남았다고 생각해주리라.

"이 사진인데, 어떻게 생각해?"

게이타라면 뭔가 알고 있지 않을까? 기대하면서 그를 쳐다보았다.

사진을 손에 든 순간, 게이타는 눈을 휘둥그렇게 떴다.

"이 사진 뭐야?"

"그렇지? 역시 놀랐지? 게다가 이 배경이 내 방……."

설명하려는데 현관 초인종이 울렸다. 문을 열자 고마리가 서 있었다. 오늘이 세 번째 레슨일인 것을 까맣게 잊고 있었다. 어쩔 수 없이 거실로 안내해 게이타에게 소개했다.

"아, 오바 고마리 씨군요. 도모야한테 말씀 많이 들었습니다. 제 아내가 팬이에요."

"고맙습니다."

고마리는 만족스럽게 대답하며 게이타의 손으로 시선을 옮겼다.

"그 사진은 뭐죠?"

"고마리 씨하고는 상관없는 일입니다"라고 말하는데, 고마리가 잽싼 동작으로 사진을 낚아챘다. 게다가 갑자기 사진을 반으로 찢어버리는 것 아닌가!

"무슨 짓입니까! 내 사진이에요!"

뺏으려고 했으나 아직 충분히 회복하지 못한 무릎이 갑작스러운 움직임을 견디지 못하고 덜컹 꺾였다.

그러는 사이에 사진이 2분의 1에서 4분의 1로 찢어졌다.

"그만하라고!"

손을 뻗어 고마리의 팔을 붙잡으려고 했으나 냉큼 피했고, 허둥거리는 사이 8분의 1 조각까지 된 사진은 더 잘게 잘게 찢어졌다.

"도모야, 진정하고 좀 앉아. 너한테는 유카코 씨가 있잖아."

"뭐?"

게이타가 유카코를 아는 줄은 몰랐다.

"저딴 사진, 어디서 손에 넣었는지 모르겠지만 너무 악취미다."

"취미 운운할 문제가 아니야. 사진 배경을 봤어? 내 방의 벽지였다고."

"구구절절 헛소리 좀 그만해."

게이타가 나를 빤히 쳐다보았다. 날카로운 말과 눈빛이 게이타와 어울리지 않았다.

"게이타, 내 얘기를 좀 들어봐. 그 사진, 그거 내 방이었다고."

"눈의 착각 아니야?"

"그럴 리가 없어. 벽지에 생긴 흠집까지 똑똑히 찍혔는데?"

찢어져서 증거가 사라진 것이 분했다. 핸드폰으로 찍어뒀으면 좋았을 텐데 후회해도 이미 엎질러진 물이다.

"그렇다면 합성사진이겠네. 얼굴만 바꾼 거야."

게이타는 흥미 없다는 듯이 아무렇게나 대꾸했다.

"바꿨다고? 누가?"

"누구라니, 너 말고 누가 있어?"

"내가 그런 짓을 할 리가 없잖아?"

"하아, 글쎄다."

의미심장하게 나를 힐끔거린다.

내가 그랬나? 기억을 잃은 1년 반 동안 내가 그런 비열한 짓을 저질렀나?

하지만 그 사진은 합성이 아니다. 화소 수가 많고 해상도도 높은 깔끔한 사진이었다. 나는 카메라에 대해서 잘 안다. 내가 착각했을 리가 없는데…….

"다 널 위해서 하는 말이야. 사진은 그만 잊어. 그리고 제발 제정신으로 살라고."

제정신으로 살라고?

기억이 사라진 기간의 나는 제정신이 아니었다는 소린가?

"유카코 씨처럼 현명한 여자가 옆에 있어 주면 엇나가는 일은 없을 거야."

"게이타, 내 교통사고에 대해서 뭐 좀 알아?"

이 역시 이해가 안 가는 것 중 하나였다. 핸들을 잘못 꺾어서 벽을 들이받다니, 뭘 어떻게 해야 그렇게 되지? 자신의 성격을 생각하면 있을 수 없는 일이다. 신중하고 순발력도 있어서 순간적인 판단에는 자신 있다.

"딴 데 신경을 빼앗겨서 그렇게 됐다고 들었어."

"딴 데라니 뭔데?"

꼬치꼬치 따져 묻자 게이타의 뺨에서 바르르 경련이 이는 게 보였다. 잘못 보지 않았다. 그 '딴 데'가 무엇인지 이 녀석은 알고 있다.

지금까지는 졸음운전을 했거나 핸드폰이나 내비게이션에 잠시 신경이 팔렸다고 짐작했다. 누구나 그럴 수 있으니까. 그렇게 나 자신을 이해시키려고 했다.

게이타는 중요한 것을 알고 있으면서 입을 다물고 있다. 캐묻고 싶지만 바로 옆에 고마리가 서서 귀를 쫑긋 세우고 있다.

"아무튼 나는 그만 갈게. 오늘은 고마리 씨한테 레슨 받는 날이잖아? 그럼 간다."

게이타는 가버렸다.

기다렸다는 듯이 고마리가 노트를 꺼내 물었다.

"지금 몸무게가 몇이죠?"

"75킬로그램이 됐어요."

"아, 좋군요. 87킬로그램에서 많이 빠졌네요. 나이토 씨의 샐러드 덕분이에요. 이대로 지속하세요."

유카코에게 감사한다. 퇴원한 후로도 매일같이 샐러드를 만들어 커다란 밀폐용기에 담아 갖고 온다.

조금 있으면 유카코가 온다. 오늘은 둘이서 채소 전골요리를 만들 예정이다. 기대되는 한편, 마음에 뿌연 안개가 낀 듯 불안했다.

"중요한 것은 본래 자기 자신을 되찾는 거예요."

"그게 무슨 뜻이죠?"

"내가 정말로 좋아하는 것이 무엇인지, 어떻게 살고 싶은지, 타인에게 휘둘리지 않고 자기 자신의 솔직한 마음을 소중히 여기는 것이죠."

내가 정말로 좋아하는 것······이라면 유카코의 어머니가 만들어주신 오징어 튀김과 간모도키*, 그리고 생선가게 2층

---

* 으깬 두부에 채소, 다시마 등을 넣어 튀긴 것

에 있던 따뜻한 고타츠*, 까불대지만 내면은 성실한 미츠오. 나와 캐치볼을 해준 유카코의 아버지.

그리고 가장 중요한…… 유카코.

"이제 할 수 있는 범위에서 근육 트레이닝도 시작합시다. 식사와 운동, 두 가지가 갖춰져야……."

고마리의 지도를 중간부터 대충 흘려들었다.

몇 주 후, 본가 대문을 열고 집 안으로 들어가려는데 베란다 창 너머로 목소리가 들려왔다.

마당에 심은 나무들 사이로 집 안을 살짝 들여다봤더니 거실 소파에 고마리가 앉아 있었다. 고마리가 여기에는 왜 왔지?

내가 모르는 곳에서 어떤 일이 벌어지는 중이다. 그래서 아버지도 어머니도 변한 것이다. 오늘 드디어 그 비밀을 알아낼 수 있을까? 살금살금 부엌 뒷문으로 조용히 들어갔다.

"무슨 말씀을 하시는 겁니까!"

고마리가 누군가를 호되게 혼내고 있었다.

* 열원 위에 틀을 놓고 이불을 덮어씌운 일본의 난방 기구

"반성이라곤 전혀 안 하시는군요. 제가 지금까지 누차 말씀드렸을 텐데요!"

"죄송합니다. 정말 죄송합니다."

사과하는 목소리는 아버지였다.

발소리를 죽이고 복도로 가서, 거실로 통하는 문을 몇 센티미터쯤 열고 안을 살폈다. 아버지가 소파에 앉아 유리 테이블에 머리를 박을 정도로 고개를 조아리고 있었다. 그 옆에서 어머니가 손을 가만히 내려다보고 있었다.

"저한테 사과한들 무슨 소용이죠? 아내를 때리다니 믿을 수 없군요."

"감히 제가 무슨 말씀을 드려야 할지……."

"변명은 됐어요. 그보다 어머님, 별것도 아닌 일로 남편이 트집을 잡아 폭력을 썼죠? 그때 어떻게 하셨나요?"

"선생님께서 지도해주신 대로 똑똑히 말했어요. '그만해요'라고요."

"큰 소리로 외치셨나요?"

"네. 이웃집에도 들릴 정도로 크게 외쳤어요."

"좋아요. 잘하셨어요."

"아니, 당신. 이웃집에 들릴 정도로 외칠 건……."

아버지가 쭈뼛거리며 웅얼거렸다.

한심하기 짝이 없는 모습을 보고 깨달았다. 어쩌면 저게 아버지의 본래 모습일지 모른다고. 사실은 세상 누구보다 심약한 남자였나?

"이보세요, 아버님."

고마리가 말을 끊더니 보란 듯이 크게 한숨을 내쉬었다.

"역시 전혀 이해를 못 하시는군요. 아버지가 자식에게 미치는 영향이 얼마나 큰지 여전히 인식하지 못해요. 역할 연기를 지금껏 몇 번이나 했는데 말이에요. 그런데도 마음으로 이해하지 못했어요."

역할 연기? 들어본 적이 있다. 롤플레잉을 말하는 것이다. 혹시 부모님이 남편과 아내 역을 바꿔서 생활했나?

"아버님, 일주일 동안 아내 역할을 하면서 무슨 생각을 하셨죠?"

"그러니까 반성했다니까요."

"반성, 반성, 그 소린 이제 질렸어요. 무엇을 느꼈는지 묻잖아요."

"매번 남편의 명령을 들어야 하고 자유롭게 장도 보지 하지 못해서 미칠 것 같았습니다. 오랜 세월 아내를 이런 식으로 괴롭혔다고 생각하니 그저 미안할 따름입니다."

"역할 연기를 한 일주일 동안만 반성한 거죠? 이제 다 끝났으니 반성이고 뭐고 싹 다 잊으신 거 아니냐고요."

"아닙니다. 진심으로 아내에게 미안하고 잘못했다고 후회해 마지않는데……."

"그럼 어젯밤에는 왜 아내를 때리셨죠?"

"그게 사실…… 된장국이 너무 뜨거워서 혀를 데는 바람에……."

"어머님, 그때 무슨 생각을 하셨나요?"

"정말 이혼해야겠다 생각했어요."

"엇, 당신, 진심으로 하는 소리야?"

얼마나 놀랐는지 아버지가 반쯤 몸을 일으키는 것이 보였다.

"네, 지금까지도 이혼하고 싶다고 셀 수 없이 생각했지만 자식들을 위해서 꾹 참고 살았어요. 하지만 남편의 횡포를 견딘 것이 결국 자식들을 위한 게 아니더군요. 도모야가 그런 형편없는 남자로 자란 원인이 우리 부부 관계 때문이라고 고마리 씨가 말씀하셨을 때는 충격이었어요."

내가 형편없는 남자로 자랐다고?

"아내를 노예처럼 취급하는 아버지 밑에서 자란 아들은 그렇게 됩니다. 아드님이 그런 남자가 된 것은 아버님, 당신 때문이에요. 도모야 씨는 당신의 등을 보면서 자랐으니까요."

"반성하고 있습니다."

"아드님만 문제가 아니죠. 따님 다카코 씨는 남자를 못 믿어서 서른 중반인 지금도 연애 한 번 해본 적이 없어요. 아니, 연애는커녕 남자를 좋아해본 적도 없죠."

"다카코가 그런 소리를 했나요?"

어머니가 슬퍼하며 미간을 잔뜩 찡그렸다.

"저도 잘못했어요. 진작에 용기를 냈어야 했는데. 다카코는 공무원이라 안정적인 직장이 있는데 결혼도 안 하고 쭉 혼자 살까봐 걱정이에요."

"애니메이션에 나오는 남자만 좋다고 했어요. 그것도 일종의 즐거움일 테죠."

"만화에 나오는 남자한테 반해서 뭘 어쩌려고."

아버지가 빈정거리듯이 말했다.

"그것도 전부 다 요시다 도모오 씨, 당신 때문입니다."

"네? 네…… 잘 알고 있습니다."

아버지의 태도를 보면 반성이고 뭐고 새빨간 거짓말로 보였다. 한시라도 빨리 이 상황에서 벗어나고 싶고 고마리를 돌려보내고 싶다는 속내가 뻔히 보였다.

"아무래도 역할 연기가 부족했나 보네요. 다음 달에 한 번 더 해보죠."

"네? 또 한다고요?"

아버지가 화들짝 놀랐다.

"어머님, 다음에 아버님이 또 폭력을 쓰면 그때는 망설이지 말고 경찰을 부르세요."

"경찰이라니⋯⋯."

아버지가 다시 고개를 푹 숙였다.

"그나저나⋯⋯."

어머니가 한숨을 섞어 말했다.

"우리 아들이 스토커가 될 줄은 꿈에도 몰랐어요."

내가 스토커라고?

"솔직히 말씀드려서 저는 아들이 무서워요. 배 아파서 낳은 내 자식인데도 말릴 수가 없었어요."

어머니가 눈두덩을 꾹 눌렀다.

"그때는 정말 곤란했지요. 해결할 방법이 없어서."

아버지는 천장을 올려다보다가 고마리 쪽으로 고개를 돌렸다.

"교카 씨의 인생에도 큰 해를 끼치고 말아 면목이 없을 따름입니다."

내가 교카를 쫓아다녔나? 하필이면 취향도 아닌 그 여자를?

"따지고 보면 아비인 제 잘못이지요."

"그렇습니다. 원인은 그것뿐이에요."

고마리는 축 처진 아버지를 상대로도 매서웠다.

"앞으로 대책을 세우겠습니다. 오늘은 이만 돌아가지요."

고마리가 돌아갈 채비를 했다. 현관까지 배웅할 생각인지 어머니도 일어났다.

놀랍게도 아버지가 찻잔을 정리하기 시작했다. 이쪽으로 올 것이다.

나는 허둥지둥 부엌 뒷문을 지나 밖으로 뛰어나왔다. 부지런히 걸어 앞으로 돌아왔을 때, 택시에 타는 고마리를 목격했다. 잠깐이지만 눈이 마주친 것 같았다.

아파트로 돌아와서도 충격과 혼란으로 정신이 없었다.

그때 초인종이 울렸다. 문을 열자 유카코가 서 있었다.

"샐러드 가져왔어."

"매번 고마워."

기뻤다. 혼자 있으면 머리가 어떻게 될지도 모른다.

"사실 아까……."

말할지 말지 망설였다. 이런 얘기를 할 상대가 달리 없다. 가족은 물론이고 회사 사람들도 믿을 수 없다. 그런 와중에 유카코만이 늘 나에게 다정했다.

"도모야, 무슨 일 있었어?"

본가에서 보고 들은 것을 과감하게 털어놓았다. 누군가에게 말하지 않고는 미칠 것만 같았다.

"사실 너도 알고 있었던 거 아니야?"

유카코가 시선을 내리깔았다.

"진실을 알려줘. 아무것도 모르니까 뭘 어떻게 해야 할지 모르겠어.

"알았어. 너는 교카 씨를 쫓아다녔어."

"……정말 그랬구나."

"하지만 교카 씨는 애인이 있었으니까 네 데이트 신청을 거절했어. 그런데도 너는 집요하게 달라붙었어. 탐정을 고용해서 위치까지 알아내면서."

"최악이네."

나라는 생각이 들지 않았다. 다른 사람 이야기처럼 들렸다.

"네가 살이 찌기 시작한 것도 그 시기야. 아침부터 밤까지 먹기만 했다고 어머님께 들었어."

"자동차 사고는 어쩌다가 낸 거야?"

"교카 씨 차를 쫓아가다가 핸들을 잘못 꺾는 바람에 민가에 충돌했대."

"그럼 가토 교카는 왜 나를 신고하지 않았지?"

"증거가 없으니까. 그리고 되레 원한을 살지 모르니까 무서웠겠지. 경찰은 단순히 운전 부주의로 처리했어."

내가 앙갚음을 할 법한 인간으로 보였나 보다. 이중으로 충격이었다.

"교카 씨는 회사를 그만두려고 한 적도 있는데, 앞으로도 그 회사에서 경력을 쌓고 싶은 마음이 더 강했어. 그만두고 그 정도 회사에 재취업하기는 쉽지 않으니까."

"……그랬구나."

"네가 기억을 잃은 것을 알고 누님과 어머님은 곧바로 고마리 선생님께 연락하셨어."

"그 사람은 다이어트를 지도하는 선생 아니야?"

'마음의 살도 빼 드립니다.'

갑자기 책의 부제가 떠올랐다.

"전부 오바 고마리 선생님이 계획했어. 동기인 스기우라 게이타 씨한테 연락해서 도와달라고 부탁한 것도 고마리 선생님이야. 교카 씨의 부탁을 받고 핸드폰과 노트북을 폐기한 것도."

"아버지가 고마리 씨의 말을 순순히 들었을 것 같진 않은데."

"아버님은 너를 죽이고 당신께서도 죽어야겠다고 생각하신 것 같아."

"우리 아버지가 설마……."

"처음에는 전부 다 어머님 때문이라고 역정을 내셨어. 하지만 고마리 선생님이 아버님에게 큰소리로 뭐라 하셨지. 그리고 어머님과 역할을 바꿔 생활하는 훈련을 거듭하면서 충동적인 분노를 억제할 줄도 알게 되셨고. 반성 많이 하신 것 같아. 그런데 네가 건강을 회복하자 아버님은 자꾸 옛날로 돌아가시려는 것 같더라."

"맞아. 어제도 된장국이 뜨겁다고 어머니에게 손을 대셨나 보더라. 습관이 나온거지. 진짜 끔찍해. 누나가 나보고 점점 아버지를 닮아간다고 했는데, 내가 생각해도 그런 것 같아."

소꿉친구여서 마음에 담아둔 말이 솔직하게 나왔다.

그때 초인종이 울렸다. 현관에 가 보니 고마리가 있었다.

"엇? 레슨은 세 번 다 끝났는데요?"

"근처에 왔다가 들렀어요."

정말일까? 아까 본가에서 엿들은 것을 다 알고 있는지도 모른다.

"고마리 씨, 커피 드실래요?"

유카코가 물었다.

"감사합니다."

고마리는 부엌을 둘러보고 유카코가 만들어 온 샐러드가 든 통을 허락도 구하지 않고 열어보았다.

"좋네요. 색도 예뻐서 딱 봐도 맛있어 보여요. 샐러드 위에 두부와 콩도 올려서 단백질을 충분히 섭취할 수 있고요. 톳 같은 해조류나 버섯도 같이 먹으면 더 좋아요. 배도 부르고 칼로리는 낮으니까 가장 스트레스가 적은 다이어트법이죠."

"고마리 씨, 지금 도모야랑 얘기 중이었는데 아버님이랑 점점 비슷해지는 것 같다고 고민이래요."

"당신은 아버님과 닮지 않았어요."

고마리가 단호하게 말했다.

"정말요? 저는 그렇게 될 것 같아 미치겠어요."

"괜찮아요. 아직 젊으니까 조금씩 본래 모습을 되찾으면 돼요."

"본래 모습이라니요?"

"당신은 어려서부터 아버님에게 영향을 받으면서 성장했어요. 그러다가 본래 자신을 잃어버린 거죠."

"드세요."

유카코가 고마리 앞에 커피를 내려놓았다.

"우유를 넣고 싶은데, 있을까요?"

고마리에게 가져다줄 우유를 냉장고에서 꺼내려고 일어나다가 비틀거려서 책장에 머리를 쾅 박았다.

"아얏."

머리를 문지르려는 순간, 섬광처럼 이미지 하나가 머릿속을 스치고 지나갔다.

교카…… 아아, 그래. 교카는 '京香(경향)'이라는 한자를 쓴다. 그리고…… 그래. 교카가 먼저 접근했다. 비쩍 마른 여자는 내 취향과 거리가 먼데도 교카의 마음을 받아준 것은 교카의 아버지가 재무성 관료였기 때문이다. 교카의 어머니와 오빠는 물론이고 친척 모두 흠잡을 데 없는 스펙을 자랑했다. 이런 엘리트 가문에서 자란 여자라면 아버지 마음에도 들 테니 잘했다고 칭찬받을 것이라 예상했다.

어느새 아버지가 좋아할 만한지 아닌지가 내가 무언가를 선택할 때의 기준이 되었다. 결혼 상대를 고를 때조차도.

돌이켜보면 중학생 때 유카코와 만나는 것을 아버지가 반대한 그 순간, 마음이 완전히 일그러졌다. 어린놈이 정신머리 없다는 소리를 들었을 때, 그저 부끄러웠다. 그 순간부터 내 취향이라는 것은 버렸다.

문제의 사진을 찍던 때가 떠올랐다. 그날, 교카는 자기가 자고 가겠다고 먼저 말했다. 그런데 몇 개월 후, 좋아하는 남자가 생겼다면서 헤어지자고 요구했다. 그래서 쫓아다녔다. 교카는 회사에서 자기 자리를 지키려고 내 기억상실을 이용했을 것이다. 내가 혼자 좋아했고 일방적으로 쫓아다녔다고 스토리를 날조했다. 그 점을 생각하면 화가 치밀었지만 좋아하지도 않으면서 부모의 사회적 지위에 눈이 멀었던 나도 잘못했다. 또 차를 타고 쫓아간 것은 사실이다. 이렇게 됐으니 미련 없이 기억이 돌아오지 않은 것처럼 살아야지. 언젠가 유카코에게만은 진실을 말해줘야겠다.

"앞으로는 자기 자신을 소중히 여기세요."

"그런 말을 자주 듣는데 구체적으로 어떤 의미인가요?"

내가 묻고 싶었던 것을 유카코가 질문했다.

"우선 자기 취향을 잘 생각해보세요. 정말 그것을 좋아하는지, 아버님의 영향은 아닌지 하나하나 스스로에게 묻고 답을 찾는 것부터 시작하세요. 처음에는 시간이 걸리겠지만 훈련하다 보면 금방 익숙해질 거예요. 그리고 뚱뚱한 자기 모습이 싫어서 우울하다면 역시 살을 빼는 것이 좋겠죠. 다른 누군가를 위해서나 세간의 시선 때문이 아니라 자기 자신을 위해서요. 케이크를 먹고 싶은 욕망을 참는 것은 행복하게 살아가는 나를 되찾기 위해서예요. 이왕 사는 인생이니 기분좋게 사는 게 좋잖아요? 거울을 보면서 오늘도 제법 괜찮다고 생각하는 편이 기분도 좋죠."

그렇게 말하며 고마리는 우유를 넣은 커피를 한 모금 마셨다.

"유카코 씨와 함께라면 전골요리를 만들어 드셔도 좋겠죠. 채소, 두부, 어패류나 지방 없는 고기를 폰스에 찍어 먹으면 좋아요. 물론 탄수화물 없이."

상식적인 소리뿐이다. 역시 속은 기분이다.

"앞으로 레슨은 별도 요금이 부과되는데 어떻게 하시겠어요?"

"괜찮아요. 제가 있으니까요."

유카코가 대답했다.

"알겠습니다. 유카코 씨와 함께라면 잘못될 일은 없겠죠."

고마리는 고개를 크게 한번 끄덕이고 현관을 나섰다.

유카코와 단둘이 남게 되자, 나는 유카코에게 조심스레 물어보았다.

"너는 내가 무섭지 않아? 스토커였는데."

"무섭긴 뭐가 무서워. 너랑 나는 소꿉친구잖아. 사실은 착한 사람인 거, 어려서부터 잘 알고 있는데? 오빠도 오랜만에 만나고 싶다고 하더라."

따뜻한 말이 고마워서 눈물이 날 것 같았다.

"그리고 중학교 때 너를 좋아하던 여자애가 얼마나 많았는데."

"하지만 지금 나는 뚱뚱해서 볼품없어."

"무슨 소리야. 지금도 멋있어. 뚱뚱해도 너는 너니까."

"앞으로도 나랑 만나줄 거야?"

"당연하지."

"유카……."

"인생은 몇 번이든 다시 시작할 수 있어. 나는 언제나 네 편이야."

"……고마워."

나도 모르게 유카코의 손을 꼭 움켜쥐었다.

CASE 4
마에다 유타 10세

집이 조용하다.

창밖은 벌써 어둡다. 이 세상에 나만 홀로 남은 것 같아 불안해졌다.

그래서 허리 높이에 있는 창문을 살짝 열어 연립주택 앞 골목을 내다보았다. 2층에서 내려다보면 골목이 바로 아래이다. 가로등 아래를 걷는 양복 입은 아저씨, 슈퍼마켓 봉지를 양손에 든 아줌마가 지나갔다. 모두 가족이 기다리는 집으로 돌아가는 중이겠지? 여기는 큰길에서 한 골목 안쪽으로 들어온 곳이라 길이 비좁다. 차가 오면 걷던 사람들이 옆으로 비켜 서야 한다. 그래서 차들도 속도를 낮추고 천천히 달린다. 그 덕분에 차 소리가 시끄럽지 않다.

맞은편에서 유치원생으로 보이는 남자아이가 엄마랑 같

이 걸어왔다. 꼭 붙잡은 손을 즐겁게 크게 흔들고 있다. 엄마
는 환하게 웃고 있었고 예쁜 치마가 펄럭펄럭 나부꼈다.

우리 엄마는 오늘도 늦는다.

조용히 창을 닫고 안방으로 들어가 엄마의 책상 앞에 앉
았다. 눈앞에 네모난 거울이 놓여 있다. 그 옆에는 100엔 가
게에서 산 플라스틱 상자가 있고 그 안에 화장품이 이것저것
들어 있다. 코를 가까이 대자 엄마한테서 나는 기분 좋은 향
기가 났다.

신학기가 시작되자 엄마는 저녁에도 일했다. 먹고사는 것
이 빠듯해 낮에만 일해서는 돈을 모으지 못한다고 했다.

"이대로는 유타의 장래가 걱정이야."

엄마는 나를 대학까지 보내고 싶어 하지만 나는 중학교를
졸업하면 일할 생각이다. 조금이라도 빨리 엄마를 호강시켜
드리고 싶다. 나는 공부는 좋지만 학교는 싫다. 할 수만 있다
면 내일부터라도 영원히 안 가고 싶은 데가 학교다. 그런데
앞으로 12년이나 학교에 더 다니라니 생각만 해도 끔찍하다.

4학년 2반 우리 반 아이들은 나를 '고로 짱'이나 '고로*'라
고 부른다. 그렇게 부르면 나는 싱글벙글 웃으며 대답한다.
그러지 않으면 큰일이 난다.

---

* 굴러가는 모양을 뜻하는 고로고로ごろごろ에서 따온 별명이다.

"너 인마, 고로 주제에 화났냐? 우리가 모처럼 멋진 별명을 지어줬는데 건방지게."

이런 소리를 하며 마구 몰아붙일 것이 뻔하다.

담임 선생님 이름은 나카노 아이, 다들 두루미라는 별명으로 부른다. 마흔다섯 살이라는 소문이 있다. 머리카락을 뒤로 하나로 묶었고 목이 길며 뺨이 새빨갛다. 원래 뺨이 빨간 사람인 줄 알았는데 엄마가 말하기를, 볼연지를 너무 발라서 그렇다고 한다.

아무튼 두루미는 고로 짱이 귀여운 별명이라고 생각했는지 자기도 나를 그렇게 부른다. 아마 '오무스비코로링*'이라도 떠올렸을 것이다. 내가 작고 뚱뚱하고 데굴데굴 굴러다녀서 꼴 보기 싫다는 이유로 붙인 별명이란 걸 왜 모를까?

체육시간이나 점심시간이 무섭다. 두루미가 안 보는 틈을 타 남자애들이 집단으로 나를 걷어찬다. 내 키가 작아서 키 큰 남자애가 발로 배를 찰 때는 너무 아프고 괴롭다.

"유타네 집은 아빠가 없어서 가난하니까 엄마가 밤에 물장사를 한다며?"

오늘 점심시간에 다쿠야가 애들 앞에서 이렇게 말했다. 그때 다쿠야 너머로 야지마와 눈이 마주쳤다. 작년까지는 야

* '주먹밥이 데구루루'라는 뜻. 우리나라의 흥부와 놀부처럼 착한 사람과 나쁜 사람을 대비해 권선징악을 보여주는 일본의 전래 동화

지마가 괴롭힘의 대상이었다. 엄마가 술집에서 일한다는 이유에서였다. 나는 야지마가 안쓰러워서 괴롭힘에 가담하지 않았다. 다쿠야는 그게 마음에 안 들었나 보다.

"우리 엄마는 고등학교 생물 선생님이야."

나를 두고 무슨 소리를 해도 좋지만 엄마를 모욕하는 것은 참을 수 없다. 말대꾸는 처음이었다.

다쿠야가 대놓고 깔깔대며 웃었다.

"고로 녀석 엄마가 학교 선생일 리가 없잖아. 그렇지?"

주변을 둘러싼 남자애들이 일제히 고개를 끄덕였다. 우리 반의 남자 집단은 다쿠야를 중심으로 돌아간다. 다쿠야는 또래에 비해 키도 덩치도 큰 데다가 부모님이 큰 병원을 운영한다고 해서 그런지 늘 세련된 옷을 입고 다니고 새로 나온 게임이나 장난감도 다 갖고 있다. 사립 중학교 수험을 치른다고 하던데 성적은 별로다.

"거짓말 아니야. 진짜야."

"그럼 어디 고등학교에서 가르치는데?"

"지금은 아마······. 미나미 고등학교랑 쇼호쿠 고등학교 정시제*랑 그리고······."

"무슨 헛소리를 하는 거야? 그러니까 어디 고등학교냐고.

---

* 학교 교육 제도 중 야간이나 이른 아침 등 특정한 시간이나 시기에 하는 학습 과정

거짓말이면 가만 안 둔다. 우리 아빠는 교육위원회 높은 사람하고도 아는 사이니까 뭐든 다 조사할 수 있다고."

"거짓말 아니라니까. 우리 엄마는 파견? 그런 거여서 여기저기 고등학교에서 가르쳐. 대학원을 졸업했는데 취직을 못 해서."

"웃기네. 대학원까지 나온 사람이 그런 허름한 집에서 산다는 소리는 들어본 적도 없다."

또 모두가 웃어젖혔다. 웃는 모습들이 꼭 로봇 같다.

"얘들아, 오늘부터 '고로 짱'이 아니라 '거짓말쟁이 고로 스케'라고 부르자."

내일도 학교에 가야 한다니, 차라리 죽고 싶다.

어휴, 한숨을 쉬고 방 한쪽의 커다란 책장을 바라보았다.

그 책장을 엄마는 '아빠의 유품 코너'라고 부른다. 커다란 손목시계와 테가 까만 두꺼운 안경이 놓여 있고 책도 잔뜩 꽂혀 있다. 액자 속 사진에는 나를 사이에 두고 아빠와 엄마가 활짝 웃고 있다. 나는 아빠를 전혀 기억하지 못한다. 아빠가 사고로 돌아가셨을 때 나는 겨우 만 두 살이었다.

엄마는 아빠의 유품에 절대 손대지 말라고 했다. 하지만 엄마가 없을 때 몰래 몇 번이나 만져보았다. 안경도 써보고 손목시계도 차보았다. 책은 거의 다 읽었다. 어려워서 처음 몇 장만 보다가 덮어버린 책도 많다. 그래도 재미있는 모험 소설도 있어서 글씨가 작았지만 푹 빠져서 읽었다.

그때를 계기로 책을 좋아하게 됐다. 처음에는 학교 도서실에서 책을 빌렸는데 다쿠야가 "가난해서 네 엄마가 책도 안 사주냐?"라고 놀린 이후로는 가지 않는다. 지금은 학교가 끝나면 시립도서관에 다닌다.

아, 큰일 났다. 빨리 숙제해야지. 오늘은 작문과 산수 응용 문제다.

엄마는 내가 공부를 열심히 하는지 안 하는지 신경을 곤두세운다. 그래서 숙제는 꼭 한다. 1년에 두 번 있는 학부모 면담에서 두루미가 "유타가 숙제를 잘 안 해오네요" 같은 소리라도 하면 엄마가 속상해할 테니까.

두루미가 둔감한 사람이라 다행이다. 만약 예리한 사람이었다면 내가 남자애들한테 괴롭힘을 당하는 것을 일찌감치 눈치챘을 것이다. 그러면 엄마한테 연락하겠지.

안 그래도 힘든데 내 일로 엄마에게 걱정을 끼치긴 싫다.

눈을 뜨니 아침이었다.

옆을 보니 엄마가 나란히 깐 이불에 누워 새근새근 자고 있었다.

나는 매일 밤 누워서 책을 읽는다. 엄마가 집에 올 때까지 꼭 깨어 있겠다고 다짐한다. 그렇지만 나도 모르게 잠이 든다. 너무 속상하다.

엄마가 낮에 가르치는 고등학교는 집에서 전철로 30분쯤 걸리는데, 정시제 고등학교는 1시간 반이나 걸린다. 그래서 집에 늦게 온다. 두루미와 달리 파견직이어서 월급도 적다고 한다.

"학생 수가 줄어들어서 맡게 되는 수업도 갈수록 줄어들어."

얼마 전에 엄마가 슬퍼하며 말했다.

이불에서 살금살금 빠져 나왔다. 오늘은 수요일이니까 엄마는 2교시부터 일하러 간다.

우리 집에는 세면대가 없어서 부엌에서 세수한다. 소리를 내지 않으려고 수도꼭지를 조심조심 비틀어 엄마가 깨지 않도록 조용히 얼굴을 씻고, 옷장에서 대충 옷을 꺼내 입었다. 부엌에 있던 식빵을 입에 물고 우유로 대충 삼켰다. 책가방을 메고 운동화를 신고 밖으로 나왔다. 열쇠로 잠그고 손잡이를 돌려 확실히 잠겼는지 확인했다.

외부 철계단을 소리가 나지 않게 발끝으로 밟으며 내려왔다. 이 연립은 2층 건물인데 위아래 여섯 가구씩 총 열두 가구가 산다. 모두 방 두 개에 부엌 겸 식당이 달린 2DK 구조로 1층에는 주로 노인들이 산다. 이곳에는 텔레비전 드라마에나 나오는 다정한 할아버지, 할머니는 없다. 언제 봐도 미간에 잔뜩 주름을 잡고 짜증만 내는 어른들뿐이다.

"이웃 어르신들을 만나면 꼭 인사하렴."

학교 선생님들이 이렇게 가르쳤지만 1층 노인들은 내가 "안녕하세요" 하고 인사해도 본체만체한다. 그래서 인사는 일찌감치 그만두었다. 이 연립에 사람을 화나게 하는 괴물이 사는 것은 아닐까 의심한 적도 있다. 우리 엄마도 작년부터 별것 아닌 일에도 화를 내곤 한다.

"피곤해, 지쳤어. 인생에 지쳤어."

한밤중에 혼자 부엌에서 술을 마시며 이런 소리를 하며 우는 모습을 본 적도 있다.

아빠가 살아 있을 때는 역 반대쪽의 넓고 깨끗한 아파트에서 살았다고 들었다. 그래서인지 엄마는 집을 둘러보며 "방 두 개짜리 목조 연립이라니 너무 비참하네"라고 중얼거릴 때가 있다. 하지만 나는 나쁜 것 같지 않다. 좁으니까 엄마랑 나란히 이불을 깔고 누울 수 있고.

외부 계단을 다 내려간 곳에 캔과 페트병, 신문이 잔뜩 쌓여 있었다. 오늘은 재활용 쓰레기를 버리는 날인가 보다.

그 옆을 지나는데 글씨 몇 자가 내 눈에 들어왔다.

'당신의 살을 빼 드립니다.'

저절로 발이 멈췄다. 책등에 쓰인 글자였다. 주변을 둘러봤는데 아무도 없다. 운 좋게도 비닐 끈을 느슨하게 묶어 놔서 간단히 책을 빼낼 수 있을 것 같았다. 얼른 가방을 열어 그 책을 교과서 사이에 잽싸게 넣었다.

종종걸음으로 학교로 향했다. 뒤에서 "어이, 그 책 돌려줘" 하고 누가 부를 것만 같았다. 건널목에 사람이 많았다. 저들 중에 혹시 투시 능력이 있는 사람이 있다면 가방 안의 훔친 책을 꿰뚫어 보겠지. 심장이 쿵쾅쿵쾅 뛰었다.

재활용 쓰레기를 훔쳐서 돈으로 바꾸는 사람이 있다고 텔레비전에서 본 적이 있다. 그래도 책 한 권쯤은 그냥 가져도 되지 않을까? 예전에 1층 할머니가 꽃병으로 쓰겠다면서 예쁜 빈 병을 들고 가는 것을 보기도 했다. 그래도 초등학교 4학년 남자가 다이어트 책을 몰래 가져왔다는 사실을 아무에게도 들키고 싶지 않았다. 이런 건 아마 어른 여자가 읽는 책일 테니까.

하지만 나도 살을 빼고 싶은 마음만큼은 뒤지지 않는다.

교실에 도착해 가방에서 교과서와 노트를 꺼내 책상 서랍에 넣었다. 물론 그 책은 가방 안에 숨겨두었다.

가방을 닫으려는 순간.

"마에다, 그런 책을 읽는구나."

갑자기 뒤에서 목소리가 들렸다. 깜짝 놀라 돌아보니 요시오카가 나를 내려다보고 있었다. 요시오카는 나보다 훨씬 키가 크다. 매일 깔끔하게 옷을 입어서 여자애들 사이에서는 패션 리더라고 불린다.

"네 심정 이해해."

요시오카가 미간을 찡그리며 낮은 목소리로 심각하게 말했다.

"누가 뭐래도 사람은 외모가 제일 중요하다고 엄마가 그랬어."

요시오카는 나를 쳐다보며 혼자 고개를 끄덕였다.

"너희 사이좋네."

뒤에서 겐스케의 새된 소리가 들렸다. 겐스케는 다쿠야의 충견이다. 불길한 예감이 들었다.

"오오, 잘 어울리는데?"

"거짓말쟁이 고로스케, 제법 인기 있잖아?"

남자애들이 기다렸다는 듯이 말을 보탰다.

"요시오카, 너 남자 보는 눈이 너무 없다?"

다쿠야가 히죽히죽 웃으며 다가왔다.

"하지마!"

요시오카가 울음을 터뜨렸다.

"거짓말쟁이 고로스케가 울렸다."

"여자를 울리는 거짓말쟁이 고로스케라니, 짱 멋져."

남자애들이 왁자지껄 떠들어댔다.

"그만 좀 하지?"

오카다의 차분한 목소리에 남자들이 입을 다물었다.

"그만하자. 너무 놀리면 불쌍하니까."

다쿠야가 갑자기 다정한 인간으로 변했다. 다쿠야는 오카다를 좋아한다. 오카다는 성적도 좋고 생긴 것도 귀엽다.

그때 두루미가 교실로 들어왔다.

"어머, 요시오카. 무슨 일이니?"

요시오카는 여전히 울고 있었다. 책상에 엎드린 채 고개를 들지 않는다.

"마에다, 자리에 앉으렴."

지적을 듣고서야 나만 멍하니 서 있는 것을 깨달았다. 허둥지둥 가방을 바닥으로 내려놓고 의자에 앉았다.

내심 안심했다. 남자애들한테 그 책을 들키지 않고 끝나서.

학교를 마치고 한달음에 집으로 돌아왔다.

그 책을 빨리 읽고 싶었다.

1층 노인들에게 혼나지 않게 소리 내지 않고 종종걸음으로 계단을 올라갔다. 2층 외부 복도를 걷는데 옆집 문 앞에 중학생 누나가 서 있었다. 중학교에서 막 돌아왔나 보다. 열쇠를 찾으려는지 책가방에 손을 쑤셔 넣었다. 늘 그렇듯이 뺨이 반짝반짝 빛났다. 누나가 뚱뚱한 것은 알고 있었는데 이렇게 가까이에서 보니 키도 아주 컸다. 중학생으로 보이지 않을 정도다. 그래도 교복을 보면 이 동네의 다이산 중학교에 다니는 것을 알 수 있다. 아빠와 둘이 사는 것도 안다. 누나의 아빠는 말랐고 머리는 새하얗다. 아빠가 아니라 할아버지일지도 모른다고 엄마에게 말한 적이 있다. 그러자 엄마는 피부가 매끈매끈하니까 그렇게 나이가 많은 사람은 아닐 테고, 그런 하얀 머리를 새치라고 알려주었다. 엄마는 생물 선생님이어서 관찰력이 뛰어나다.

누나가 나를 힐끔 봤지만 말을 걸지 않고 집으로 들어갔다.

나도 열쇠를 꺼내려고 가방을 뒤적거리는데 보이지 않았

다. 어쩔 수 없이 가방을 바닥에 내려놓고 교과서와 필통을 꺼내 가방 바닥부터 뒤졌다. 그런데 없다. 떨어뜨렸나? 초등학교에 입학한 이래 쭉 열쇠를 들고 다녔지만 이런 적은 한 번도 없었다. 열쇠고리의 끈이 닳은 것은 알고 있었는데 엄마가 바빠 보여서 미처 말하지 못했다.

가방을 문 앞에 두고 학교까지 가는 길을 한 번 더 걸었다. 어딘가 떨어뜨렸을지도 모른다. 두 번을 왔다갔다 했지만 결국 못 찾았다. 엄마가 집에 올 때까지 문 앞에서 기다리는 수밖에 없다. 오늘은 정시제 수업도 있는 날이라 10시가 되어야 올 것이다.

오늘 숙제는 산수 계산 문제 프린트와 한자 연습장이다. 엄마가 집에 오기 전에 다 끝내놓지 않으면 슬퍼할 거다. 책을 읽고 싶은 마음을 꾹 참고 가방에서 프린트를 꺼내 바닥에 펼치고 산수 문제를 풀었다. 간단해서 금방 끝났다. 하는 김에 한자 연습장도 빨리 끝마치려고 글자를 마구 날려 썼다.

배에서 꼬르륵 소리가 났다. 지금 몇 시쯤 됐을까?

계단을 올라오는 소리가 들렸다. 엄마인 줄 알았는데 젊은 여자였다. 옆집 중학생 누나처럼 나를 힐끔 보긴 했지만 말없이 우리 집을 지나 두 집 건너 자기 집으로 들어갔다. 다른 집은 사람 출입이 없다. 모두 집에 늦게 돌아오나 보다.

아니면 다들 집 안에 있나? 이 연립에 어떤 사람이 사는지 잘 모른다.

또 꼬르륵 소리가 났다.

하루 내내 꽁꽁 숨겨둔 그 책을 가방에서 꺼냈다. 딱 펼쳤을 때 체크리스트부터 눈에 들어왔다.

다음 질문에 O나 X로 대답해주세요. O의 수로 심각한 정도를 측정합니다.

1. 지금까지 여러 번 다이어트를 시도했지만 실패했다.

딱 한 번 도전해본 적이 있다. 아침에 아무것도 안 먹고 학교에 갔더니 배가 고파서 어질어질 정신이 없었다. 오로지 급식 생각뿐 수업은 귀에 들어오지도 않았다. 그날은 너무 배가 고파서 밥을 여러 번 더 달라고 했다가 다쿠야한테 거지라고 놀림을 받았다. 그 이후로는 두 번 다시 다이어트는 안 하기로 했다.

2. 뚱뚱한 사람은 비호감이라고 생각한다.

O. 적어도 우리 반 애들은 그렇게 생각한다. 두루미 역시 그럴 것이다. 학교 선생님이니까 그런 소리까지는 안 하지만 나는 반에서 가장 덜떨어진 애로 취급받는다. 똑같은 학년인

데 나를 마치 동생처럼 보는 시선을 느낀다. 그리고 만화나 예능 방송에서도 뚱뚱한 사람은 뚱보 캐릭터를 연기해야 한다는 암묵적인 강요가 있다. 원래 사람을 웃기기 좋아하는 사람이라면 괜찮다. 하지만 그렇지 않은 사람은 익살스러운 연기를 태연하게 하진 못한다. 게다가 조금이라도 상처를 받거나 예민한 면을 보이면 더 비웃음을 산다. 학급회의 때 뚱뚱한 사람은 의견을 낼 권리가 없다는 분위기까지 느껴진다. 즉, 뚱뚱하다는 이유만으로 인간 취급을 해주지 않는다. 선생님을 포함한 모두가 뚱뚱한 사람은 비호감이라고 생각한다.

3. 길을 걸을 때 앞에서 걸어오는 사람의 체형을 무의식적으로 훑어본다.

　O. 뚱뚱한 애들을 보면 누가 더 뚱뚱한지 비교한다. 상대도 나를 머리부터 발끝까지 훑어볼 때가 있다. 아마 나와 같은 생각을 할 것이다. 누가 그나마 나은지 최하위 경쟁을 하는 것 같아 비참하다.

4. 숨만 쉬어도 살이 찐다.

　진짜로 O. 아무리 생각해도 나는 많이 먹지 않는다. 급식도 다이어트를 했던 날 말고는 더 달라고 한 적이 없다. 다쿠야가 가난하다고 놀리기 전에도 이치로가 "역시 많이 먹으니까 뚱뚱하구나"라고 말한 적이 있어서 더 달라고 말하기 좀 민망하다. 아침과 저녁도 많이 안 먹는다. 그런데도 찐다. 너무 이상하다.

그나저나 모든 질문의 일인칭이 '나私'로 시작하는 것을 보면 이 책은 여자만 읽는 책일까?* 남자도 다이어트하고 싶은 사람이 있을 텐데. 아마 남자는 노력해도 살이 잘 빠지지 않으면 쪽팔리니까 말하지 못할 것이다. 나도 엄마한테 심정을 털어놓은 적이 없다.

5. 뚱뚱하지 않은 사람은 위 기능에 문제가 있는 것이 틀림없다.

X. 두루미가 자기는 위하수라고 한 적이 있어서 아빠 책장에 있는《가정 의학》이라는 책을 찾아봤는데 이해가 안 됐다. 하지만 이 질문을 왜 했는지는 대충 알겠다. 내가 많이 먹는 것이 아니라 마른 사람은 어쩌다 보니 운이 좋은 것일 뿐이다. 너희 뚱보들은 분명 그렇게 생각하겠지, 이렇게 말하는 것 같다. 뚱뚱한 사람을 공격하는 질문이다. 바보 취급한다. 기분 나쁘다.

6. 뚱뚱하지 않은 사람과는 진정한 우정을 맺을 수 없다.

X. 이런 생각은 옳지 않다. 어쨌든 사람은 외모가 전부가 아니니까. 이 질문, 진짜 싫다. 그런데…… 요시오카가 그

* 일본어에는 '나'를 뜻하는 일인칭 명사가 다양한데, 보편적으로 '私(와따시)', '僕(보쿠)', '俺(오레)'를 쓴다. '私'는 남녀 모두 쓸 수 있는 정중한 말로, 남자는 공적이거나 어려운 자리에서 주로 쓴다. '僕'와 '俺'는 남자가 쓰는 일인칭이며 '僕'는 어린아이가 주로 쓴다. 이 책에 있는 체크리스트의 '나'에는 모두 '私'가 쓰였다.

랬지. "누가 뭐래도 사람은 외모가 제일 중요하다고 엄마가 그랬어." 이런 소리를 당당하게 하는 사람이 있다. 아아, 역시 어떻게 해서든 살을 빼고 싶다.

7. 뚱뚱하다는 이유로 자주 우울해진다.

O. 당연하지. 내 인생은 이제 끝났다고 생각할 때가 있다. 내가 뚱뚱하지 않았다면 괴롭힘을 당하지 않았을지도 모른다.

[판정] 4개 이상의 문항에 O라고 체크했다면 연락해주세요. 개별 지도하겠습니다.

엄마라면 이런 걸 두고 '장삿속'이라고 비난할 것이다. 엄마 눈에 안 띄게 해야지. 나중에 책상 서랍 깊숙이 숨겨놔야겠다.

책을 덮으려는데 표지글이 눈에 들어왔다.

'마음의 살도 빼 드립니다.'

제목 아래에 작은 글자로 이렇게 적혀 있었다.

마음의 살이라니 뭘까? 비유인가?

"유타 얼굴은 보름달처럼 동그랗다."

국어 시간에 다쿠야가 손을 들어 의기양양하게 했던 말이 문득 떠올랐다. 비유적 표현으로 예문을 만들어보자고 두루미가 말했을 때였다. 모두 내 얼굴을 보고 웃었다.

싫은 기억이 떠올랐다. 기분이 축 쳐지는 것 같아서 평소처럼 심호흡을 했다.

그나저나 개별 지도는 돈이 얼마나 들까?

그때 계단을 오르는 소리가 들렸다. 쿵, 쿵, 발을 끄는 소리였다.

"유타, 거기서 뭐 하니? 설마 열쇠 잃어버렸어?"

엄마가 질겁한 표정으로 다가왔다.

"이러면 어떡하니? 열쇠쯤은 알아서 잘 챙겨야지. 벌써 4학년이나 됐잖아? 정말, 어쩜 이러니."

엄마의 목소리가 컸는지, 옆집 문이 열리고 누나가 고개를 삐죽 내밀었다. 엄마와 나를 교대로 보더니 고개를 꾸벅 숙이고 다시 안으로 사라졌다.

"잘못했어요, 엄마."

엄마는 화가 난 얼굴로 아무 말 없이 문을 열고 안으로 들어갔다. 나는 얼른 일어나 가방을 안고 엄마 뒤를 쫓아갔다.

집에 들어온 순간 마음이 편해졌다. 역시 집이 최고다.

엄마는 묵직해 보이는 가방을 어깨에서 내려놓지도 않은 채 찬장에서 컵을 꺼내 싱크대에서 수돗물을 따랐다. 꿀꺽

꿀꺽 소리를 내며 물을 삼키고는 하아 하고 숨을 내쉬었다.

"유타, 미안하다. 큰소리로 화를 내서" 하고 힘없이 말했다.

"이 시간까지 집에 들어오지도 못하고. 배고팠지?"

"괜찮아."

나는 대답하며 컵에 우유를 찰랑찰랑 따라 마셨다. 텅 빈 위장에 우유가 스며드는 느낌이었다.

"믿을 수 있는 사람한테 보조 열쇠를 맡기고 싶은데⋯⋯. 엄마랑 가깝게 지내는 사람들이 없어서."

엄마는 옷도 갈아입지 않고 달걀을 부치기 시작했다.

"무연사회니까."

"무연이 뭐야?"

엄마는 내 질문에 대답하지 않고 크게 한숨을 내쉬었다. 엄마의 옆모습을 바라보고 있자니 슬퍼졌다. 중학교를 졸업 하기까지 앞으로 5년하고 조금. 의무교육을 마치면 곧바로 돈을 벌어야지. 엄마를 도와주고 싶다.

며칠 후, 도서관에서 돌아와 외부 계단을 올라가는데 옆집 누나가 마침 문을 열고 자기 집으로 들어가려던 참이었다.

아무 생각 없이 쳐다봤다가 누나와 눈이 마주쳤다. 잠깐 이지만 노려보는 것 같았다. 혹시⋯⋯. 그 책이 누나 거였 나? 내가 책을 가지고 가서 화가 났는지도 모른다.

"저기…… 죄송해요."

"어? 뭐가?"

누나가 놀라 나를 돌아보았다.

서로 대화를 나누기는 처음이었다.

"저기, 잠깐만요."

나는 얼른 현관문을 열고 방으로 들어가 서랍 안에 숨겨둔 책을 꺼내들고 나와 누나에게 보여주었다.

"이 책이요."

"아아, 이거. 내가 재활용 쓰레기로 내놓은 거야."

"죄송해요. 멋대로 가져가서."

"괜찮아, 줄게. 어차피 필요 없으니까. 헌책방에 팔고 싶었는데 주스를 흘려서 쓰레기로 내놓을 수밖에 없더라고."

"그렇구나…… 그럼 감사히 받을게요."

"엄마가 읽으시는 거야? 아니지? 너희 엄마는 말랐으니까. 혹시 네가 읽으려고?"

누나가 그렇게 말하며 나를 위에서 아래로 살펴보았다.

"……네, 내가 읽으려고요."

"그렇구나. 같이 열심히 다이어트하자."

"네, 고맙습니다."

꾸벅 인사하자 누나가 후후 웃으며 "남자애가 무슨 아줌마 같네" 하고 말했다. 나도 웃었다. 다쿠야가 이런 소리를 했다면 싫었겠지만 누나의 눈빛은 다쿠야와 달리 다정했다.

"그보다 너, 텔레비전 잘 안 보지? 집에서 책만 읽어?"

어떻게 알았지? 갑자기 겁이 났다. 벽에 구멍을 뚫어 옆집을 훔쳐보는 호러 영화를 텔레비전에서 본 적이 있다.

"반대편 집에서는 텔레비전 소리가 시끄럽게 들리거든. 그런데 너희 집 쪽에서는 아무 소리도 안 들리더라고. 그리고 도서관에서 나오는 너를 몇 번 본 적 있어."

누나가 이렇게 밝고 활발하고 웃음이 많은 사람이라니 의외였다. 등굣길에 누나를 몇 번 본 적이 있는데, 그때마다 누나의 뒷모습은 늘 어두워 보였다. 등이 구부정했고 중얼중얼 혼잣말을 할 때도 있어서 조금 위험한 사람 같기도 했다.

"누나도 도서관에 자주 가요?"

"응, 가끔. 그런데 그 다이어트 책은 벌써 읽었니?"

"네, 읽었어요. O가 4개 이상이라면 연락하라고 하던데 개별 지도 요금은 얼마나 할까요?"

"전혀 짐작이 안 되는데, 기절초풍하게 비싼 건 분명하겠지?"

"기절초풍? 얼마나?"

"음, 몇십만 엔쯤은 하지 않을까?"

"헉, 그렇게 비싸요?"

3천 엔(약 3만 원) 정도라면 낼 수 있을 것 같아서 저금통을 뜯었는데 너무 쉽게 생각했나 보다.

"책을 쓴 사람은 어떤 사람일까요?"

"방송에는 절대 출연하지 않는다고 하니까 아마도 부잣집 아가씨 아닐까. 내 생각에 스물아홉 살 정도에 하얀 레이스 원피스가 잘 어울리는 청초한 미인일 것 같아. 웃으면 눈초리가 살짝 내려가서 아주 부드러워 보이고 지적이며 품위 있는 사람. 여자라면 누구나 닮고 싶은 동경할 만한 사람이겠지?"

누나는 상상력이 풍부한 사람이었다.

"초등학생 남자애가 개별 지도를 부탁하고 싶어서 고민할 정도로 절박하다면……."

누나가 나를 차분히 살피고는 "혹시 너, 학교에서 뚱뚱하다고 놀림을 받니?" 하고 목소리를 낮춰 물었다.

"……뭐, 대충."

"괴롭히기도 해?"

부정하는 말이 바로 나오지 않았다. 어쩌지. 엄마 귀에 들어갈지도 모른다.

그런데 누나가 갑자기 가까이 다가오더니 내 얼굴을 빤히 들여다보았다.

"사실은 나도 애들한테 무시당해. 뚱뚱한 여자는 미움을 받거든."

"……그래요?"

"왜냐하면 사춘기가 시작될 때잖아. 너도 중학생이 되면 알겠지만 여자들은 갑자기 연애 모드에 들어가거든. 그러니까 뚱뚱한 여자랑 같이 있는 모습을 좋아하는 선배에게 보이기 싫어해."

"왜요?"

"나랑 같이 있으면 남자들한테 인기가 없으니까. 귀여운 여자들끼리 모여서 깔깔거려야 남자들이 주목하거든."

"그런가요?"

"그보다 앞으로 나를 가나 누나라고 불러도 돼. 너는 이름이 뭐니?"

"유타요."

"그래, 그럼 나도 유타라고 부를게. 개별 지도 말인데, 거절당할 각오를 하고 편지라도 보내보면 어떨까?"

"네? 이 사람한테요?"

"초등학생 남자애가 편지를 보낸다면 고마리도 분명 흥미를 느낄 거야."

가나 누나가 작가인 오바 고마리의 이름을 친근하게 불렀다.

"⋯⋯그럴까요?"

"고마리는 사람을 따르게 하는 카리스마가 있어서 예약 신청이 쇄도할 정도로 인기가 많대. 그런데 예약 순서대로 지도하는 건 또 아니래. 사람마다 사정을 고려해서 고마리의 심금을 울린 사람을 먼저 만나준다고 들었어."

"심금?"

"단어쯤은 직접 사전에서 찾아봐. 모르는 것이 있으면 직접 찾아봐야 해. 그게 부모가 방임하는 애가 현명하게 살아갈 유일한 길이거든."

"그렇구나⋯⋯. 알았어요. 나중에 찾아볼게요."

"고마리한테서 연락이 없으면 그때 가서 뭐 포기하면 그만이니까. 할 수 있는 만큼 해보면 어떠니?"

가나 누나는 건투를 빈다는 말을 남기고 문을 쾅 닫았다.

나는 집으로 들어가 곧장 책장에서 아빠의 두꺼운 사건을 꺼내 심금이라는 단어를 찾아보았다. 어려운 말이 잔뜩 적혀 있었는데 말하자면 뭉클해서 심장이 흔들린다는 건가 보다.

엄마 책장, 아마 여기 어디쯤에 편지지가 있었을 텐데.

'저는 초등학교 4학년 남자 아이입니다. 뚱뚱해서 학교에서 놀림을 받아요. 저도 거울을 볼 때마다 보기 싫다고 생각해요. 살을 빼려면 어떻게 해야 할까요? 살은 작년부터 찌기 시작했어요. 제가 생각하기에는 적게 먹는 것 같은데도요. 살찌기 전에는 운동도 좋아했고 달리기도 빨랐어요. 돈은 없어요. 무료로 부탁할게요(3천 엔이라면 드릴 수 있어요).'

반복해서 읽었다. 고마리의 심금이란 걸 울릴지 잘 모르겠다. 그보다 마지막 괄호를 지울지 말지 1시간쯤 고민했다. 엄마의 생일 선물을 사려고 얼마 안 되는 용돈을 차곡차곡 모았다. 그래도 무료는 역시 뻔뻔해 보일 것 같다. 그래서 그대로 보냈다.

전화는 편지를 우체통에 넣고 2주가 지난 후에 걸려왔다.

거실에 누워 소년소녀문고의 추리소설을 읽던 중이었다.

"여보세요. 저는 오바 고마리라고 합니다만, 마에다 씨 댁인가요?"

놀랐다. 장난 전화는 아니겠지?

"……네, 마에다인데요."

"당신이 유타 군인가요?"

"네, 맞아요."

"편지를 보내줘서 고마워요. 한 번 만나서 이야기를 듣고 싶습니다."

"하지만 저기, 저는 돈이……."

"돈 걱정은 하지 마세요. 특별히 무료로 할 테니까."

왠지 수상하다. 가나 누나는 보통 몇십만 엔은 한다고 했다. 무료인 것도 이상하고 나만 '특별히' 해주는 이유도 모르겠다. 누구에게나 '특별히'라고 말하며 주식을 파는 사기 일당을 텔레비전 뉴스에서 본 적이 있다.

"그럼 오후 5시에 댁으로 찾아뵙겠습니다."

"5시요? 설마 오늘요?"

"네. 사실 주소를 보고 놀랐어요. 저도 유타 군 동네에 살아요. 걸어서 5분도 안 걸려요. 그럼 조금 후에 뵙죠."

전화가 끊어졌다.

나는 얼른 벽시계를 보았다. 4시 45분이었다. 15분 후면 오바 고마리가 우리 집에 온다.

가슴이 뛰었다.

하지만 엄마 몰래 모르는 사람을 집에 들이면 안 된다. 귀에 딱지가 앉을 정도로 몇 번이나 주의를 들었다. 얼마 전에도 뉴스에서 부모가 집을 비운 사이에 아이가 살해당한 사건을 봤다. 그래도 이상한 아저씨가 오는 것은 아니다. 오바 고마리라는 유명한 사람이다. 책을 낸 사람이니까 괜찮지 않을까?

하지만…… 진짜 오바 고마리일까?

불안하다. 그래, 가나 누나한테 상담하자.

후다닥 현관문을 열고 나가 옆집 초인종을 눌렀다.

대답이 없어!

아직 집에 안 왔나? 급한 마음에 집으로 뛰어들어와 창문을 열고 골목 저 멀리까지 살폈는데 가나 누나의 모습은 보이지 않았다.

진정해, 진정해. 나는 중얼거렸다.

오바 고마리에게 보내는 편지는 책에 있는 출판사 주소로 보냈다. 즉, 출판사 사람이 오바 고마리에게 편지를 전달해 준 것이다. 그렇다면…… 역시 진짜란 소리겠지.

그냥, 전화가 정말로 걸려올 줄은 꿈에도 몰랐기에 놀랐을 뿐이다.

응, 괜찮다.

긴장해서 펄떡펄떡 뛰는 심장을 진정시키려고 물을 마시고 크게 숨을 들이쉬는 사이 약속한 시각이 됐다.

정각 5시가 되자 현관 초인종이 울렸다.

현관 도어경으로 내다보니 통통한 아줌마가 서 있었다. 트레이닝복 같은 편한 옷을 입고 있다. 절대 고마리일 리가 없다. 엄마가 모르는 사람이 오면 대답하지 말라고 당부했다. 대답하면 집에 어린애만 있다는 것을 알아차리고 교묘하게 구슬려 문을 열게 하는 나쁜 사람이 있다고 했다.

아줌마는 도어경을 통해 이쪽을 빤히 쳐다보았다. 눈이 마주친 것 같아서 두려웠다. 나는 숨을 죽이고 문에서 살그머니 떨어졌다.

그러자 또 초인종이 울렸다. 집에 사람이 있는 걸 알아차렸는지도 모른다. 처음에 초인종이 울렸을 때 현관까지 뛰어갔으니까 밖에까지 발소리가 들렸을 것이다. 어쩌지. 저 아줌마는 대체 뭘 팔러 온 사람일까? 가나 누나는 아직 집에 안 왔나? 중학생이니까 핸드폰도 있을 것이다. 아아, 전화번호를 물어볼 걸 그랬다.

이번에는 문을 똑똑 두드리는 소리가 들렸다. 완전히 겁에 질려 안방으로 도망치려는 순간이었다.

"안녕하세요. 오바 고마리입니다."

어?

설마, 저 아줌마가 오바 고마리일 리가 없다. 다이어트 방법을 가르쳐주는 사람이 뚱뚱하면 이상하잖아. 하지만……
내가 편지를 보낸 것은 출판사 사람만 알 텐데…… 진짜 오
바 고마리가 맞나? 도어경을 통해서 보면 뭐든지 둥글둥글
하게 보인다. 그래서 뚱뚱해 보였을 뿐이겠지.

조심스럽게 문을 열자 아줌마가 인사를 했다. 역시 얼굴
도 몸도 둥글둥글하다. 도어경으로 봤을 때는 트레이닝복 같
았는데 까만 바지에 하늘색 폴로셔츠를 입고 있었다. 책을
쓰는 훌륭한 사람이니까 정장을 잘 차려입은 사람일 줄 알았
는데 평상복을 입었고, 초등학교 저학년이 도구상자를 넣을
때 쓰는 헝겊 가방 같은 것을 들고 있다.

"유타 군이죠? 부모님은 계시나요?"

"아직 엄마는 안 오셨는데……."

"가족이 총 몇 명이죠?"

"엄마랑 둘이요."

어떡해. 모르는 사람에게 가족 얘기를 하면 안 되는데. 남
자 어른이 집에 없다는 사실을 다른 사람들이 몰라야 안전하
다고 엄마가 몇 번이나 말했는데.

"부모님이 안 계시는데 함부로 들어가도 괜찮을까……."

혼잣말인지 나한테 묻는 말인지 잘 모르겠다.

"유괴범이나 불법 침입이나…… 그런 식으로 오해받으면

곤란하니까."

그러더니 고개를 숙이고 자기 손을 내려다보았다. 역시 혼잣말인가 보다.

"어머님은 몇 시에 오시죠?"

고개를 들고 나를 보았다.

"아마…… 10시쯤이요."

"밤 10시? 너무 늦네요. 그때까지 혼자 집을 보나요?"

"네, 그런데요."

"매일 그렇게 늦으시나요?"

"아니요. 일주일에 세 번이요."

그러자 오바 고마리가 조금 안도한 표정을 지었다.

"다른 날에는 일찍 오시는군요."

"아니요. 일찍은 아닌데."

"몇 시쯤이죠?"

"8시나 8시 반 정도요."

오바 고마리는 눈을 크게 뜨고 나를 가만히 쳐다보았다.

"유타 군, 동네에 가깝게 지내는 어른이 없나요?"

"없어요."

"친척은?"

"없어요."

"할아버지나 할머니는?"

"그게, 잘 몰라요."

엄마한테 할아버지나 할머니 얘기를 들은 적이 없다. 그러니까 없을 것이다.

"……그렇군요."

오바 고마리는 허공을 올려다보며 입을 다물었다.

"요즘은 이렇게 지내는 아이들이 많을지도 모르겠네……. 그건 그렇고 유타 군, 정말 귀엽네요. 그 토실토실한 뺨을 조금만 만져봐도 될까요?"

그러면서 손을 뻗었다. 나는 겁을 먹고 뒷걸음질 쳤다.

"이런, 미안해요. 하긴, 이제 아기가 아니니까 싫겠죠."

오바 고마리가 웃었다.

"제가 생각해도 위험한 사람 같았네요. 어쨌든 모처럼 왔으니 잠깐 실례하겠어요."

그러더니 신발을 척척 벗더니 멋대로 집으로 들어와 부엌을 둘러보았다. 그리고 성큼성큼 냉장고로 가서 자석으로 붙여놓은 메모지를 소리 내어 읽었다.

'문을 꼭 잠글 것. 가스를 사용하지 말 것.'

나는 만약을 위해 현관문을 바깥으로 크게 열고 도어스토퍼를 세워두기로 했다. 이 아줌마가 나를 죽일 것 같진 않지만 불안하긴 했다.

"어머님이 밤 10시에 오신다면 저녁은 어떻게 하나요?"

"오늘 저녁은 이거요."

나는 쿠키와 센베이 봉지를 찬장에서 꺼냈다.

그러자 오바 고마리의 표정이 안 좋아졌다. 나는 허둥거리며 설명했다.

"늘 이렇진 않아요. 그냥, 엄마가 죽을 것처럼 지쳤을 때만 이래요."

엄마는 작년부터 계속 죽을 것처럼 지친 상태다.

오바 고마리는 얼굴을 찡그리며 팔짱을 꼈다. 옆모습이 꼭 화난 사람 같았다. 나는 찬장을 급하게 살폈다.

"컵라면 사둔 게 떨어졌나 봐요. 그래도 원래는 있어요. 진짜예요."

"물은 어떻게 끓여요? 가스를 사용하면 안 되잖아요?"

"전기포트는 써도 되거든요."

예전에는 된장국이나 밥도 있었다. 밥을 조금씩 나눠 랩으로 싸서 냉장고에 넣어두고 먹을 때마다 하나씩 꺼내 전자레인지로 데우면 됐다.

오바 고마리는 뭐라고 혼자 중얼거렸다. 귀를 쫑긋 세우니 "그렇군. 이러니 살이 찌는 게 당연해"라는 소리가 들렸다.

믿을 수 없게도 오바 고마리는 자기 마음대로 우리 집 냉장고를 열었다.

"사진을 찍어도 될까요?"

이미 핸드폰을 꺼내 초점을 맞추고 있다. 뭐, 냉장고는 거의 비었다. 마가린과 우유와 말라비틀어진 사과가 있을 뿐이다.

"사진을 왜 찍어요?"

"어떤 식품이 들었는지 메모하는 것보다 사진이 더 빠르니까요."

내 대답을 기다리지 않고 오바 고마리는 과자가 든 찬장도 사진을 찍었다.

"식료품이 들어 있는 곳은 더 없나요?"

"아마 없을 거예요."

그때 현관에서 갑자기 "유타, 괜찮니?" 하는 목소리가 들렸다. 돌아보니 활짝 열린 문 앞에 옆집 가나 누나가 서서 이쪽을 보고 있었다.

"문이 열려 있어서 무슨 일인가 하고."

"가나 누나……."

나도 모르게 울먹이는 표정을 지었는지, 가나 누나가 걱정스럽게 나를 살펴보더니 오바 고마리를 뚫어지게 쳐다보았다.

"유타, 이 아줌마는 친척이니?"

"저는 오바 고마리라고 합니다."

"어? 말도 안 돼. 어떻게……."

가나 누나는 오바 고마리의 전신을 위아래로 두 번 훑었다. 상상했던 모습과 전혀 다르기 때문이리라. 나도 그랬다. 나이나 분위기는 상상했던 모습과 충분히 다를 수는 있지만 다이어트 전문가라는 사람이 이렇게 뚱뚱하리라고는 아무도 상상하지 못했을 테니까. 역시 가짜였나. 가나 누나가 와주지 않았다면 속아 넘어갈 뻔했다.

"의심스럽다면 신분증을 보여드릴까요?"

도발적인 말투였다. 아무리 그래도 실례되는 행위니까 거절하려고 했는데, 가나 누나가 "네, 보여주세요" 하고 단호하게 대답했다. 오바 고마리도 가나 누나의 당당한 태도에 당황한 티를 내며 가방에서 신분증을 꺼내 보여줬다.

"아…… 진짜네. 의심해서 죄송했습니다."

입으로는 그렇게 말하면서도 가나 누나는 여전히 수상한 사람을 보듯이 오바 고마리를 살폈다.

"요즘 같은 세상에 의심하고 경계하는 건 당연해요. 좋은 자세예요. 그런데 그쪽은 누구죠?"

"저는 옆집에 사는 마쓰모토 가나예요."

"근처에 친한 사람이 산다면 안심이네요. 특히 이 댁은 어머님의 귀가 늦으신 것 같으니."

"아, 유타랑 얘기를 나눈 건 최근이에요. 고마리 씨의 책을 선물하면서 친해졌어요."

선물이라……. 책을 쓴 저자 앞에서 재활용 쓰레기로 버렸다는 말은 좀 그렇겠지.

"그럼 당신도 다이어트 때문에 고민인가요?"

오바 고마리는 가나 누나의 몸을 대놓고 요리조리 살펴봤다.

"네, 그렇죠."

"실례되는 질문을 좀 할게요. 오늘 저녁 메뉴는 뭐죠?"

"음, 아직 안 정했어요. 저는 경찰서에서 일하는 아빠랑 둘이 사는데요, 아빠가 바쁘니까 저녁은 아마 인스턴트 라면이랑 감자칩일 거예요. 라면을 먹고 남은 국물에 감자칩을 적셔 먹으면 진짜 맛있어요."

오바 고마리가 가나 누나를 유심히 쳐다보더니 살짝 시선을 피하고 한숨을 푹 내쉬었다.

"어머님은 안 계시고요?"

"저를 낳고 바로 돌아가셨어요. 심장이 워낙 안 좋으셨다고 해요."

나도 처음 듣는 얘기였다.

"그래서 지금은 아버님이랑 둘이 살고요. 그래서 식생활이 좋지 않군요."

"아빠도 그렇게 말해요. 하지만 아빠는 일이 많아 피곤하니까 어쩔 수 없어요."

"여러분 사정은 대충 파악했어요. 그런데 둘 다 학교에서 뚱뚱하다고 괴롭힘을 당하진 않나요?"

괴롭힘을 당한다는 사실을 들키기 싫어서 입을 다물었다. 언제 엄마 귀에 들어갈지 모르니까.

"유타는 학교에서 괴롭힘을 당한다고 했어요."

가나 누나가 자기 얘기는 쏙 빼고 내 얘기만 했다.

"맞거나 한 적은 없고요?

오바 고마리가 흔들림 없는 시선으로 나를 바라보았다. 거짓말을 하지 말라고 단단히 경고하는 것 같았다.

"맞지는 않는데 그래도…… 맨날 걷어차여요."

그러자 오바 고마리가 안타까운 표정을 지었다.

"남자애들은 잔인하구나. 멍들진 않았어?"

가나 누나가 물었다.

"멍 들었어."

나는 대답하며 셔츠를 들어 올려 옆구리를 보여주었다.

"너무해."

가나 누나가 두 손으로 입을 막았다.

"보라색으로 변했잖아요."

깜짝 놀라는 오바 고마리를 보고 나도 덩달아 놀랐다. 어른 눈으로 보면 그렇게 심각한 일인가?

"지금 증거 사진을 찍어둬야겠다. 뭐든 증거가 중요하다고 아빠가 입버릇처럼 말했어."

"그 말이 옳아요. 유타 군, 셔츠를 벗어요."

오바 고마리는 나를 하얀 벽 앞에 세우더니 핸드폰으로 사진을 여러 장 찍었다. 그 옆에서 가나 누나가 수줍어하며 말했다.

"나는 경찰관이 되는 게 꿈이야."

"멋있다. 누나한테 어울려."

키도 아주 크고 어깨도 넓어서 그냥 보기에도 강해 보인다.

"그러니까 유타, 같이 유도 도장에 다니지 않을래?"

"어? 나도?"

"그거 좋은 생각이네요. 유타 군도 강해지면 자신감이 생길 테고 좋을 것 같아요."

오바 고마리도 추천했다.

"그건 그렇겠지만…… 유도 도장은 돈이 들잖아?"

"아빠가 무료로 강습해주는 도장이 있다고 알려줬어. 유도복도 빌려준대. 매주 수요일 저녁 5시부터 7시까지야. 학교에도 유도부는 있는데 들어갈 용기가 도저히 안 나서. 그래서 동네 유도 도장에 다니려고 했는데 세 살 때부터 다니는 애들이 많대. 나는 나이가 많으니까 또 엄두가 안 나더라고. 그래도 너랑 같이 간다면 다닐 수 있어."

"……응. 생각해볼게."

"아빠가 꼭 경찰관이 되지 않더라도 낙법은 익혀두면 좋다고 했어."

"낙법이 뭐야?"

"나도 자세히는 모르는데, 아빠 말로는 낙법을 익히면 반사 신경이 좋아져서 구르거나 했을 때 자연스럽게 몸을 지킬 수 있대."

학교에서 맨날 떠밀리니까 배워두면 좋을 것 같다.

"그리고 학원에 다니면 예의범절도 배울 수 있어서 몸과 마음이 다 강해지고 배려할 줄 아는 사람이 된다고 했어."

배려할 줄 아는 사람? 그건 거짓말이다. 올해부터 다쿠야의 부하가 된 야지마도 유도 도장에 다닌다고 들었는걸.

"자기 몸을 지키기 위해서라도 긍정적으로 생각하면 좋겠네요. 살을 빼려면 운동은 필수니까요."

오바 고마리가 그렇게 말하며 부엌 의자에 앉더니 가방에서 노트를 꺼내고 안경을 썼다.

"레슨은 보통 한 달에 한 번씩 총 세 번 하는데 이번에는 일주일에 한 번씩 세 번으로 하죠. 매주 제가 과제를 낼 테니 다음 레슨까지 완수하세요. 그럼 바로 시작하죠. 유타 군, 키와 몸무게가 어떻게 되죠?"

"네, 키는 123센티미터고 몸무게는 42킬로그램이에요."

"많이 나가네요."

말하지 않아도 안다. 4학년 남학생의 평균은 키 133센티미터에 몸무게 30킬로그램 정도이다. 하지만 마른 사람이 그런 소리를 하면 몰라도 뚱뚱한 사람이 지적하니까 싫었다. 가나 누나도 비슷한 심정인지 오바 고마리를 물어뜯을 것처럼 쳐다보았다.

"어?"

가나 누나가 펜을 쥔 오바 고마리의 팔뚝을 덥석 붙잡았다.

"근육이 장난 아니다. 알통이 있는 것처럼 보여서 아까부터 신기했어요."

오바 고마리가 싱긋 웃었다.

"저를 단순한 뚱보라고 생각하면 큰 착각이에요."

"진짜다. 배도 안 나왔고 등도 쭉 펴졌어. 대단해."

가나 누나가 연신 감탄했다.

"여러분이 왜 뚱뚱한지 이유를 알았어요."

오바 고마리가 단호하게 말했다.

"뚱뚱한 이유요? 운동은 잘 안 하면서 많이 먹어서 그런 거 아니에요?"

가나 누나가 물었다.

"아니요. 둘 다 영양부족이에요."

오바 고마리가 단언했다.

"우리가 영양부족이요? 이렇게 살이 쪘는데?"

오바 고마리, 무슨 말도 안 되는 소리를 하는 거야?

"필요한 영양분이 부족하니까 뇌는 영양분을 더 많이 채우라고 지시를 내려요. 그런데 여러분의 식사는 탄수화물과 당분과 지방뿐이어서 아무리 먹어도 뇌가 배부르다고 느끼지 못해요. 악순환이죠."

"아하……, 그렇구나."

가나 누나는 이해했다는 듯이 고개를 끄덕였는데 나는 잘 모르겠다.

"단백질이나 비타민 같은 다양한 영양소를 골고루 풍부하게 섭취해야 해요. 식사를 개선해야 합니다. 가나 양, 영양소에 관해서 가정 수업 시간에 배웠나요?"

"네, 배우긴 배웠는데…… 기억이 잘 안 나요."

"그럼 가정 교과서를 다시 읽어보세요. 그리고 유타 군에게도 기초적인 내용을 가르쳐주세요. 이번 주 과제로 이걸로 하죠. 그럼 다음 주 이 시간에 또 오겠습니다. 괜찮을까요?"

"네."

내가 대답하자, "그때 저도 또 같이 설명을 들어도 될까요?" 하고 가나 누나가 물었다.

"물론이죠. 가나 양도 중증이니까. 다음 주에는 가나 양도 집에서 가장 큰 냄비를 들고 오세요."

"냄비요? 왜요?"

"다음 주에 알게 될 테니 기대하세요. 그리고 도마와 식칼도 잊지 말고요."

"어, 도마랑 식칼은 우리 집에도 있어요."

"두 쌍이 필요해요. 유타 군과 가나 양이 각각 사용할 거예요."

오바 고마리는 "그럼 오늘은 여기까지" 하고 인사를 남기고 가버렸다.

나는 가나 누나의 집에 놀러 갔다. 간식을 주겠다고 했다. 가정 교과서도 봐야 한다.

"여기 문패에 적인 마에다 요지로는 누구야?"

가나 누나가 현관 문패를 보며 물었다.

"아빠 이름이야. 한참 전에 돌아가셨지만."

아빠 이름으로 문패를 건 것은 방범을 위해서라고 엄마가 말했다. 모자가정인 것을 알리지 않아야 안전하다고 한다. 방문판매원이 왔을 때 엄마가 현관에 서서 "남편한테 물어볼게요"라고 대답하는 것을 들은 적 있다.

가나 누나의 집은 같은 우리 집과 2DK 구조지만 우리 집과는 분위기가 완전히 달랐다. 들어가면 바로 있는 좁은 부엌에 커다란 텔레비전이 있었다.

"우리 집은 텔레비전이 안방에 있어."

"아빠랑 내가 공유하는 공간이 부엌뿐이거든. 방은 아빠랑 나랑 따로 써."

나도 중학생이 되면 내 방이 생길까? 그러면 이 집이랑 똑같이 하면 되겠다.

"그렇구나, 합리적이다."

내 말에 가나 누나가 갑자기 웃음을 터뜨렸다.

"합리적이라는 말도 알고, 말하는 게 어른스럽네."

"그런가?"

"책을 많이 읽어서 어려운 말을 많이 아는구나?"

가나 누나는 냉장고에서 주스와 아이스크림을 꺼내 줬다.

"살이 쫙쫙 빠지면 좋겠다."

"누나, 아이스크림 먹으면서 그런 말 하니까 이상해."

"그러네. 그래도 다음 주부터 고마리 씨가 단식하라고 할지도 모르잖아. 그러니까 오늘 잔뜩 먹어두자고."

그러면서 쿠키와 감자칩도 꺼내왔다.

엄마한테는 오바 고마리가 온다고 말하지 못했다.

가나 누나는 엄마에게 제대로 말씀드려야 한다고 했지만, 모르는 아줌마가 냉장고에 찬장까지 들여다봤다고 하면 엄마는 분명히 화를 낼 것이다.

"역시 애를 혼자 두면 불안해."

이렇게 말하며 슬픈 표정을 지을지도 모른다. 나는 엄마의 화난 모습보다 슬퍼하는 모습이 더 마음 아프다. 그래서 말하지 않았다.

며칠 후, 도서관에서 나오는데 맞은편에 고마리가 보였다. 강아지와 산책을 하는 것 같았다. 강아지가 여기저기 참견하며 다니느라 좀처럼 걷는 속도가 나지 않는 모양이다.

근처에 산다는 소리가 진짜였나 보다.

그때 "야, 고로스케" 하고 등 뒤에서 익숙한 목소리가 들렸다. 목소리만 들어도 심장이 쪼그라들었다. 뒤를 돌아볼 틈도 없이 다쿠야와 그 똘마니들이 이미 나를 둘러쌌다. 모두 멋있는 자전거를 타고 있다. 그중에서도 다쿠야의 자전거는 유난히 튀는 최신식이었다. 둘러보니 모두 나를 보며 히죽히죽 웃고 있었다.

"또 도서관이냐? 이래서 거지는 힘들구나."

"너는 자전거도 없냐?"

"밤일을 하면 돈을 많이 번다던데."

그때였다. 탁탁탁 경쾌하게 뛰어오는 발소리가 들렸다. 뒤를 돌아보니 고마리가 내 바로 뒤까지 다가왔다. "유타 군, 잠깐 좀 잡고 있어요" 하고 강아지 리드줄을 내밀었다. 귀여운 시바견이었다. 동그란 갈색 눈으로 나를 올려다본다. 처음 만났는데 꼬리까지 흔들어주니 기분이 좋았다.

고마리는 성큼성큼 다쿠야에게 다가갔다. 뚱뚱해 보이지만 사실은 탄탄하게 단련된 몸이어서 동작이 날쌨다. 고마리의 얼굴이 순식간에 다쿠야의 얼굴 바로 앞까지 접근했다. 키스라도 할 것처럼 아주 가까운 거리였다. 나는 놀라서 그 자리에 멈춰 선 채 고마리의 동글동글한 옆모습을 멍하니 바라보았다.

"약한 사람을 괴롭히면 용서하지 않겠어요."

고마리가 날카롭게 말했다.

다쿠야는 입을 반쯤 벌리고 고마리를 쳐다보다가 화들짝 정신을 차리고, 평소처럼 심술궂은 눈빛을 하고서 "괴롭힌 거 아닌데요. 그렇지, 얘들아?" 하고 동의를 구했다. 옆에 있는 똘마니 친구들이 고개를 끄덕였다.

"흠, 괴롭히지 않았다고 했나요?"

고마리가 빙긋 웃었다. 불길한 미소였다. 다쿠야가 겁을 먹었는지 자전거를 탄 채로 슬쩍 뒤로 몸을 뺐다. 다쿠야가 "가자!" 하고 외치자 다른 애들도 페달에 발을 올렸다.

"잠깐 기다려요."

고마리가 크게 외치더니 양팔을 벌리고 서서 다쿠야의 앞길을 막았다. 지나가던 사람들이 무슨 일인가 싶어 하나둘 발걸음을 멈추고 고마리와 다쿠야를 번갈아 바라보았다.

그때였다. 저 앞의 도서관에서 책을 안고 나오는 가나 누나가 보였다. 가나 누나도 이쪽 상황을 눈치챘는지 놀란 눈으로 달려왔다.

고마리는 주머니에서 핸드폰을 꺼냈다.

"이걸 봐요."

화면에 내 복부를 찍은 사진이 나타났다. 보라색으로 멍이 잔뜩 든 배 사진을 본 다쿠야의 안색이 싹 바뀌었다. 늘 비실비실 웃고만 다녀서 저런 무표정은 오랜만에 보았다.

그때 다쿠야의 똘마니 중 누군가가 작게 중얼거렸다.

"큰일 난 것 같은데?"

"엄마한테 들키면 어쩌지."

"몇 살부터 소년원에 가더라?"

소년원이라는 단어에 주변 공기가 꽁꽁 얼어붙었다.

"흥, 이건 그냥 협박이야. 이딴 아줌마가 하는 소리를 어떻게 믿어?"

"얘들아."

그때 가나 누나가 끼어들었다.

"우리 아빠는 경찰이야. 그러니까 너희, 조심하는 게 좋을 거다!"

"저기요, 우리가 때린 거 진짜 아니에요."

다쿠야가 시건방진 미소를 지었지만 눈은 웃고 있지 않았다. 기가 팍 죽었다.

"그만 가자. 야, 우리 집에 갈래? 게임 새로 샀어."

다쿠야가 소리를 높였으나 얼굴은 굳어 있었다.

평소라면 그 아이들 모두 다쿠야를 따라갔을 것이다. 그런데 오늘은 달랐다.

"나 오늘은 집에 갈래."

"나도 일이 좀 있어서."

"슬슬 학원 갈 시간이야."

한 명이 자전거 페달을 밟아 가버리자 다른 애들도 제각각 다른 방향으로 흩어졌다. 자기 혼자 남은 것을 깨달은 다쿠야는 허둥거리며 잽싸게 도망쳤다.

"고마리 씨, 가나 누나. 고맙습니다."

셋이 나란히 집 쪽으로 걸었다. 강아지는 고마리의 품에 안겼다.

"누나가 학교에서 괴롭힘을 당하다니 안 믿겨. 하고 싶은 말을 그렇게 큰소리로 또박또박 말하는 사람인데?"

"사실은 나도 놀랐어. 누군가를 지키기 위해서 강해진다는 노래 가사가 있는데 정말 맞는 말이었네."

가나 누나가 민망한 듯이 웃었다. 하지만 그건 사랑 노래니까 남자가 여자를 지킨다는 의미일 텐데.

"흥분해서 도리어 안 좋은 일을 했는지도 모르겠어요. 지금 일로 유타 군이 점점 더 고립되면 어쩌나 걱정이네요."

고마리가 침울하게 말했다.

"고마리 씨, 저는 고립되어도 괜찮아요. 그게 차라리 나아요. 진짜예요."

솔직한 마음이었다. 배를 걸어차여 괴로워하느니 차라리
혼자인 편이 수백 배 낫다. 그보다 고마리가 몸을 던져 나를
도와줘서 기뻤다.

"가나 누나, 아빠가 경찰이란 거 진짜야?"

"진짜지. 형사야."

"그렇게 안 보이는데."

"그런가? 어떤 면이?"

"형사는 막 눈이 날카롭고 무서운 사람들인 줄 알았어. 그
런데 가나 누나 아빠는 늘 표정이 멍하잖아."

내 말에 가나 누나가 깔깔 웃었다.

"맞아. 느긋해 보이지. 그래도 그게 진지하게 생각할 때
짓는 표정이야."

표정에서는 안 보이는 것도 많은가 보다.

오늘 또 하나 배웠다.

창문 너머로 고마리가 집으로 걸어오는 모습이 보였다.

"가나 누나, 고마리 씨가 왔어."

방 한쪽 벽에 앉아 만화를 읽고 있던 가나 누나도 창가로 다가왔다.

고마리는 그때 본 그 강아지를 데리고 있었다.

같이 복도로 나가자 계단을 올라오는 고마리가 보였다. 강아지도 얌전히 따라왔다. 고마리는 능숙하게 철제 난간에 강아지의 리드줄을 묶었다.

"안녕하세요."

"잘 부탁드립니다."

우리는 나란히 인사했다.

"인사도 참 잘하고. 훌륭해요."

고마리가 만족스럽게 고개를 끄덕이면서 우리 집 부엌으로 들어가 어깨에 메고 있던 커다란 장바구니를 식탁에 내려놓았다. 안에서 채소를 꺼냈다. 양파, 무, 당근, 감자도…….두부와 고기도 나왔다.

"오늘은 돈지루* 만드는 법을 가르쳐줄게요. 채소, 두부, 고기가 들어가니까 영양 만점이죠. 이것만 익혀두면 살아갈 수 있어요."

"그런데요, 엄마가 없을 때는 가스를 쓰면 안 돼요."

"저는 초등학교 2학년 때부터 두 살 위인 언니와 둘이서

---

* 돼지고기, 채소를 넣어 만드는 일본식 된장국

집안일을 전부 도맡아 했어요. 유타 군, 벌써 4학년이죠? 유타 군은 조심성이 많으니까 괜찮아요."

"나도 그렇게 생각해."

가나 누나가 끼어들었다.

"초등학교 4학년밖에 안 됐는데 차분하고 야무지잖아."

민망해서 괜히 어물거렸다. 칭찬을 받은 일이 별로 없어서 이럴 때 어떤 표정을 지어야 할지 모르겠다.

고마리가 가방에서 에어캡으로 싼 도기 여러 개를 꺼냈다.

"어, 술병이랑 잔이네. 고마리 씨, 술 드시게요?"

가나 누나가 놀라서 물었다.

"지금부터 의식을 치를 거예요. 알겠죠? 둘 다 마음을 차분하게 가라앉혀요."

영문을 몰라 가나 누나와 얼굴을 마주 보았다.

고마리가 지시하는 대로 식탁에 마주 보고 앉자, 고마리가 에헴 헛기침을 했다.

"지금부터 의남매 서약을 나누겠습니다."

그러더니 페트병 사이다를 술병에 따라 식탁 한가운데에 놓았다.

"인사."

갑자기 큰소리로 말해서 우리는 허둥지둥 인사를 했다.

고마리가 잔 두 개에 술병의 사이다를 따랐다.

"둘이 타이밍을 맞춰서 다 마셔요. 같은 연립에 바로 옆집에 사는 것도 다 인연이죠. 앞으로도 누나와 동생으로서 서로 도우며 살아가는 거예요."

"나 이런 거 임협 영화*에서 본 적 있어."

"임협이 뭐야?"

"야쿠자 불량배들. 아빠가 가장 싫어하는 사람들이야."

"쉿. 그럼 둘 다 잔을 손에 들어요. 하나, 둘, 셋 하면 동시에 마시는 거예요. 서로 눈을 마주친 채로. 준비됐나요?"

고마리가 나직한 목소리로 엄숙하게 말해서 왠지 긴장됐다. 맞은편의 가나 누나도 진지한 표정이었다.

"하나, 둘, 셋."

서로 눈을 들여다보면서 마셨다. 사실 나는 탄산을 안 좋아한다. 그래도 어떻게든 삼켰다.

"여러분은 오늘부로 서로 돕고 돕는 남매 관계가 되었습니다."

다쿠야가 이 장면을 봤다면 꼴불견이라며 비웃겠지. 하지만 나는 마음이 따뜻해졌다. 더 이상 외톨이가 아닌 것 같았다.

* 임협은 본래 인의를 중시하고 약자를 위해 자기희생도 마다하지 않는 용맹한 사람이라는 뜻인데 야쿠자를 뜻하는 말로도 쓰인다.

"나 왠지 기쁘다."

가나 누나가 말해서 솔직하게 "나도" 하고 말했다.

"그럼 시작할까요?"

고마리가 가방에서 앞치마를 꺼냈다.

"밥을 지어본 적 있나요?"

가나 누나가 "네", 내가 "아니요" 하고 동시에 대답했다.

"유타 군 집에는 무세미無洗米가 있더군요. 자, 여기 '무세미'라고 적혀 있죠? 이 쌀은 말 그대로 씻지 않아도 돼요. 이 컵으로 두 번 퍼서 여기에 넣어요."

고마리는 입으로만 설명하고 일절 도와주지 않았다.

"두 컵 넣었으니까 두 번째 눈금까지 물을 넣고. 좋아요. 그리고 밥통에 넣고 뚜껑을 꽉 닫아요, 잘했어요. 그리고 스위치를 켜요. 이걸로 끝이에요. 간단하죠?"

"네, 진짜 간단해요."

나는 충격을 받았다. 이렇게 간단했다면 좀 더 일찍 엄마를 도와줄 수 있었다.

"밥을 짓기 전에 30분쯤 물에 불려둬야 좋지만 이번에는 그런 소소한 건 전부 무시해도 좋아요. 일단 직접 밥을 해 먹는 것이 목적이니까. 자, 밥이 되는 동안 돈지루를 만들죠."

조리대에 누나와 나란히 섰다. 각자 앞에 도마를 놓고 고마리의 지시에 따라 채소를 차근차근 썰었다.

"잘게 썰어야 빨리 익어요. 그러면 가스비를 절약할 수 있죠. 숙제나 수험 공부도 있으니까 짧은 시간 안에 끝내는 게 현명해요."

고마리는 모양이 고르지 않아도 잘했다고 칭찬해주었다. 가나 누나도 즐거워 보였다.

"냄비에 한꺼번에 넣으면 돼요."

가스레인지 위에는 우리 집 냄비와 가나 누나네 냄비가 사이좋게 놓였다.

"마지막으로 된장을 넣어요. 조금씩."

"유타 거 너무 적지 않아?"

"그런가?"

"맛을 봐요. 부족하다 싶으면 더 넣으면 돼요."

"너무 짜면 물을 넣나요?"

"그래요. 맛을 보면서 조절하는 것이 중요해요. 어렵게 생각하지 말고 자기 방식대로 하는 거예요."

"그러면 하기 쉽겠다, 가나 누나."

"설령 맛이 없더라도 과자를 먹는 것보다 백 배 낫다는 걸 잊지 말고요."

"요리는 더 어려운 줄 알았어요. 아, 좋은 냄새. 아빠도 분명 좋아할 거야."

엄마는 어떨까?

'위험하게 네 맘대로 가스를 쓰면 어떡하니?'

이렇게 혼을 내면 어쩌지?

가나 누나는 아빠한테 고마리 얘기를 전부 했을까? 가나 누나네 아빠는 우리 엄마와 다르게 걸핏하면 화를 내는 사람은 아니려나.

"여러분은 아직 성장기예요. 살을 빼겠다고 먹는 걸 줄이면 절대 안 되고 영양을 제대로 섭취해야 해요. 그 대신에 스낵 과자나 컵라면은 오늘부터 금지예요. 알겠죠?"

고마리는 냉장고에 붙은 종이에 적힌 '가스는 쓰지 말 것' 위에 멋대로 두 줄을 그어 지우고 그 옆에 '가스를 쓰면 꼭 끌 것'이라고 적었다.

"이번 숙제는 최소 한 번은 재료를 담뿍 넣은 된장국을 직접 만드는 것으로 하죠. 재료는 뭐든 좋아요. 밥은 가능하면 적게, 대신 된장국을 그만큼 많이 먹어요. 그리고 저녁을 먹으면 곧바로 이를 닦고요."

"이를 닦는 것과 다이어트가 연관이 있나요?"

내가 물으려던 것을 가나 누나가 물어보았다.

"그럼요. 다음에는 치간 칫솔과 칫솔 사용법을 자세히 알려줄게요. 이를 열심히 닦으면 배가 아무리 고파도 음식을 먹을 생각이 안 들 거예요."

"알 것 같아요. 열심히 이를 닦았는데 또 뭘 먹으면 자기 전에 이를 또 닦아야 하니까. 그럼 귀찮아요."

"가나 양 말이 맞아요. 치아는 아흔 살이 될 때까지 계속 써야 하니까 충치가 생기지 않게 세심하게 주의를 기울여야 해요. 그리고 여러분이 노인이 될 무렵에는 의료비 개인 부담이 60퍼센트까지 올라갈지도 몰라요."

"그게 무슨 뜻이에요?"

"치과에 가려면 돈이 많이 든다는 소리야."

가나 누나가 알려주었다.

충치가 생기면 엄마가 힘들어지겠구나. 오늘부터 열심히 닦아야지.

"다음에는 달걀 요리에 도전하죠. 다음 주 이 시간에 다시 오겠습니다. 괜찮나요?"

"네, 잘 부탁합니다."

둘이 나란히 외쳤다.

그날 밤, 엄마가 평소보다 일찍 돌아왔다.

정시제 고등학교가 개교기념일이라 쉬었다고 한다. 예전

에는 그런 일이 있으면 미리 연락해줬는데 요즘은 그러지 않는다. 내가 학교에서 어떻게 지내는지도 묻지 않는다. 그건 그것대로 괜찮다. 선생님도 좋고 반 애들과도 잘 어울려 논다고 거짓말하기는 싫으니까. 그래도 엄마가 입만 열면 피곤하다고 하는 건 싫다. 엄마가 너무 불쌍하다. 하지만 나는 아직 꼬마여서 도와줄 수 없다.

"유타, 이 된장국은 뭐니?"

"그거 된장국 아니야. 돈지루야."

"종류가 중요한 게 아니고, 누가 만들었는지 물어본 거야."

우리 엄마는 예전에는 이렇게 큰소리를 내지 않았다. 요즘은 툭하면 버럭버럭 화를 낸다.

"오바 고마리 씨가 가르쳐줬어."

"《당신의 살을 빼 드립니다》를 쓴 사람 말이니?"

엄마가 고마리를 알고 있을 줄은 몰랐다.

"응, 그 사람. 엄마도 알아?"

기뻐서 나도 모르게 목소리가 커졌다.

"오바 고마리를 알고 말고의 문제가 아니야. 그 사람이랑 이 돈지루가 무슨 관계인지 묻잖니."

"그러니까 그게…… 재활용 쓰레기를 버리는 날에 계단 아래에 책이 묶여 있어서, 그래서……"

순서대로 설명하려고 할수록 말이 제멋대로 엉켰다. 엄마의 짜증이 정점에 달한 것을 표정에서 읽을 수 있었다.

그때였다. 현관 초인종이 울렸다.

"이 시간에 누구지?"

도어경을 보니 가나 누나였다. 그 뒤로 가나 누나의 아빠도 보였다.

문을 열자 가나 누나가 심각한 표정으로 서 있었다.

"밤늦게 죄송합니다."

가나 누나의 아빠가 인사했다.

"집에 왔더니 냄비 한가득 돈지루가 있어서 어떻게 된 건지 물었더니 오바 고마리 씨가 왔다는 소리를 듣고 깜짝 놀랐습니다. 들어보니 저희 딸이 아드님을 부추겼다고 해서 이렇게 사과를 드리러 서둘러 왔습니다."

가나 누나가 아까부터 무표정한 것은 아빠에게 혼났기 때문일까?

"아무래도 아이들끼리 멋대로 일을 저지른 모양입니다만."

가나 누나의 아빠가 머리를 긁적이며 순서대로 설명했다. 늘 멍해 보이던 사람인데 형사여서 그런지 설명이 정확해서 내 머릿속까지 정리되는 기분이었다.

"사정을 이해했습니다. 저희야말로 폐를 끼쳤어요. 애, 유타도 사과해야지."

"죄송합니다."

나는 사과했다. 사실 왜 사과해야 하는지 하나도 모르겠다.
하지만 엄마의 기분을 더 상하게 하는 것은 좋지 않으니까.

"맛있습니다, 돈지루."

가나 누나의 아빠가 마지막에 그렇게 말하고 웃었다. 웃
으니까 다정해 보였다.

둘이 돌아가자 엄마가 식탁에 엎드려 울었다.

"미안해, 유타. 정말 미안하다……."

나는 엄마가 우는 모습은 보기 싫다. 나까지 괴로워서 눈
물이 맺힌다.

"내가 조금만 일찍 집에 돌아오면 되는데……. 적어도 믿
을 만한 사람한테 너를 좀 봐달라고 부탁하면 좋은데 그럴
사람도 없고……. 하지만, 세상이 너무 뒤숭숭해서……."

"엄마, 나 배고파."

일부러 뾰로통한 표정으로 투정을 부렸다.

"응? 빨리 먹자. 진짜 맛있어. 깜짝 놀랄 거야."

밝게 말하자 엄마가 그제야 고개를 들었다. 휴지를 끌어
당겨 눈물을 닦았다.

"그래, 얼른 먹자."

식탁에 마주 앉아 밥을 먹는 것은 오랜만이었다. 엄마는 조금 전까지 울었으면서 잘 먹었다. 엄마는 말랐고 소식가여서 이렇게 잘 먹는 것은 웬만해서 드문 일이다. 그렇게 맛있나? 기분이 좋았다. 나도 엄마한테 도움을 줄 수 있구나.

"정말…… 맛있구나."

엄마는 그렇게 말하더니 자꾸만 눈물을 훔쳤다. 그리고 작은 목소리로 또 "미안해, 유타" 하고 사과했다.

"있잖아, 엄마. 내일도 가스를 써서 요리해도 될까? 잘 끓일 테니까."

"응, 그래. 대신 조심해야 한다."

엄마가 조용히 코를 풀었다.

"엄마가 모르는 사이에 유타가……."

엄마가 고개를 들고 나를 쳐다보았다. 눈이 새빨갛다.

"국 더 먹어도 될까?"

"응, 많이 있어. 내가 퍼줄게."

엄마가 더 달라고 하다니, 정말 기뻤다.

다음 날 저녁 식사로도 남은 돈지루를 먹었다.

학교에 있는 동안, 집에 가면 커다란 냄비에 돈지루가 잔뜩 남아 있다고 생각하니 신기하게도 마음이 차분해졌다.

엄마가 돌아오기를 기다리며 방에서 책을 읽고 있는데 현관문이 열렸다. 무슨 영문인지 엄마와 고마리가 함께 들어왔다.

"유타, 그만 자렴."

"어?"

하나도 졸리지 않다. 어린이집에 다니는 꼬마도 아니고, 이제 겨우 여덟 시다. 그래도 내가 방해꾼인 것은 금방 알아차렸다. 엄마와 고마리는 어른끼리 대화를 나누려는 것이다. 그래서 졸리진 않았지만 "네, 안녕히 주무세요" 인사하고 안방으로 들어갔다.

얇은 이불 위에 엎드려 책을 읽었지만 부엌에서 소곤소곤 들리는 대화 소리에 온 신경이 쏠렸다. 살짝 책을 내려놓고 문까지 살금살금 다가가 귀를 기울였다.

"고마리 씨, 유타에게 요리를 가르쳐주셔서 정말 고맙습니다."

"그렇게 대단한 일도 아닌걸요. 뭐든 도움을 드리고 싶었어요. 제가 할 수 있는 일이 있다면 무엇이든 말씀해주세요."

"염치없는 부탁인 줄 알지만……."

엄마가 말을 꺼내다가 입을 다물었다.

"부디 편하게 말씀하세요."

"고마리 씨, 유타에게 들었는데 이 근처에 사신다고요. 그 래서 말인데…… 집 보조 열쇠를 맡아주실 수 있을까요?"

"물론이죠. 기쁜 마음으로 그렇게 할게요."

고마리가 선뜻 대답했다.

"저도 낮에는 일 때문에 집을 비울 때가 많지만 올해 여든 이신 어머니가 늘 집에 계시니 괜찮아요."

"고맙습니다. 사실 얼마 전에……."

엄마는 내가 열쇠를 잃어버렸던 얘기를 했다.

"그랬군요. 유타 군이 밤늦게까지 혼자 문 앞에서 기다렸 다니."

조용해졌다. 둘 다 입을 다물었나 보다.

"유타 군에게 조부모님은 없나요?"

내가 묻고 싶은 얘기였다.

"저도 그렇고 남편도 그렇고 본가와는 왕래 없이 계속 소 원하게 지냈어요. 저희 둘 다 학생 때 결혼을 한 터라 양가 부모님이 극구 반대하셨거든요. 이후로 거의 의절한 상태라 고 할까요……."

"사정을 자세히 들려주시겠어요?"

"……네."

심호흡인지 크게 숨을 내쉬는 소리가 들렸다.

"남편은 아오모리 출신입니다. 시아버님은 현청 직원이고 시어머니는 어전의御典医* 가문의 후손이에요. 이른바 지방 명사여서 감히 제 분수에 맞지 않는 집안이죠. 반면에 저의 집은 하카타에서 작은 식당을 운영하는데, 그게 시부모님의 마음에 들지 않으셨던 모양이에요. 제 부모님도 '거만하기 짝이 없는 집안과 결혼하지 마라, 평생 무시당하고 불행해질 것이 뻔하다'라며 극구 반대하셨어요. 그래서 결혼식도 올리지 않고 혼인신고만 하고 살았어요. 그리고 얼마 있지 않아 경제적인 문제로 남편은 대학원을 그만두고 취직했고요. 남편은 제가 더 공부를 좋아하고 잘한다는 이유로 저보고 학교에 남아 계속 공부하라고 했죠. 시부모님은 그 문제로도 크게 역정을 내셨어요. '우리 아들은 노벨상을 받고도 남을 수재인데 여자 잘못 만나 인생 망쳤다'라면서요. 제 부모님 역시 분노하셨어요. 외동딸이 자기 멋대로 혼인신고를 했으니까 부모를 배신한 거나 마찬가지라고 하셨죠. 이후로 연락은 거의 주고받지 않아요."

"차근차근 말씀드려서 오해를 풀지 그러세요? 대학원에 남은 것도 남편의 권유였잖아요. 시부모님께 그런 경위를 확실히 말씀드리세요. 시부모님도 아드님이 먼저 떠나서 얼마

---

* 에도 시대 쇼군이나 다이묘의 주치의

나 상심이 크시겠어요. 아드님이 과연 행복하게 살았는지, 어떤 가정을 꾸렸는지 아시면 조금쯤은 마음이 편해지실 거예요. 며느리가 이렇게 부지런하고 성실한 사람인 줄 알면 안심하실 테고요. 손자와도 당연히 만나고 싶지 않으시겠어요? 친정에도 유타 군을 보여드리러 가세요. 외동딸이라고 하셨으니 부모님께 유타 군은 유일한 손자잖아요."

"고마리 씨, 충고는 감사하지만 제게도 의지가 있어요."

엄마가 단호하게 말했다.

"그런 시시한 의지는 버리세요."

"시시하다뇨……. 저는 지금까지 죽을힘을 다해 노력했단 말이에요."

"그건 그렇죠. 열심히 노력하셨어요. 정말 훌륭하세요."

"그런데 왜……."

"만약 당신이 당장 내일 불의의 사고로 죽기라도 하면 유타 군은 어쩌죠?"

"네……?"

"이런 생각은 해본 적 없어요?"

"물론 있어요. 하지만 슬퍼서 억장이 무너질 것 같아 가능하면 그런 생각은 하지 않으려고 해요."

"부모로서 무책임한 말이네요. 만약의 일이 생겼을 때를 대비해 아이를 위한 네트워크를 만들어두는 것은 엄연히 부모의 책임이에요. 오늘 저한테 보조 열쇠를 맡기셨죠. 대단하지 않은 일인데도 마음이 조금 편해지지 않았나요?"

"……네, 그 말씀이 맞아요."

"특히 요즘은 세상이 험하니까 미리 조심해서 나쁠 게 없어요. 조부모님을 비롯해 믿을 만한 어른과 유타 군을 연결해두는 것이 중요합니다. 어떤 의미로 드리는 말씀인지 이해하시겠어요?"

"네……. 그럼요."

"이번 여름방학에 유타 군을 데리고 아오모리와 하카타로 여행을 다녀오면 어떨까요?"

"……알겠어요. 생각해볼게요."

고마리가 돌아갈 때까지 절대 잠들지 말고 다 엿들어야지. 이렇게 결심했는데 어느새 나는 문 옆에서 잠들었다.

다음 주 토요일, 엄마가 시키는 대로 편지를 썼다.

'할아버지, 할머니. 안녕하세요?

저는 마에다 유타입니다. 초등학교 4학년이 됐어요.

이번 여름방학에 엄마랑 같이 놀러 가고 싶은데 가도 괜찮을까요?'

며칠 후, 고마리가 다짐육과 양파가 들어간 오믈렛 만드는 법을 가르쳐주었다. 가나 누나는 모양이 예쁘게 잡히지 않아 "나 재능이 없나?" 하고 풀이 죽어서 내 프라이팬을 들여다보았다.

"유타는 되게 잘했다."

"어쩌다 보니 예쁘게 된 거야."

"모양은 신경 쓰지 말아요. 속에 들어가면 어차피 다 섞이니까."

고마리의 말에 가나 누나가 갑자기 빵 웃음을 터뜨려서 무거웠던 분위기가 순식간에 밝아졌다.

"이번 숙제는 혼자 힘으로 달걀 요리를 만드는 거예요. 달걀부침이든 스크램블드에그든 뭐든 좋아요. 부모님 것까지 마음껏 만들어보세요. 오늘로 세 번째 레슨까지 끝입니다."

"아아, 아쉽다."

가나 누나가 탄식했다.

"연장할 수도 있어요. 단, 지금까지는 무료로 했지만 연장하면 레슨비를 받을 거예요."

"그럼 어려울 것 같아요. 저는 돈이 없어요."

엄마한테 내달라고 할 순 없다. 엄마는 늘 간당간당하게 산다고 말하니까.

"그렇다면 아르바이트를 하면 어때요?"

"네? 저 아직 초등학생인데요?"

"우리 집 강아지 산책 도우미를 한번 해보는 건 어때요? 아르바이트 비용은 한 번에 300엔(약 3천 원)으로 하면 어떨까요? 제가 바빠서 자주 산책하러 나가질 못하거든요."

"진짜요? 저 하고 싶어요, 할래요!"

강아지 산책 아르바이트를 해서 돈을 잔뜩 벌어야지. 그러면 엄마도 조금은 편해질 거다.

"고마워요. 그럼 바로 산책 코스를 안내하죠."

가스를 껐는지 일일이 짚으며 확인하고 셋이서 밖으로 나왔다. 고마리가 마기라는 이름의 강아지를 데리고 앞서 걸었다. 가나 누나와 둘이서 따라 걸으며 길을 외웠다.

돈도 벌고 운동도 된다.

이런 걸 두고 일석이조라고 한다. 아빠의 사자성어 사전에 그렇게 적혀 있었다.

한 주가 지나 오늘부터 마기의 정식 산책 요원으로 임명되었다.

고마리가 안내해준 산책 코스는 우리 집에서 나와 산책로를 따라 도서관 앞을 지나 공원까지 갔다가 돌아오는 길이었다. 그 길이라면 잘 알고 익숙하다. 우선 고마리의 집으로 가서 마기를 데리고 와야 한다.

첫날이라 걱정이라면서 가나 누나도 따라왔다. 고마리가 그려준 지도를 보면서 가나 누나와 함께 집을 찾았다.

"얘, 유타. 저기 아닐까?"

가나 누나가 가리킨 곳을 보고 놀랐다. 외국 그림책에 나올 법한 삼각형 기와지붕 집이었다. 하얀 펜스 너머로 잔디도 보였다. 다가가서 보니 '오바'라고 적힌 문패가 걸려 있었다. 문 안쪽에서 마기가 우리를 빤히 올려다보고 있었다.

"상상했던 것보다 더 멋지다. 마기, 이렇게 멋진 집에서 살다니 너 참 행복하겠다."

가나 누나가 쪼그리고 앉아 마기에게 말을 걸었다.

하지만 내 눈에는 마기가 슬퍼 보였다. 고마리가 바빠서 많이 놀아주지 못할 테지. 그러니까 이렇게 목줄을 팽팽하게 당겨 대문 가까이까지 와 지나가는 사람을 구경하는 것이다. 가나 누나와 친해지기 전에 나도 밤마다 우리 집 2층 창문 너머로 골목을 내려다보았다. 외톨이인 쓸쓸함을 달래려고.

마기도 예전의 나와 같다. 마기, 내가 매일매일 산책해줄

게. 속으로 말을 걸었는데 마기가 꼬리를 쳐서 놀랐다. 마음
이 통했나 보다.

"고마리 씨는 소문대로 진짜 부잣집 사모님이었나 봐. 이
렇게 호화로운 저택에 살다니."

"그러게. 대단하다."

가나 누나는 흥분했지만 나는 조금 실망했다. 왠지 고마
리가 다른 세상에 사는 사람 같았다.

대문 초인종을 누르자 30년 후의 고마리처럼 보이는 할머
니가 나왔다. 체구가 작은데 아주 커다란 고양이를 안고 있
었다. 무거워 보였다.

"안녕하세요. 어, 저희는……."

가나 누나가 인사를 하려는데 "어서 오렴. 들어오너라" 하
고 할머니가 환하게 웃으며 맞아주었다.

"너희 얘기는 우리 딸 고마리한테 들었어. 가나 양이랑 유
타 군이지? 고마리는 오후부터 일하러 갔단다."

현관이 넓고 깔끔했다. 흙이 묻은 운동화를 벗어놓기가
미안할 정도였다.

멋진 소파가 있는 방으로 들어갔다.

"잠깐 기다려라. 먹을 것 좀 가져오마."

할머니가 예쁜 컵에 따른 홍차와 쿠키를 가져왔다.

"둘 다 요리 실력이 좋아졌다면서? 믿음직스럽구나."

자그마한 할머니는 테이블을 사이에 두고 맞은편 소파 위에 기어올라가 책상다리를 하고 앉았다.

"고마리 씨가 부잣집 따님이셨네요."

가나 누나가 여전히 감격해서 말했다.

"그건 아닐 것 같아."

나는 고마리가 했던 말을 떠올리며 말했다.

'저는 초등학교 2학년 때부터 두 살 위인 언니와 둘이서 집안일을 전부 도맡았어요.'

고마리는 분명 이렇게 말했다.

"우리 딸들은 고생을 많이 했단다."

할머니가 차분하게 말했다.

"나는 딸이 둘 있는데, 큰딸이 도마리이고 작은딸이 고마리란다. 남편이 일찍 사고로 세상을 떠나서 나는 아침부터 밤늦게까지 일해야 했어. 가정환경이 어렵다 보니 우리 딸들은 초등학생부터 집안일을 도맡아서 했지. 가난해서 대학에도 보내주지 못했는데 둘 다 어려서부터 영특해서, 어른이 되더니 자매가 같이 집안일 대행 회사를 차려 크게 성공했어. 그리고 이 집을 지어서 해가 제일 잘 들어오는 방에 나를 살게 해줬단다. 정말 효녀들이야."

할머니는 중학생과 초등학생을 앞에 두고 마치 어른에게 말해주는 것처럼 조근조근 말했다.

"존경스럽다. 그렇지, 유타?"

감동을 잘하는 가나 누나는 눈물까지 글썽였다.

나도 엄마한테 이렇게 멋진 집을 선물하고 싶다. 갑자기 그런 생각이 들었다. 그러자 몸 안쪽에서 힘이 마구 솟구쳤다. 얼마 전까지만 해도 다쿠야에게 배를 걷어차일 때마다 죽고 싶다고 생각했는데, 그런 마음이 거짓말처럼 사라졌다.

"슬슬 산책하러 가자. 이러다가 해가 저물겠어."

가나 누나가 컵에 남은 홍차를 마셨다.

"좋구나, 마기가 부러워. 나는 오늘도 종일 집에만 있었는데."

"그럼 할머니도 같이 가요."

가나 누나가 제안했다.

"안 된다. 걷는 게 느려서 방해만 될 거야."

"천천히 걸을 거라서 괜찮아요."

나도 말했다. 마기가 사방에 냄새를 맡고 돌아다니느라 좀처럼 앞으로 가지 못하는 것을 이미 알고 있다.

"그래? 나도 따라가도 괜찮겠니? 그럼 카디건을 가져올 테니 기다려주렴."

할머니가 얼른 소파에서 내려왔다.

셋이서 마기와 산책하러 나갔다.

넓게 펼쳐진 푸른 하늘이 기분까지 좋게 했다.

5학년이 되어 담임이 바뀌었다.

남자 선생님은 처음이었다. 스물네 살밖에 안 됐다고 해서 놀랐다.

오늘 체육시간에는 뜀틀을 했다.

"유타, 대단하구나."

스즈키 선생님이 고개를 절레절레 흔들며 감탄했다는 듯이 말했다.

"정말 가볍게 뛰는데?"

모두가 보는 앞에서 칭찬을 받는 게 부끄러웠지만 역시 기분은 좋았다. 어린이집, 방과후수업, 초등학교를 통틀어 이 선생님처럼 나를 챙겨주는 사람은 없었다.

스즈키 선생님은 젊고 잘생기기까지 해서 여자애들한테 인기가 많다. 나도 아주 좋아한다.

오늘처럼 선생님이 애들 앞에서 나를 칭찬해주기 시작한

후로 뚱뚱하다고 놀림 받는 횟수가 줄어들었다. 야지마와 같은 유도 도장에 다니는 것이 알려지자 유도 기술로 받아칠지도 모른다고 경계하는지 발길질을 하는 애들도 없었다. 최근 들어 다쿠야는 똘마니들 없이 외톨이로 다녔다. 마지막으로 기쁘게도 나는 점점 뚱보에서 벗어나고 있다. 몸무게는 변하지 않았는데 키가 컸다.

그날 오후 가정 수업에서 처음으로 요리 실습을 했다.

"대단하다. 너 요리 잘하는구나. 나랑 같은 초등학생이 아닌 것 같아."

오카다가 진심으로 감탄해서 나를 보았다.

문득 시선이 느껴져서 고개를 돌리자 다른 그룹인 다쿠야가 나를 노려보고 있었다. 질투하나 보다. 야, 오카다는 나한테 마음이 없어. 오카다는 누구에게나 공평하게 대하니까 잘하는 사람을 잘한다고 칭찬했을 뿐이야. 속으로 중얼거렸지만 다쿠야에게 들릴 리가 없다. 또 한바탕 문제가 생길지도 모르겠다.

그래도 이제 나는 안 진다.

말은 이렇게 해도 다쿠야와 우격다짐을 벌일 마음은 전혀 없다. 이길 리가 없으니까. 키가 컸다지만 다쿠야와 비교하면 아직 한참 꼬맹이다. 그래도 또 배를 걷어차이면 큰 소리로 "도와주세요!"라고 외치면서 교무실로 뛰어갈 생각이다. 가나 누나가 그렇게 하라고 가르쳐줬고 집에서 실전 연습도 했다. 장래 경찰관을 꿈꾸는 만큼 가나 누나는 믿음직하다. 그리고 고마리가 학교에 가기 싫어 죽을 것 같다면 무리해서 가지 않아도 된다고 말해주었다. 처음 그 말을 들었을 때는 깜짝 놀랐지만 여차하면 그럴 생각이다.

가정 수업을 마치고 조리실에서 복도로 나왔는데, 다쿠야가 "야, 마에다" 하고 불렀다. 돌아보니 다쿠야가 혼자 서 있었다. 나를 고로스케가 아니라 제대로 된 이름으로 부른 것은 오랜만이었다.

"그 덩치 큰 중학생 여자. 너랑 무슨 사이야?"

"어…… 사촌인데?"

순간 거짓말을 했다. 의남매 서약을 맺었다는 소리는 차마 못 하겠다. 정말 친척이면 좋겠다고 생각한다. 지금 마음을 가장 터놓을 수 있는 상대가 가나 누나였다.

"그 커다란 여자, 하쿠호*랑 닮지 않았냐?"

다쿠야가 심술궂게 빙긋 웃었다.

"하쿠호랑?"

요즘 가나 누나가 많이 날씬해지긴 했지만 듣고 보니 하쿠

* 하쿠호 쇼. 몽골 출신의 일본 스모 선수

호랑 비슷한 것도 같다. 그렇게 생각하자 갑자기 웃겨서 웃음을 터뜨렸다. 다쿠야도 웃었다. 심술궂은 웃음이 아니었다. 천진하게 웃는 다쿠야를 처음 보았다.

다쿠야와의 관계가 조금은 달라지리라 예감했다. 그래도 집단으로 배를 걷어차인 일은 잊을 수 없고 절대 용서하지 않을 것이다. 앞으로도 다쿠야와 친구가 될 일은 없다. 그때 아빠의 사자성어 사전에 실린 '유단대적油斷大敵*'이라는 말이 떠올랐다.

첫 산책 이후로도 여전히 가나 누나와 함께 고마리의 강아지를 산책시킨다. 할머니도 산책하는 것이 기쁘다고 종종 우리와 함께했다. 엄마는 고마리 가족과 아는 사이가 되어 좋다고 했다.

작년 여름방학에 할아버지와 할머니가 사는 아오모리에 다녀온 이후로 할아버지가 매달 생활비를 보태준다. 절대 받을 수 없다고 만류하는 엄마한테 고마리가 "얌전히 받아요" 하고 설교하는 것을 문 뒤에 숨어 몰래 들었다. 그 돈 덕분에 엄마는 정시제 일을 그만두고 6시에는 집에 왔다.

하카타의 할아버지와 할머니는 도쿄에 여러 번 놀러와서 좁은 우리 집에서 자고 갔다. 그래서 급속도로 친해졌다. 처

* 방심은 금물이라는 뜻

음 만났을 때, 할아버지랑 할머니가 상상보다 젊어서 놀랐다. 할머니는 쉰두 살이라고 했는데, 마른 체형에 청바지를 입었고 머리를 밤색으로 염색했으며 손톱에 멋진 그림까지 그린 세련된 사람이었다. 내 옷이나 학용품이나 카스텔라 등을 자주 보내준다. 게다가 놀랍게도 엄마는 할아버지, 할머니와 얘기할 때면 하카타 사투리를 썼다.

할머니가 엄마한테 "하카타에 오면 어떠니? 같이 살자꾸나" 하고 자꾸 조르는 것을 안다. 엄마도 요즘 들어 마음이 흔들리나 보다.

생각해보면 고마리와 만나고 겨우 1년밖에 안 지났는데 가족이 늘고 아는 사람도 잔뜩 늘었다. 예전에는 집에서 책만 읽었는데 요즘은 바빠서 책을 읽을 시간이 부족하다.

복도를 걸어 교실로 가면서 생각했다.

오늘 저녁은 뭘 만들까? 만들 줄 아는 요리도 제법 늘었다.

오늘 가나 누나네 저녁은 뭘까?

그 전에 마기의 산책이다. 날이 좋으니까 마기 녀석, 좋아하겠지?

고마리네 할머니는 걷는 속도가 조금 빨라졌다.

옮긴이 이소담

대학 졸업반 시절에 취미로 일본어 공부를 시작했고, 다른 나라 언어를 우리말로 바꾸는 일에 매력을 느껴 번역을 시작했다. 읽는 사람이 행복해지고 기쁨을 느끼는 책을 우리말로 아름답게 옮기는 것이 꿈이고 목표다. 옮긴 책으로 《당신의 마음을 정리해 드립니다》《서른두 살 여자, 혼자 살만합니다》《결혼 상대는 추첨으로》 등이 있다.

당신의 살을 빼 드립니다

초판 1쇄 인쇄 2019년 6월 15일
초판 1쇄 발행 2019년 6월 20일

지은이 가키야 미우
옮긴이 이소담
펴낸이 임현석

펴낸곳 지금이책
주소 경기도 고양시 일산서구 킨텍스로 410
전화 070-8229-3755
팩스 0303-3130-3753
이메일 now_book@naver.com
홈페이지 jigeumichaek.com
등록 제2015-000174호

ISBN 979-11-88554-23-2(03830)

이 도서의 국립중앙도서관 출판예정도서목록(CIP)은 서지정보유통지원시스템 홈페이지(http://seoji.nl.go.kr)와 국가자료공동목록시스템(http://www.nl.go.kr/kolisnet)에서 이용하실 수 있습니다.(CIP제어번호: 2019020863)」